СУПЕРГЕРОЙ E-Z ДИККЕНС ПЕРВАЯ И ВТОРАЯ КНИГИ:

ТАТУИРОВКА АНГЕЛА: ТРИ

Cathy McGough

Stratford Living Publishing

Посвящение

Для Дороти, которая поверила.

Оглавление

КНИГА ОДНА:

ТАТУИРОВКА АНГЕЛА

ПРОЛОГ

Первое существо влетело на грудь E-Z и приземлилось, выставив вперед подбородок и положив руки на бедра. Он повернулся один раз, по часовой стрелке. Вращаясь все быстрее, из трепета его крыльев доносилась песня. Это был низкий стон. Грустная песня из прошлого в честь жизни, которой больше нет. Существо откинулось назад, прислонившись головой к груди E-Z. Вращение прекратилось, но песня продолжала звучать.

Второе существо присоединилось к нему, проделав тот же ритуал, но вращаясь против часовой стрелки. Они создали новую песню, за вычетом бип-бипов и зум-зумов. Ведь когда они пели, ономатопея не требовалась. В то время как в повседневном общении с людьми она была необходима. Эта песня наложилась на другую и превратилась в радостное, высокочастотное торжество. Ода грядущим событиям, еще не прожитой жизни. Песня для будущего.

Брызги алмазной пыли вырвались из их золотых глазниц, когда они синхронно повернулись. Алмазная пыль брызнула из их глаз на спящее тело E-Z. Обмен продолжался, пока не покрыл его алмазной пылью с ног до головы.

Подросток продолжал крепко спать. Пока алмазная пыль не пронзила его плоть - тогда он открыл рот, чтобы закричать, но звука не последовало.

"Он просыпается, бип-бип".

"Поднимите его, зум-зум".

Вместе они подняли его, когда он открыл остекленевшие глаза.

"Поспи еще, бип-бип".

"Не чувствуй боли, зум-зум".

Обхватив его тело, два существа приняли его боль в себя.

"Поднимайся, бип-бип", - скомандовал он.

И кресло-каталка поднялось. И, расположившись под телом E-Z, оно стало ждать. Когда капля крови упала, кресло поймало ее. Поглощало ее. Поглощало ее, словно это было живое существо.

По мере того как росла мощь кресла, росла и его сила. Вскоре кресло смогло удерживать своего хозяина в воздухе. Это позволило двум существам выполнить свою задачу. Их задача - соединить кресло и человека. Связать их навечно силой алмазной пыли, крови и боли.

Пока тело подростка содрогалось, проколы на его коже затягивались. Задание было выполнено. Алмазная пыль стала частью его сущности. Таким образом, музыка остановилась.

"Дело сделано. Теперь он защищен от пуль. И у него есть суперсила, бип-бип".

"Да, и это хорошо, зум-зум".

Инвалидное кресло вернулось на пол, а подросток - на свою кровать.

"Он ничего не будет помнить об этом, но его настоящие крылья начнут функционировать очень скоро, бип-бип".

"А что насчет других побочных эффектов? Когда они начнутся, и будут ли они заметны zoom-zoom?"

"Этого я не знаю. Возможно, у него будут физические изменения... это риск, на который стоит пойти, чтобы уменьшить боль, бип-бип".

"Согласен, zoom-zoom".

ПРИЧИНА

В о всех семьях бывают разногласия. Некоторые спорят из-за каждой мелочи. Семья Диккенсов соглашалась по большинству вопросов. Музыка не входила в их число.

"Да ладно тебе, пап", - сказал двенадцатилетний И-Зи. "Мне скучно, а по спутнику сейчас крутят уик-энд полностью в стиле Muse".

"Разве ты не взял с собой наушники?" - спросила его мать Лорел.

"Они в моем рюкзаке в багажнике". Он вздохнул.

"Мы всегда можем остановиться и взять их..."

Мартин, отец мальчика, сидевший за рулем, проверил время. "Я бы хотел добраться до хижины в горах до того, как стемнеет. Муза меня вполне устраивает. К тому же мы скоро будем там".

Лорел повернула циферблат на спутниковой системе в их новом красном кабриолете. Она на мгновение замешкалась на Classic Rock. Диктор сказал: "Следующая песня - гимн группы Kiss "I Wanna Rock N Roll All Night". Не трогай этот циферблат".

"Подожди, это же хорошая песня!" - закричал парень.

"Что, больше никаких Muse?" спросила Лорел, не отрывая руку от циферблата.

"После Kiss, хорошо?"

"Тогда Kiss", - сказал Мартин, включив дворники на лобовом стекле. Дождя еще не было, но уже гремел гром. Ветки и другие обломки хлестали по машине, пока они поднимались в гору.

Лорел чихнула и положила закладку на свою страницу. Она скрестила руки, дрожа. "Этот ветер точно завывает. Не возражаешь, если мы поднимем верх?"

"Я голосую за", - сказал E-Z, вынимая веточки из своих светлых волос.

ТВАК.

Кричать было некогда - музыка стихла.

В ушах парня до сих пор звенело от звука в сочетании со взрывом четырех подушек безопасности. Кровь стекала по его лбу, когда он коснулся того, что лежало у него на ногах: дерева. Кровь скопилась внутри и вокруг деревянного нарушителя. Он провел пальцем по стволу дерева. Ощущение было как от кожи; он был деревом, а дерево - им.

"Мама? Папа?" - всхлипывал он, вздымая грудь. "Мама? Папа? Пожалуйста, ответь!"

Ему нужно было позвать на помощь. Где был его телефон? От удара при столкновении его отбросило в сторону. Он мог видеть его, но он был слишком далеко, чтобы дотянуться до него. Или дотянулся? Он был кэтчером, и некоторые говорили, что его бросающая рука была как резина. Он сосредоточился и тянулся, тянулся, пока не достал.

Сигнал был сильным, когда его окровавленные пальцы нажали на 9-1-1, а затем отключились. Чтобы его нашли, ему нужно было воспользоваться новой расширенной службой. Он набрал E9-1-1. Это дало властям разрешение на доступ к его местоположению, номеру телефона и адресу.

"Служба экстренной помощи. Что у тебя случилось?"

"Помогите! Нам нужна помощь! Пожалуйста. Мои родители!"

"Сначала скажи мне, сколько тебе лет? Как тебя зовут?"

"Мне двенадцать. Они зовут меня E-Z".

"Пожалуйста, проверь свой адрес и номер телефона".

Он так и сделал.

"Привет, E-Z. Расскажи мне о своих родителях. Можешь ли ты их видеть? Они в сознании?"

"Я, я не могу их видеть. На машину, на них и на мои ноги упало дерево. Помогите. Пожалуйста."

"Сейчас мы получим твое местоположение".

E-Z закрыл глаза.

"E-Z?" Громче: "E-Z!".

Мальчик пришел в себя. "Я, простите, я".

"Мы высылаем вертолет. Постарайся не заснуть. Помощь уже в пути".

"Спасибо", - его глаза закрылись, он заставил их открыть. "Я должен оставаться в сознании. Она сказала не спать". Все, чего он хотел, - это спать, спать, чтобы прекратить всю эту боль.

Над ним перед глазами мерцали два огонька, один зеленый, другой желтый. На секунду ему показалось, что он видит, как хлопают крошечные крылышки, когда эти два объекта зависли.

"Он в плохом состоянии", - сказал зеленый, придвигаясь, чтобы посмотреть поближе.

"Давай поможем ему", - сказал желтый, зависнув выше.

И-Зи поднял руку, чтобы смахнуть мерцающий свет. Высокий звук больно ударил его по ушам.

"Ты согласен помочь нам?" - пропели огоньки.

"Согласен. Помоги мне".

Затем все стало черным.

ЭФФЕКТ

Cэм, дядя И-Зи, был в больнице, когда он проснулся. Мальчик не задал вопрос - где его родители - потому что не хотел услышать ответ. Если бы он не знал, то мог бы притвориться, что с ними все в порядке. Что они в любую минуту войдут в его комнату и обнимут его. Но в глубине души он знал, фактически верил, что они мертвы. Он мысленно представлял себе, как откидывает одеяло и бежит к ним, а они обнимаются и плачут о том, как им повезло. Но подожди-ка, почему он не может пошевелить пальцами ног? Он попытался снова, сильно сосредоточившись, но ничего не вышло.

Сэм, который наблюдал за ним, сказал: "Нет никакого незамысловатого способа рассказать тебе об этом", - и при этом он сдерживал рыдания.

"Мои ноги, - сказал И-Зи, - я, я не чувствую их".

Дядя Сэм сжал руку племянника. "Твои ноги..."

"О нет. Не говори мне. Просто не надо".

Он вырвал свою руку из рук дяди. Он закрыл лицо, создавая барьер между собой и миром, пока слезы катились по его щекам.

Дядя Сэм колебался. Его племянник уже был в слезах, уже горевал, и все же он должен был рассказать ему о своих родителях. Не было простого способа сказать это, поэтому он проболтался: "Твои родители. Мой брат и твоя мама... они не выжили".

Знать и услышать эти слова было двумя разными вещами. Одно делало это фактом. И-Зи откинул голову назад и завыл, как раненый зверь, трясясь и желая убежать, куда угодно. Лишь бы подальше.

"E-Z, я здесь ради тебя".

"Нет! Это неправда. Ты лжешь. Зачем ты мне врешь?" Он метался по комнате, сжимая кулаки и вбивая их в матрас, бушуя и бушуя, не собираясь останавливаться.

Сэм нажал на кнопку рядом с кроватью. Он попытался успокоить его, но E-Z вышел из-под контроля, метался и ругался. Пришли две медсестры; одна вставляла иглу, а другая вместе с Сэмом пыталась удержать его на месте, и он тихо шептал, что все будет хорошо.

Сэм наблюдал за тем, как его племянник в стране снов или где бы он сейчас ни находился, - на лице его появилась улыбка. Он лелеял эту улыбку, думая, что пройдет немало времени, прежде чем он снова увидит ее на лице племянника. Впереди был долгий и трудный путь. Его племяннику придется встретить тот день, когда его жизнь развалится на части. Как только он это сделает, он сможет бороться, и вместе они смогут построить ему совершенно новую жизнь. Новую - другую - не такую, как раньше. Ничто и никогда уже не будет прежним.

А все потому, что они оказались не в том месте и не в то время. Жертвы природы: дерево. Дерево, ставшее оружием природы из-за человеческого пренебрежения. Деревянная конструкция была мертва, корни над землей боролись за внимание годами. И когда ему сказали, что оно было помечено крестиком, чтобы срубить его весной, - ему захотелось закричать.

Вместо этого он позвонил лучшему адвокату, которого знал. Он хотел, чтобы кто-то заплатил - взял на себя оплату счета за две жизни, оборвавшиеся слишком рано, и за разбитые ноги и жизнь его племянника.

Но какой в этом был смысл? Ничто не могло изменить прошлое - но в будущем он поможет племяннику найти свой путь. В этот момент Сэм сформулировал план.

Сэм напоминал взрослую версию Гарри Поттера (за вычетом шрама). Как единственный живой родственник И-Зи, он должен был взять на себя заботу о племяннике. Роль, которой он пренебрегал в прошлом. Он должен был стараться быть похожим на своего старшего брата Мартина - но не заменять его.

Он отмахнулся от оправданий, бурлящих внутри. Попытки заставить его использовать работу, чтобы освободиться от ответственности. Он должен был уйти, вычеркнуть из жизни все обязательства. Тогда он смог бы перестать упрекать себя. Ненавидеть себя за потерянное время.

Пока племянник спал, он позвонил генеральному директору своей софтверной компании. Будучи опытным старшим программистом, занимающим ведущие позиции в своей области, он надеялся, что они придут к компромиссу. Он рассказал им, что хочет сделать.

"Конечно, Сэм. Ты можешь работать удаленно. Ничего не изменится. Делай то, что должен делать. Мы с тобой. Семья на первом месте - всегда".

Отключившись, он вернулся к постели племянника. На время он переедет в семейный дом, чтобы E-Z мог оставаться рядом со своими друзьями и школой. Вместе они снова соберут все кусочки воедино и заново построят его жизнь. Это если он не сойдет с ума окончательно. В конце концов, будучи холостяком, он практически не имел опыта общения с детьми - не говоря уже о подростках.

***

После выхода из больницы - вынужденные судьбой - у них не было выбора, кроме как создать связь, выходящую за рамки крови.

E-Z сопротивлялся, отрицая, что сможет сделать все сам. В конце концов, у него не осталось выбора, кроме как принять предложенную помощь.

Сэм сделал шаг вперед - был рядом с ним - почти как будто знал, что нужно его племяннику, прежде чем тот попросил.

И он был рядом с E-Z во второй худший день его жизни - когда ему сказали, что он больше никогда не будет ходить.

"Заходи", - сказал доктор Хаммерсмит, один из лучших хирургов-ортопедов-неврологов.

В своей инвалидной коляске вошел E-Z, за ним последовал Сэм.

Хаммерсмит славился тем, что исправлял неисправимое, и он собирался исправить его. На предыдущих консультациях он обещал юноше, что тот снова будет играть в бейсбол.

"Мне очень жаль", - сказал Хаммерсмит. После нескольких секунд неловкого молчания он заполнил его, перетасовав какие-то бумаги.

"За что именно ты сожалеешь?" поинтересовался E-Z, изо всех сил пытаясь продвинуться вперед на своем месте. Не справившись с задачей, он остался на месте.

"То, о чем он просил", - ответил Сэм, без труда продвигаясь вперед на своем месте.

Хаммерсмит прочистил горло. "Мы надеялись, что, поскольку все функционирует нормально, паралич может быть временным. Именно поэтому я отправил тебя на дополнительные тесты и предложил физиотерапию. Теперь нет никаких сомнений, мне жаль говорить тебе, E-Z, но ты больше никогда не будешь ходить".

"Как ты можешь так с ним поступать?" спросил Сэм.

Окончательность его слов дошла до меня. "Забери меня отсюда, дядя Сэм!"

"Подождите", - сказал Хаммерсмит, не в силах смотреть им в глаза. "Я обратился за помощью к коллегам со всего мира. Их вывод был таким же".

"Спасибо большое".

"E-Z, тебе пора двигаться дальше. Я не хочу давать тебе больше ложных надежд. "

Сэм встал, положив руки на ручки инвалидного кресла.

"Мы получим второе мнение, и третье, и четвертое!"

"Ты можешь это сделать, - сказал Хаммерсмит, - но мы уже сделали это. Если бы там было что-то новое - все, что мы могли бы использовать, - то мы бы это сделали. Все может измениться еще при твоей жизни E-Z. Область исследований стволовых клеток прогрессирует. А пока я не хочу, чтобы ты проживал свою жизнь ради "если" и "может быть"".

Затем обратился к Сэму,

"Не позволяй своему племяннику тратить свою жизнь впустую. Помоги ему восстановиться и вернуться в страну живых. О, и мне не хочется поднимать эту тему, но нам скоро понадобится инвалидное кресло - кажется, у нас его немного не хватает. Если ты не против, договорись о другом".

"Отлично", - сказал Сэм, когда они, не разговаривая, покинули офис Хаммерсмита. Он положил инвалидное кресло в багажник, пристегнул их ремнями безопасности и завел машину.

"Все будет хорошо".

И-Зи, у которого по щекам катились слезы, вытер их. "Мне очень жаль".

"Тебе никогда не нужно извиняться передо мной, малыш, за проявление своих чувств".

Сэм хлопнул кулаками по рулю, а затем выехал с места парковки, визжа шинами.

Несколько мгновений они ехали молча, потом он потянулся и включил радио. Это разрядило тишину между ними и дало E-Z возможность выплакаться, не чувствуя себя виноватым.

К тому времени, когда они свернули на подъездную дорожку к дому, они были спокойны и голодны. План состоял в том, чтобы посмотреть несколько программ и заказать пиццу.

Через несколько дней прибыло совершенно новое инвалидное кресло.

Возле новой инвалидной коляски E-Z мерцали две лампочки: желтая и зеленая.

"Эта не подойдет, бип-бип".

"Согласен, совсем не подойдет. Ему нужно что-то более легкое, прочное, огнеупорное, пуленепробиваемое и абсорбирующее, зум-зум".

"Сами-знаете-кто сказал, что мы не должны терять времени - так что давайте сделаем это, пока человек не проснулся, бип-бип".

Огоньки заплясали вокруг инвалидного кресла. Один заменил металл, другой - шины. Когда они завершили процесс, кресло выглядело так же, как и раньше, но это было не так.

И-Зи прошептал во сне.

"Давай выберемся отсюда! Бип-бип!"

"Прямо за тобой! Zoom zoom!"

Так они и сделали, пока малыш спал дальше.

✳✳✳

П рошел год, и теперь И-Зи казалось, что дядя Сэм всегда был рядом. Не то чтобы он заменил ему родителей. Нет, он никогда не смог бы этого сделать, да он и не пытался - но они ладили. Они были приятелями. Они были не просто друзьями, они были семьей. Единственная семья, которая осталась у тринадцатилетнего подростка в этом мире.

"Я хочу поблагодарить тебя", - сказал он, стараясь не расплакаться.

"Ты не должен благодарить меня, малыш".

"Но я должен, дядя Сэм, без тебя я бы выбросил полотенце".

"Ты сделан из более прочного материала, чем это".

"Нет. После аварии мне стало страшно, то есть очень страшно. Меня мучают кошмары".

"Мы все боимся; это помогает, если ты говоришь об этом. Я имею в виду, если ты хочешь поговорить об этом со мной".

"Иногда это случается ночью - когда ты спишь. Я не хочу тебя будить".

"Я в соседней комнате, а стены не такие уж и толстые. Просто позови меня, и я приду. Я не возражаю".

"Спасибо, надеюсь, мне это не понадобится, но полезно знать".

Они вернулись к просмотру телевизора и больше не обсуждали этот вопрос.

До одной ночи, когда E-Z проснулся от крика, а Сэм, как и обещал, был рядом.

Он включил свет. "Я здесь. Ты в порядке?"

И-Зи цеплялся за край кровати, как человек, который вот-вот сорвется с обрыва. Он помог ему вернуться на матрас.

"Уже лучше?"

"Да, спасибо".

"Не хочешь поговорить об этом? Я могу приготовить какао".

"С зефиром?"

"Само собой разумеется. Сейчас вернусь".

"Хорошо". И-Зи на секунду закрыл глаза, и высокочастотные звуки возобновились. Он закрыл уши и смотрел на желтые и зеленые огоньки, которые плясали перед его глазами. Он убрал руки, слыша, как босые ноги дяди шлепают по коридору.

"Держи, - сказал Сэм, вложив в руку племянника кружку горячего какао. Он уселся в инвалидное кресло, где потягивал и вздыхал.

Левой рукой И-Зи погладил воздух, чуть не расплескав напиток.

"Что ты делаешь?"

"Ты что, не слышишь? Этот раздирающий уши звук?"

Сэм внимательно прислушался - ничего. Он покачал головой. "Если ты слышишь что-то странное, то почему пытаешься отмахнуться от этого?"

И-Зи сосредоточился на своем горячем напитке, затем проглотил мини-маршмеллоу. "Тогда, наверное, ты не видишь огней?"

"Огни? Какие именно огни?"

"Два огонька: один зеленый и один желтый. Размером примерно с кончик твоего пальца. То появляются, то исчезают - с момента аварии. Пронзают мои уши и мигают перед глазами. Раздражают меня".

Сэм подошел к изголовью кровати и посмотрел на происходящее с точки зрения племянника. Он не ожидал ничего увидеть - и, конечно, не увидел: попытка была для успокоения. "Нет, но расскажи мне больше, чтобы я мог лучше понять, как все началось".

"Во время аварии я увидел два огонька, желтый и зеленый, и, не смейся, но мне кажется, что они говорили со мной. Вот почему мне снились кошмары".

"Что за огоньки? Ты имеешь в виду, как рождественские огни?"

"Э-э, нет, не как рождественские огни. Ничего такого. Сейчас их уже нет. Наверное, посттравматическое стрессовое расстройство или флэшбэк".

"Посттравматическое стрессовое расстройство или флэшбэк - это две совершенно разные вещи. Я думаю, может, тебе стоит с кем-нибудь поговорить? Я имею в виду с кем-то, кроме меня".

"Ты имеешь в виду, например, с моими друзьями?"

"Нет, я имею в виду профессионала".

POP.

POP.

Они снова вернулись. Мигали перед его носом и заставляли косить глаза. Он сдержался. Старался не отмахнуться от них. Взяв одной рукой свою чашку, а другой пощупав лоб, Сэм шлепнул по воздуху. "Отойди от меня!"

Сэм смотрел на то, как его племянник застыл, словно ледяная скульптура на зимнем фестивале. Сэм пощелкал пальцами перед его глазами, но никакой реакции не последовало. И-Зи вздохнул, откинулся назад, глубоко вздохнул и через несколько секунд уже храпел, как десантник. Сэм натянул одеяло повыше. Он поцеловал племянника в лоб, а затем вернулся в свою комнату. В конце концов он уснул.

На следующий день Сэм предложил E-Z записать свои чувства, возможно, в дневнике. Тем временем он поинтересовался, как записаться на прием к специалисту.

"Ты имеешь в виду психиатра?"

"Или психолога. А пока записывай. Когда ты их видишь, как они выглядят - записывай увиденное".

"Дневник, я имею в виду, на кого я похож, на Опру Уинфри?".

"Нет", - сказал Сэм. "Малыш, тебе снятся кошмары, ты слышишь высокочастотные звуки и видишь огни. Это может быть признаком, как ты сказал, посттравматического стрессового расстройства или чего-то медицинского. Мне нужно провести расследование и поговорить с твоим врачом, получить его совет. А пока записывай свои мысли, веди дневник - это может помочь. Множество мужчин писали дневники или вели дневник".

"Назови хоть одного, чье имя я бы узнал?"

"Посмотрим, Леонардо да Винчи, Марко Поло, Чарльз Дарвин".

"Я имею в виду кого-то из этого века".

"Ты уже упомянул Опру".

***

Психическое здоровье И-Зи улучшилось после нескольких занятий с психотерапевтом/консультантом. Она была милой и не осуждала подростка, как он боялся. Вместо этого она предложила предложения и конкретные стратегии, чтобы успокоить и помочь ему. Она, как и его дядя Сэм, также предложила ему записать все это - в дневнике или журнале.

Вместо этого он написал короткий рассказ для школьного задания, вдохновившись любимой птицей своей матери - голубем. После того как он получил за сочинение пятерку с плюсом, учительница отправила его рассказ на конкурс сочинений в масштабах провинции. Сначала он расстроился, что она включила его рассказ в конкурс, не спросив его. Но когда он выиграл, то был невероятно счастлив. С тех пор учительница участвует с его рассказом в конкурсе на всю страну.

Пока племянник углублялся в писательское искусство, Сэм занялся новым хобби - генеалогией. Однажды вечером, когда они ужинали, он промурлыкал:

"Теперь, когда ты написал короткий рассказ и добился некоторого успеха, может, тебе стоит попробовать написать роман".

"Мне? Роман? Ни за что".

"В тебе течет писательская кровь", - открыл дядя Сэм. "Проследив нашу историю, я обнаружил, что мы с тобой в родстве с единственным и неповторимым Чарльзом Диккенсом".

"Тогда, может, ТЕБЕ стоит написать роман?". Он рассмеялся.

"Я не тот, у кого есть отмеченный наградами короткий рассказ".

Зеленые и желтые огоньки мерцали над его тарелкой. По крайней мере, он не слышал этого высокочастотного шума, в котором гудел дядя Сэм.

".... В конце концов, ты и я - мы двоюродные братья по времени с Чарльзом Диккенсом. Посмотри на все, что ты преодолел. Ты удивительный парень - что тебе терять?".

Его зовут Эзекиль Диккенс, и это его история.

ГЛАВА 1

Впервые тринадцать лет своей жизни он был известен под несколькими именами. Иезекииль - его имя при рождении. E-Z - его прозвище. Кэтчер в своей бейсбольной команде. Писатель коротких рассказов. Сын для своих родителей. Племянник своего дяди. Лучший друг. Теперь у них было новое имя для него.

Не то чтобы он был против слова на букву "с". На самом деле некоторые альтернативы он предпочитал меньше. Например, комментарии, которые говорили некоторые люди, потому что считали их политкорректными. "О, а вот и парень, прикованный к инвалидному креслу". Они говорили это, указывая на него, - как будто думали, что он тоже слабослышащий. Или они говорили: "Мне было жаль слышать, что ты теперь инвалид-колясочник". Это заставляло его содрогнуться. Но больше всего его выводило из себя "О, ты теперь тот самый парень, который пользуется инвалидным креслом". Видя кого-либо, особенно молодого человека в инвалидном кресле, некоторые люди чувствовали себя неловко.

Если они чувствовали себя так, то почему они должны были что-то говорить?

Это вызвало в памяти давние воспоминания. Воспоминание о том, как его родители в дождливый субботний день смотрели по телевизору фильм "Бэмби". Мама приготовила свои знаменитые шарики попкорна. У них была газировка, M&Ms, зефир и любимые папины Twizzlers. Кролик Тампер говорил: "Если не можешь сказать что-то хорошее, не говори вообще ничего". Когда умерла мама Бэмби, он впервые в жизни увидел, как его мама и папа плачут над фильмом. Поскольку он был настолько шокирован их поведением, то сам не проронил ни слезинки.

Некоторые яху в школе называли его "Деревянный мальчик - калека". Некоторые из них были товарищами-спортсменами, которые когда-то равнялись на него, когда он был королем за тарелкой. Он ненавидел упоминание о мальчике-дереве больше, чем комментарий о калеке. Он не жалел себя (не в большинстве случаев) и не хотел, чтобы кто-то жалел его тоже.

Когда пришло время вернуться в школу в тот самый первый день, он сделал это с помощью своих друзей. ПиДжей (сокращение от Пола Джонса) и Арден поддерживали и подталкивали его, когда это было необходимо. Вскоре их стали называть "Трио Торнадо". В основном потому, что везде, где они появлялись, возникал хаос. Именно тогда E-Z научился ожидать неожиданностей.

Поэтому, когда несколько месяцев спустя его друзья заскочили к нему утром, чтобы забрать его в школу, а потом сказали, что не пойдут, он не слишком удивился. Когда они сказали, что им придется завязать ему глаза, - этого он не ожидал.

На заднем сиденье он спросил. "Куда мы едем?". Ответа не последовало. "Мне понравится?"

"Да", - ответили его друзья.

"Тогда почему плащ и кинжал?".

"Потому что это сюрприз", - сказал ПиДжей.

"И ты оценишь его еще больше, когда мы окажемся там".

"Ну, я же не могу сбежать". Он насмешливо хмыкнул.

Мать Ардена припарковалась. "Спасибо, мам", - сказал он.

"Позвони мне, когда тебе понадобится, чтобы я тебя забрала", - сказала она.

Двое друзей помогли И-Зи сесть в его инвалидное кресло и уехали.

"Мне кажется, или это кресло становится легче каждый раз, когда мы его вынимаем?" спросил Арден.

"Это ты!" ответил ПиДжей.

Пока они пробирались по неровной земле, E-Z чувствовал запах свежескошенной травы. Когда друзья сняли повязку с глаз - он оказался на бейсбольном поле. Слезы навернулись ему на глаза, когда он увидел своих бывших товарищей по команде, команду соперников и тренера Ладлоу. Они были в полной форме, выстроившись вдоль свеженарисованной мелом линии поля.

"С возвращением!" - радостно кричали они.

E-Z смахнул слезы рукавом, пока кресло двигалось ближе к игровому полю. С тех пор как несчастный случай лишил его мечты играть в профессиональный бейсбол, он избегал игры. С комком в горле он был настолько переполнен эмоциями, что не мог перевести дыхание.

"Он теряется в словах", - сказал ПиДжей, подтолкнув Ардена локтем.

"Это впервые".

"Спасибо, ребята. Ты не ошибся, когда говорил, что это будет сюрприз".

"Ждите здесь", - приказали ему друзья.

E-Z остался один, чтобы полюбоваться видом бейсбольного поля. Место, которое когда-то было его любимым местом на земле. Он снова прослезился, глядя, как зеленая трава переливается в солнечном свете. Он смахнул их, когда его друзья вернулись, неся сумку с оборудованием.

Арден наклонился к нему: "Сюрприз, приятель, сегодня ты ловишь!".

"Что ты имеешь в виду? Я не могу в этом играть!" - сказал он, ударяя руками по подлокотникам инвалидного кресла.

"Вот, смотри, пока мы тебя подгоним", - сказал ПиДжей, передавая ему телефон и нажимая кнопку play.

E-Z с изумлением наблюдал, как такие же игроки, как он, выходят на бейсбольное поле. Он присмотрелся к их креслам, у которых были модифицированные колеса. Игрок подкатил к тарелке, соединился с мячом и промчался вокруг базы.

"Вау! Это круто!"

"Если они могут это сделать, то и ты сможешь!" сказал Арден, надевая коленные щитки на ноги друга, пока ПиДжей закреплял нагрудный протектор. Выйдя на поле, друзья бросили ему маску кэтчера и перчатку.

"Batter up!" воскликнул тренер Ладлоу.

Питчер бросил первый быстрый мяч прямо в зону, и он поймал его.

Вторая подача была поп-апом. И-Зи пошел на него, подпрыгивая и приподнимаясь. Дотянулся. Он даже удивился, когда поймал мяч. Они не заметили, но он поднял себя вверх. Его задница покинула сиденье стула, и он понятия не имел, как ему это удалось.

"Вау, - сказал ПиДжей, - это была отличная ловля".

"Да, ты бы, наверное, пропустил его, если бы не стул".

E-Z улыбнулся и продолжил играть. Когда игра закончилась, он чувствовал себя хорошо. Нормально. Он поблагодарил ребят за то, что они вернули его в привычное русло.

"В следующий раз бей ты", - сказал ПиДжей.

И-Зи насмехался, пока мама Ардена вела их через проезжую часть, а потом обратно в школу. Если они поторопятся, то успеют до начала следующего урока. Ученики столпились в коридорах, пока он катился к своему шкафчику. Его одноклассники услышали шлепающий звук шин по линолеумному полу - и расступились.

И-Зи был первым ребенком, которому в его школе потребовалась инвалидная коляска, но он уже был легендой до того, как лишился возможности пользоваться ногами. Ему потребовалось многое, чтобы попросить о помощи, но как только он это сделал, он ее получил. Он уже пользовался их уважением как спортсмен, выиграл множество трофеев сам и в составе команды. Ему нужно было снова завоевать их уважение в качестве своего нового "я".

После игры они вернулись в школу и закончили день. Поскольку это была всего лишь половина дня, E-Z был довольно уставшим, когда мама Ардена и его друзья подвезли его после школы.

Поблагодарив их, он зашел в дом.

"Я дома, дядя Сэм".

"Я вижу, у тебя был хороший день", - сказал Сэм.

"Да, это был хороший день". Он потянулся и зевнул.

"Пойдем. Мне нужно кое-что тебе показать. Сюрприз".

"Только не это", - сказал И-Зи, следуя за дядей по коридору. Пройдя сначала направо, он увидел комнату своих родителей - однажды она должна была стать комнатой для гостей. А пока она была такой, какой они ее оставили, - и такой и останется, пока И-Зи не решит иначе.

Время от времени дядя Сэм предлагал ему помочь перебрать комнату, но племянник всегда говорил одно и то же.

"Я сделаю это, когда буду готов".

Сэм неохотно соглашался. Он был твердо намерен, что его племянник должен жить дальше. Это был первый шаг к достижению этой цели. С тех пор он поговорил со своим консультантом, который сказал, что Сэм должен поощрять E-Z больше говорить о своих родителях. По ее словам, если они станут частью его повседневной жизни, это поможет ему быстрее исцелиться. Они продолжили путь по коридору, миновали ванную и остановились у ящика или кладовки.

"Та-дам!" сказал дядя Сэм, заталкивая его внутрь.

И-Зи потерял дар речи, осматривая только что преобразованный кабинет. В центре, напротив окна, выходящего в сад, стоял письменный стол. На нем стоял новенький игровой компьютер и звуковая система. Он задвинул свой стул под стол - идеально подошел - и провел пальцами по клавиатуре. Рядом стоял принтер, стопка бумаги и корзина для мусора - все это было расположено на расстоянии вытянутой руки.

Слева от него находилась книжная полка. Он подкатил себя поближе. На первой полке стояли книги о писательстве и классике. Он узнал несколько любимых книг своих родителей. На второй лежали трофеи, в том числе награда за его сочинение. Третья и четвертая содержали все его любимые книги детства. Две нижние полки были пусты. Его глаза пробежались по верхней части книжной полки, и ему пришлось отодвинуть стул, чтобы увидеть, что там находится.

Рядом с ним в комнату вошел Сэм. Он положил руку на плечо племянника.

"Те, я не был уверен, что это слишком рано. I..."

И вот, наконец, пиэс де рэзистанс: семейная фотография. По его щеке скатилась слеза, когда он вспомнил день фотосессии. Она проходила в небольшой фотостудии в центре города. Они все были нарядно одеты. Папа в своем синем костюме. Мама в своем новом голубом платье с красным шарфом, повязанным на шее. Он в своем сером костюме - том же, что был на их похоронах.

Он сдержал всхлип, вспомнив обстановку в студии фотографа. В студии было все рождественское - несмотря на то, что был всего лишь июль. Он улыбнулся, вспомнив пошлые рождественские украшения и фальшивый камин. Недели через две открытка пришла по почте, но для его родителей это Рождество так и не наступило. Он развернул стул к выходу и направился по коридору, дядя шел позади.

"Я знаю, что это займет время. Прости, если я зашел слишком рано, но прошло уже больше года, и мы, я и твой консультант, решили, что пора".

E-Z продолжал идти. Ему хотелось убежать. Сбежать в свою комнату и отгородиться от всего мира, и тут ему в голову пришло кое-что. Что-то решающее. Его дядя не мог знать историю этой фотографии. Если бы он знал, то не стал бы ее туда класть. После всего, что он для него сделал, он должен был объяснить ему все. Он остановился.

"Мы никогда не использовали ее, она предназначалась для нашей рождественской открытки, но они так и не дожили до Рождества".

"Мне так жаль. Я не знал".

"Я знаю, что ты не знал, но от этого не становится менее больно".

Измотанный как физически, так и морально, он двинулся ближе к своей комнате. Его внутренний диалог продолжался с позитивным подкреплением.

Напоминая ему, что утром все будет выглядеть лучше. Потому что почти всегда так и было.

"Она должна была стать для тебя местом, где ты будешь писать. Не забывай, ты теперь автор, получивший награду, и у тебя в крови писательский талант".

Он был почти в своей комнате - почему дядя не дал ему уйти? Его самообладание вспыхнуло.

"Я написал один короткий рассказ, но это не значит, что я могу написать больше или хочу этого. Ты говоришь, что в моих жилах течет кровь Чарльза Диккенса, но что я хочу, так это стать кэтчером в команде "Лос-Анджелес Доджерс". Если они называют меня tree boy - калека, это не значит, что я должен довольствоваться тем, что есть. Почему я должен довольствоваться этим?"

"Я бы хотел, чтобы ты не использовал слово на букву "с"".

"Калека, чертов калека", - сказал он, сделав резкий поворот и шлепнувшись локтем на стену. Его не такая уж и смешная, забавная косточка болела как сумасшедшая.

"Ты в порядке?"

E-Z хрюкнул в ответ, а затем продолжил путь в свою комнату. Он планировал захлопнуть за собой дверь. Вместо этого он оказался зажат наполовину в дверном проеме, а наполовину - за его пределами. Затем колеса его кресла заблокировались.

"ФРИК!"

Сэм отпустил кресло, не сказав ни слова. Закрыл дверь, собираясь уходить.

E-Z схватил несколько небьющихся предметов и швырнул их в стену. Чтобы успокоить себя, он визуализировал своих родителей, говорящих ему, как они гордятся им. Ему этого не хватало. Но если бы его отец был сейчас здесь, он бы отчитал его за то, что он такой сопляк. Мать тоже отчитала бы его, но в более доброй и мягкой форме. Он смахнул слезы. Почувствовал укор стыда, и его тело сползло вниз от полного изнеможения в его инвалидном кресле.

Дядя Сэм спросил через закрытую дверь: "Ты в порядке?".

"Оставь меня в покое!" ответил E-Z. Несмотря на то, что ему нужна была его помощь. Без него он не смог бы влезть в пижаму или лечь в кровать. Ему пришлось бы спать в кресле, в своей одежде. Глубоко внутри он всегда знал правду. Если он перестанет заботиться, то и все остальные тоже перестанут заботиться. Тогда он действительно останется совсем один.

Он подкатил кресло к окну и посмотрел на ночное небо. Музыка. Это была единственная вещь, которая по-настоящему объединяла их как семью. Конечно, у них были свои разногласия в музыкальных жанрах, но когда по радио звучала хорошая песня, они откладывали ее в сторону.

По лужайке прогуливался лохматый черный кот. Его мать всегда хотела, чтобы они поехали в Нью-Йорк и посмотрели "Кошек" на Бродвее. Он жалел, что они не поехали вместе. Создать воспоминания. Теперь они никогда этого не сделают. Эта песня, что-то связанное с воспоминаниями, заставило его потянуться за телефоном. Он выбрал гимн хард-рока, прибавил громкость. Кулаками отбивал ритм на подлокотниках кресла, в то время как он бредил и выкрикивал слова.

Пока не заиграл так сильно, что скатился с кресла и ударился об пол. Поначалу, увидев свою комнату с чистого листа, он хотел заплакать. Вместо этого он начал смеяться и не мог остановиться.

"Ты там в порядке?" спросил Сэм.

"Э-э, мне бы пригодилась твоя помощь". Его живот болел от того, что он так сильно смеялся.

Первоначальной реакцией Сэма была тревога - когда он увидел своего племянника на полу, держащегося за живот. Когда он понял, что тот держится от смеха, он опустился на пол рядом с ним.

Позже, когда Сэм уходил, он сказал: "С тобой все будет в порядке, малыш".

"С нами все будет хорошо".

Тогда же они заключили договор о том, что сделают татуировки.

ГЛАВА 2

"**И** звините, ребята, я не смогу сегодня поиграть с вами в бейсбол".

"Да ладно", - сказал Арден. "В прошлый раз ты был не так уж плох".

"Отвали", - ответил E-Z. Он набрал скорость, чтобы встретить своего дядю, и столкнулся с Мэри Гарнер, главной болельщицей.

"О, прости, Мэри".

Это был первый раз, когда он увидел ее после аварии. Он поднял голову, когда ее волосы опустились, как занавес, на его глаза: от нее пахло корицей и медом.

"Придурок", - сказала она. "Смотри, куда идешь".

Она отступила назад и зашагала прочь. Ее свита последовала за ней.

Он улыбнулся и повернул шею, чтобы посмотреть, как она уходит. Его друзья шли рядом и делали то же самое. Арден присвистнула.

Она оглянулась через плечо и махнула птичкой в их сторону.

"Боже, она просто фантастическая", - сказал ПиДжей.

"Она горячая", - сказал Арден.

"Очень".

Теперь, выходя из школы, ПиДжей спросил: "Итак, расскажи нам, почему ты не хочешь играть сегодня".

"Да, помоги нам, пойми", - сказал Арден, вытянув лицо и скрестив глаза. "Без тебя мы бесполезны".

"Слушай, мы с дядей Сэмом заключили договор. Сделать что-то вместе - что-то важное - сегодня после школы".

Его друзья скрестили руки, преграждая путь его стулу.

"Ты все еще намерен исключить нас - и даже не скажешь, почему?" - спросил рыжеволосый ПиДжей.

"Ты полный придурок".

"Мы бы никогда так с тобой не поступили".

Они пошли прочь, набирая темп.

E-Z ускорился, но этого было недостаточно. "Подождите! Мы делаем татуировки!"

Его друзья остановились на месте.

"Я делаю татуировку в память о маме и папе - крылья голубя, по одному на каждом плече".

"Мы идем с тобой!"

"Я подумал, что вы, ребята, можете счесть меня сопливым".

Они продолжили идти, не разговаривая некоторое время.

"Дядя Сэм встретит меня в тату-салоне".

ГЛАВА 3

Когда Сэм увидел своего племянника с друзьями, он удивился.

"Я думал, что этот договор заключен между нами, то есть является секретом?"

"Ребята хотели взять меня на игру - мне пришлось им рассказать".

"Ладно, справедливо. Но у меня нет привычки заступаться за их родителей или давать разрешение от имени родителей". Затем к ПиДжею и Ардену: "Я не против, чтобы вы двое были здесь, но только ваши родители могут одобрить ваши татуировки".

"Подожди!" сказал ПиДжей. "Я даже не задумывался о том, что мы можем сделать татуировки".

"Мои точно скажут "нет"", - сказал Арден. У его родителей были проблемы, чем он в полной мере воспользовался. Большую часть времени он вел себя так, будто их постоянные ссоры его не беспокоят. Время от времени, когда он больше не мог этого выносить, он искал убежища в доме друга.

"И у меня тоже". ПиДжей был старшим, у него было две сестры в возрасте пяти и семи лет. Родители поощряли его подавать хороший пример, и большую часть времени он так и делал. Сосредоточившись на спортивном будущем, он держал себя в руках.

Разделив момент озарения, подростки подняли друг другу руки.

"Что?" поинтересовался Сэм.

"Мы расскажем им, почему E-Z это делает, и что мы хотим сделать татуировки в его поддержку", - сказал ПиДжей.

Арден кивнул.

"Погоди-ка. Значит, вы, два кретина, хотите использовать смерть моих родителей как предлог для того, чтобы сделать татуировку?"

Сэм открыл рот, но слова вырвались из него.

ПиДжей и Арден с красными лицами уставились на тротуар.

E-Z отпустил их с крючка. "Мне и так хорошо".

Сэм закрыл рот, когда он и двое парней образовали полукруг вокруг инвалидного кресла.

"Однако пообещай мне одну вещь - никаких бабочек не допускается".

"Эй, ребята, что вы имеете против бабочек?" спросил Сэм.

ГЛАВА 4

T O MAKE A LONG story short, PJ and Arden convinced their parents to let them get tattoos.

"Be with you in a sec," the tattoo artist said, glancing at the four of them. Facing the mirror, was a burly male customer who was adding another tattoo to his collection of many. This new one was between his thumb and forefinger. "Are you Sam?" the man doing the tattoo asked.

Sam's stomach felt a bit queasy, as he'd read the hand was one of the most painful places to get tattooed. "Yes, I spoke with you on the phone. This is my nephew E-Z, and his friends PJ and Arden."

"All four of you want tattoos, today? Because I was only expecting two of you."

"Sorry about that. We can reschedule, if need be, or I can have mine done on another day," Sam said wishfully.

"As luck would have it, my daughter is coming in to help me soon. So, welcome to Tattoos-R-Us. You can wait over there. Help yourself to a glass of water. There are also some brochures you might want to check out. Might help you to decide where you want your tattoo. Each area on the body has a pain threshold." The burly guy getting tattooed s niggered.

"Thanks," Sam replied as they moved toward the waiting area. Once seated on a sofa, his bouncing knee gave PJ and Arden the heebie-jeebies. They crossed the room and looked at the bulletin board. To steady his nerves, Sam blathered on. "I checked them out on the internet, they've been in business for twenty-five years, and that man we spoke to he's the owner. They have excellent standing with the Better Business Bureau. Plus, loads of five-star reviews on their website."

All eyes turned as a striking woman dressed in goth-like attire entered the premises. She was thirty-something and judging by her features the owner's daughter. She had tattoos on every bit of exposed flesh, and sporadic piercings ev erywhere else.

"Sorry I'm late," she said, touching her father on the shoulder. She glanced at the waiting area, whispered something to him. She beamed a toothy smile and turned toward the customers.

"Hi, I'm Josie." She held out her hand and shook hands with each of them. "That's Rocky over there. He's the owner and I'm his daughter."

"I'm Sam, and this is my nephew E-Z and his two friends, PJ and Arden." He fell rather than sat back down again.

Josie went to get him a glass of water.

E-Z was thinking about how much the piercing on her tongue must've hurt, then he said to his uncle, "You don't h ave to."

"Are you calling me a chicken?" he said, with his entire body shaking as Josie placed the glass into his hand. As he raised it toward his lips, he spilled some water.

"You guys are tattoo virgins, right?" Josie asked.

E-Z thought she had a sweet voice, like Stevie Nicks his father's favourite vocalist from Fleetwood Mac, singing about Rhiannon the witch.

They didn't have to answer, as their silence said it all.

"Well, you're in excellent hands with Rocky. He's the best tattoo artist in town. It'll hurt guys. Yes, it'll hurt. But it's like that kind of hurt John Cougar sings about. You know - Hurts So Good."

Sam grimaced. "How much does it actually hurt?"

"It depends on your threshold for pain – and where you choose to get it. There's a brochure over there, which maps out the various areas of the body giving a p ain rating."

E-Z felt his face grow hot, and his friends' complexions had a similar hue. He glanced in Sam's direction, taking notice of his complexion which had altered to a greenish t inge.

Josie continued. "After your first tattoo, you might grow to like it and want more."

Sam stood, his body quivering with fear.

"He might need a little fresh air," E-Z said, corralling his uncle toward the door.

Once outside, Sam paced up and down the sidewalk, with his heart racing like it was going to jump out of his chest. "I wish to god I smoked."

"I appreciate your coming down here with me, really I do, but honestly, you don't have to go through with it. I know we made a pact, and this is something I want to do – in memory of my mom and dad - but you don't owe me anything. Why not go for a walk, maybe grab a coffee and we'll text you when we're finished, okay?"

"I said I'd be there for you, always. I am here for you now. I hate needles. And drills. I thought I could do it, but now I realize the fear is stronger than I am. I'm such a wuss."

"You've always been there for me, Uncle Sam. You don't have to prove it to me, to anyone, by getting a tattoo you don't even want. Now, get out of here. I'll phone you when we're finished." He wheeled himself back up the ramp with his friends falling in line behind him. He glanced over his shoulder at Sam. The poor guy was as stiff as a statue.

"I'll be okay. Now, take off."

Sam laughed. "But before I go, you'd better give me the letter I wrote last night, so I can add in PJ and Arden's names. Because without my permission – none of you are g etting tattoos."

"Good thinking," E-Z said as he handed the note down the line. Now signed it came back up again. He put it into his pocket, and they went inside where Josie was waiting.

"Okay, you're next. If you're going to piss your pants, I'll show you where the toilet is now."

"Bite me," E-Z said as he wheeled his chair into position.

✳✳✳

Пока Роки заканчивал у стойки, Джози вручила Е-Зи книгу с татуировками.

"Я уже знаю, не глядя. Мне бы хотелось крыло голубя, на каждом плече". Вот они снова появились, зеленые и желтые огоньки. Ему так хотелось отмахнуться от них, но он не хотел, чтобы Джози тоже подумала, что он спятил.

Джози пролистала книгу. "Это то, что ты имел в виду?"

Он кивнул, затем наблюдал за ней в зеркало, как она моет руки, потом надевает пару черных перчаток. Она извлекла чернильные чашки из стерильной упаковки и расставила их на столе.

"У тебя есть записка от родителей или опекунов? Полагаю, тебе нет восемнадцати?"

И-Зи улыбнулся и протянул ей записку.

"Вроде бы все в порядке. Теперь перейдем к более важным вопросам. У тебя волосатая спина?" Она улыбнулась. "Если да, то сначала нам нужно будет ее почистить и побрить. Я имею в виду всю твою спину".

"Определенно нет".

Звук хихиканья его друзей из зоны ожидания заставил его тоже улыбнуться. Тем временем Джози исчезла в задней комнате, и там зазвучала музыка. На секунду зазвучала Another Brick in the Wall, а потом музыки не стало.

"Эй, зачем ты это сделала?" - спросил он.

"Я ненавижу все, что написано Pink Floyd". Она продолжила расставлять вещи.

"Ты не можешь так говорить, если только никогда не слушал Dark Side of the Moon".

"Я слушала, это было дерьмо", - сказала она, стягивая через голову его рубашку. "О!"

POP.

POP.

И два огонька исчезли.

Рокки подошел и встал рядом с ней. "Что за фигня?"

"Действительно, какого черта", - ответила Джози.

Вслед за ней подошли ПиДжей и Арден.

"Я не понимаю, И-Зи. Зачем тебе врать?"

"Конечно, он не стал бы врать - E-Z никогда не врет", - сказал Арден.

"ЧТО!?" спросил E-Z, пытаясь маневрировать на своем стуле так, чтобы видеть то, что видят они. "Врать? Насчет чего? Скажи мне, что бы это ни было. Я могу это вынести".

Джози спросила: "Почему ты соврал, что являешься девственником татуировок?".

"Я не делал этого!" заикался И-Зи, не понимая, что она имела в виду.

"Подожди минутку", - сказал Арден. "Брось, приятель, если ты солгал, у тебя должна быть веская причина".

"Дело сделано!" сказал ПиДжей. "Хотя он не мог получить их без разрешения взрослых".

Роки схватил ручное зеркальце и расположил его так, чтобы E-Z мог увидеть то же, что и они. Две татуировки, одна на правом плече, другая на левом. Крылья.

"Что за?"

"Он сказал мне, что хочет крылья", - сказала Джози. "Я думала, ты хороший парень".

"Так и есть! Честно говоря, я понятия не имею, как они там оказались, и это не те крылья, которые я хотел. Я хотел голубиные крылья. А эти больше похожи на крылья ангела".

"Да ладно тебе, приятель", - сказал Рокки. "Их делал профессионал. Некоторое время назад. И, кстати, это совершенно исключительные ангельские крылья. Мои комплименты тому, кто их сделал. Скажи им, что если они когда-нибудь будут искать работу, пусть приходят ко мне".

"Перекрестись, я не делал татуировок. Это первый раз, когда я побывал в тату-салоне. Спроси моего дядю. Он меня поддержит. Он знает".

"Все это не имеет смысла", - сказал Арден.

Рокки покачал головой. "Хотя бы признайся в этом, парень".

"Вы двое хотите татуировки?" спросила Джози, положив руки на бедра.

"Нет", - ответили они.

"Мужчины - такие лжецы", - сказала Джози, когда они закрыли за собой дверь.

"Не бери в голову, милая, нам все равно пора ужинать", - после чего он повесил на дверь табличку ЗАКРЫТО.

Вернувшись, Сэм увидел, что трое парней ждут у входа в студию. Язык их тела был странным. Рыжеволосый ПиДжей скрестил руки, а оливковокожий Арден - руки на бедрах. Тем временем его племянник был близок к слезам.

"Слава богу, дядя Сэм, слава богу, что ты вернулся".

Он бросился ближе. "О нет, это было ужасно больно? Через несколько дней станет легче. Все будет хорошо. А теперь позволь мне взглянуть". Он присвистнул, когда его племянник наклонился вперед, чтобы он мог поднять его рубашку. "Черт возьми, должно быть, больно".

"Наверное, да", - сказал ПиДжей.

"Когда он впервые их получил".

"Впервые? Что?"

"Они уже были у него, когда она сняла с него рубашку".

"Чего мы не можем понять, так это как?"

"Что ты имеешь в виду? Могу тебя заверить, что вчера у него их не было".

"Видишь, я же говорил, что дядя Сэм меня поддержит". Если бы они не поверили ему, то поверили бы его дяде, но почему они думали, что он будет врать об этом? Они знали, что он не лжец.

"По словам Рокки, эти штуки у него уже давно".

"Видишь, как они затянулись?" сказал ПиДжей. "Роки и Джози были раздосадованы, и у них есть на это полное право, так как И-Зи, похоже, был удивлен не меньше нас, увидев их".

"А вы двое, - спросил Сэм, - как прошли ваши татуировки?"

"Мы решили не продолжать", - сказал ПиДжей.

"Нам показалось, что это не совсем правильно".

Сэм сказал: "Расскажи нам, что произошло. Объяснись, парень, потому что я не могу понять, что к чему".

"Я не могу. Дядя Сэм, ты же знаешь, что вчера их там не было. У меня нет никаких объяснений. Все, чего я хочу, - это вернуться домой". Он начал двигаться, стуча колесиками своего кресла, быстрее, быстрее, еще быстрее. Он хотел уехать, уехать куда угодно. Если они ему не поверили, то и черт с ними.

Когда он приблизился к концу улицы, свет сменился с зеленого на красный. Маленькая девочка в одиночестве уже неслась вперед, чтобы перейти дорогу. Она отошла от бордюра, как раз в тот момент, когда фургончик огибал угол. Его инвалидное кресло поднялось с земли и выстрелило в ее сторону. Он протянул руку и схватил ее. Как раз вовремя, чтобы спасти ее от попадания под колеса автомобиля.

Теперь уже вне опасности, инвалидное кресло коснулось земли, и он понес ее в безопасное место. Перед ним стоял больший, чем обычно, белый лебедь.

Он показал ему крылом большой палец вверх, а затем улетел.

"Лебедь", - сказала девочка, оглядываясь по сторонам в поисках своих родителей.

И-Зи воспользовался возможностью смешаться с толпой и исчезнуть за углом, затем он ударил по спицам своих колес сильнее, чем когда-либо прежде, и вскоре был уже в нескольких кварталах от дома.

"Ты это видел?" воскликнул Арден, остановившись на углу. "Ой", - сказал он, когда женщина позади него столкнулась с ним. "Ой", - услышал он позади себя, когда другие пешеходы позади него столкнулись.

ПиДжей устоял на ногах, когда парень сзади врезался в него. Ардену он сказал: "Да, я видел это... но я не уверен, что именно я видел. Татуировка крыльев - это одно, а это... что? Чудо?"

"Это была оптическая иллюзия", - сказал Сэм, когда его телефон завибрировал. Это было сообщение от E-Z с просьбой срочно приехать и забрать его возле парковки хозяйственного магазина. "Я нужен E-Z, сможете ли вы вдвоем снова проделать путь домой?"

"Конечно, без проблем, Сэм".

"Надеюсь, с ним все будет в порядке".

Сэм проделал обратный путь к машине, стараясь сохранять спокойствие, пытаясь логически осмыслить то, что только что произошло.

Ни один из парней не хотел говорить о том, что они видели, - об инвалидном кресле E-Z в полете.

"Ты это видел?" - шептались за их спинами другие, пока собиралась толпа.

"Жаль, что у меня не было наготове телефона", - сказала одна женщина.

Вторая женщина с микрофоном и камерой пробивалась вперед. Когда свет сменился, она перешла дорогу, за ней последовала пара в слезах - родители маленьких девочек. Позади них стоял водитель фургона.

"Слава богу, вы были там", - плакал он. "Я не видел ее. Ты геройский парень. Спасибо тебе".

"Мамочка!" - позвал ребенок, когда мать потянула ее на руки. Она и ее муж обняли ее поближе, пока репортер двигался к ней, а оператор фиксировал этот момент.

Рядом рыдал мужчина, который чуть не сбил ее. Репортер и фотограф поговорили с ним. "Он спас ее, ее и меня. Мальчик, мальчик в инвалидном кресле".

Они пытались найти его, но его не было. Он прятался, как преступник. Ждал, когда дядя Сэм придет и спасет его. Пытался осмыслить случившееся. Пытался не сойти с ума.

Вернувшись на место происшествия, два огонька, один зеленый, а другой желтый, стерли разум всех, кто находился поблизости. Затем они уничтожили все записанные кадры.

"Что мы здесь делаем?" - спросил репортер.

"Без понятия", - ответил оператор.

По дороге домой E-Z вроде как чувствовал себя героем. Но он знал, что настоящий герой - это кресло; его кресло-каталка, которое взлетело в воздух.

И-Зи Диккенс был татуированным ангелом.

***

"**Я** летал, дядя Сэм. Я действительно летал".

Сэм заехал на подъездную дорожку и припарковался.

"Ты ведь видел это, верно? Ты видел, как я спас ту маленькую девочку. Я не успел бы вовремя, и моя инвалидная коляска знала это, поднялась с земли и помчалась к ней".

"Да, я видел это. Это было необыкновенно. Я имею в виду то, как ты спас ту маленькую девочку от беды, возможно, от смерти. Но твое кресло не взлетело. Это был импульс, который двигал тебя вперед. Из-за прилива адреналина и того, как быстро тебе пришлось двигаться, чтобы добраться туда, тебе, наверное, казалось, что ты летишь - но это было не так".

"Я летел. Кресло покинуло землю".

"Да ладно тебе. Ты знаешь, и я знаю, что никакого полета не было. Ты должен это знать. Я имею в виду, кем ты себя возомнил? Чертовым ангелом?"

Сэм вышел из машины, достал из багажника инвалидное кресло и подошел, чтобы помочь племяннику забраться в него. Когда он это делал, правое плечо E-Z ударилось о край двери, и он вскрикнул от боли.

"Вода!" - закричал он. "Такое ощущение, что я сейчас сгорю".

Сэм побежал на кухню и вернулся с бутылкой воды.

И-Зи вылил ее себе на плечо. Немного полегчало, а потом другое плечо словно загорелось. Он вылил на него остаток из бутылки. Сэм втолкнул его в дом, а E-Z попытался сорвать с себя рубашку. Сэм помог ему стянуть ее через голову.

"О нет!" воскликнул Сэм, прикрывая нос. Лопатки его племянника теперь выглядели и пахли как обугленное мясо для барбекю. Он поспешил на кухню за водой.

По дороге E-Z кричал и продолжал кричать, пока не потерял сознание.

ГЛАВА 5

Б ыло темно, и он был совершенно один, лишь тень от луны расстилалась над ним по небу.

Его руки были скрещены на груди, как будто он видел, как располагают трупы на похоронах с открытым гробом. Он встряхнул их. Расслабившись, он положил их на подлокотники своего кресла-каталки и только тут обнаружил, что не сидит в нем. Испугавшись, что он опрокинется, он снова скрестил руки на груди. Но подожди, он не упал, когда разжал их, а сделал это снова и остался в вертикальном положении.

E-Z прижал одну руку к груди, а другую, правую, протянул так далеко, как только мог. Кончики его пальцев соприкоснулись с чем-то прохладным и металлическим. Левой рукой он сделал то же самое и снова нащупал металл. Наклонившись вперед, он коснулся стены перед собой и сделал то же самое позади себя. По мере того как он двигался, сиденье под ним смещалось, с усилием, как подвесная система. Именно эта система удерживала его в вертикальном положении, или так оно и было?

ПФФТ.

Звук тумана, поднимающегося в воздух. Теплый, он обострял обоняние, купая его в букете лаванды и цитрусовых.

Он погрузился в глубокий сон, в котором ему снились сны, которые не были снами, потому что это были воспоминания. Авария - все повторялось снова и снова - зацикливалась. Он запрокинул голову назад и застонал.

"Одну минуту, пожалуйста", - сказал женский голос.

Это был роботизированный голос, какой можно услышать в записи, когда рядом нет человека.

Боясь снова задремать, он спросил: "Кто там? Пожалуйста. Где я?"

"Ты здесь", - сказал голос, а затем захихикал. Смех отскакивал от силоподобного контейнера и бил по ушам, то появляясь, то исчезая.

Когда он прекратился, он решил вырваться наружу. Используя все свои силы, он вытянул руки и толкнулся. Это было приятно. Делать что-то, хоть что-то - поначалу - пока клаустрофобия не взяла верх.

ПФФТ.

Спрей, на этот раз более близкий, попал ему прямо в глаза. Лимонная кислота ужалила, слезы выступили, как будто он резал лук, и он встал.

Подожди минутку...

Он снова упал. Он пошевелил пальцами ног. Он сделал это снова. Он вытянул правую ногу. Затем левую ногу. Они работали. Его ноги работали. Он поднял себя...

Голос, на этот раз мужской, сказал: "Пожалуйста, оставайтесь на месте".

Он ущипнул себя за правое бедро, потом за левое. Кто бы мог подумать, что укол-другой может быть таким приятным? Никто не мог остановить его. Пока у него есть возможность пользоваться ногами, он снова будет стоять.

Над ним раздался шум, похожий на движение лифта. Звук становился все громче. Он посмотрел вверх. Потолок бункера опускался. Становился все больше и больше. Наконец, он полностью остановился.

"Сядьте", - потребовал мужской голос.

И-Зи поднялся, но потолок опускался все ниже - до тех пор, пока он уже не мог стоять. Он терпеливо сидел и ждал, когда эта штука втянется, как лифт, поднимающийся наверх, - но она не сдвинулась с места.

ПФФТ.

"Выпустите меня!"

"Добавьте лауданум", - сказал женский голос.

Стены выдержали паузу, затем выплеснули сверхдлинную дозу.

PPPFFFTTT.

Это был последний звук, который он услышал.

***

Вернувшись в свою постель - размышляя, не сошел ли он с ума и не привиделся ли ему весь этот инцидент с силосной башней, - E-Z. Он чувствовал себя настоящим, он пах настоящим. А два голоса - почему они не проявили себя? Он почесал голову и увидел перед глазами два огонька. Как и раньше, один был зеленым, а другой - желтым.

"Алло?" - прошептал он, когда его атаковал высокочастотный вой, похожий на бич комаров. Он запустил правую руку назад, нанося мощный удар. Но не успел он нанести удар, как рука замерла в воздухе. Его глаза остекленели, как у загипнотизированной курицы.

POP.

POP.

Огоньки трансформировались в двух существ. Каждое толкнуло в плечо, и E-Z опустился на подушку, где закрыл глаза и уснул.

"Мы должны сделать это сейчас, бип-бип", - сказал бывший желтый огонек.

"Давай сначала убедимся, что он спит, зум-зум", - сказал бывший зеленый огонек.

"Хорошо, приступаем к работе, бип-бип".

"Мы получили его согласие, zoom-zoom?"

"Он сказал, что согласен, но не помнит. Я беспокоюсь, что это не обязывающее соглашение. Оно может быть лишь частичным, а ты-знаешь-кто ненавидит частичные соглашения. Не говоря уже о том, что человеческие частицы попали бы в промежуток между бип-бипами".

"Да, он мне слишком нравится, чтобы позволить ему стать betwixt and betweener zoom-zoom".

"Нравиться не имеет к этому никакого отношения. Не забывай, что случилось с лебедем. Не говоря уже о том - почему люди говорят о том, о чем не стоит упоминать, прежде чем упомянуть то, что они не хотят говорить?" Не дожидаясь ответа. "Мы были бы в затруднительном положении, и сам-знаешь-кто был бы очень крест-бип-бип".

"Но у человека уже есть его татуированные крылья. Испытания не начинаются, пока объект не согласится". Она щелкнула пальцами, и появилась книга. Она взмахнула крыльями, создав ветерок, который перевернул страницы. "Видишь здесь, здесь говорится, что крылья устанавливаются только ПОСЛЕ того, как испытуемый получил согласие. Так что, когда он сказал "да", это, должно быть, скрепило сделку zoom-zoom". Она подняла руки, и книга полетела вверх, как будто собиралась удариться о потолок, но вместо этого исчезла сквозь него.

Они полетели, одна приземлилась на плечо И-Зи, а другая - на его голову.

"Я этого не делал", - сказал он, не открывая глаз.

"Спи больше, зум-зум", - сказала она, касаясь его глаз.

"Ш-ш-ш, бип-бип".

"Мама, вернись. Пожалуйста, вернись!"

"Он очень беспокойный, зум-зум".

"Он спит, бип-бип".

E-Z открыл рот и захрапел, как слоненок. Ветерок поддерживал их в воздухе - не нужно было хлопать крыльями. Они хихикали, пока он не закрыл рот. Это отправляло их в свободное падение. Яростно хлопая крыльями, они быстро пришли в себя.

"О нет, он скрежещет зубами, бип-бип".

"У людей странные привычки, зум-зум".

"Этот человеческий ребенок уже достаточно натерпелся. Введя эти права, он будет чувствовать меньше боли, бип-бип".

Первое существо влетело на грудь E-Z и приземлилось, выставив вперед подбородок и положив руки ему на бедра. Существо повернулось один раз, по часовой стрелке. Вращаясь все быстрее, из трепета его крыльев доносилась песня. Это был низкий стон. Грустная песня из прошлого в честь жизни, которой больше нет. Существо откинулось назад, прислонившись головой к груди E-Z. Вращение прекратилось, но песня продолжала звучать.

Второе существо присоединилось к нему, проделав тот же ритуал, но вращаясь против часовой стрелки. Они создали новую песню, за вычетом бип-бипов и зум-зумов. Ведь когда они пели, ономатопея не требовалась. В то время как в повседневном общении с людьми она была необходима. Эта песня наложилась на другую и превратилась в радостное, высокочастотное торжество. Ода грядущим событиям, еще не прожитой жизни. Песня для будущего.

Из их золотых глазниц вырвались брызги алмазной пыли. Они повернулись в идеальной синхронности. Алмазная пыль брызнула из их глаз на спящее тело E-Z. Обмен продолжался, пока не покрыл его алмазной пылью с ног до головы.

Подросток продолжал крепко спать. Пока алмазная пыль не пронзила его плоть - тогда он открыл рот, чтобы закричать, но из него не вырвалось ни звука.

"Он просыпается, бип-бип".

"Поднимите его, зум-зум".

Вместе они подняли его, когда он открыл остекленевшие глаза.

"Поспи еще, бип-бип".

"Не чувствуй боли, зум-зум".

Обхватив его тело, два существа приняли его боль в себя.

"Поднимайся, бип-бип", - скомандовал он.

И кресло-каталка поднялось. И, расположившись под телом E-Z, оно стало ждать. Когда капля крови упала, кресло поймало ее. Поглощало ее. Поглощало ее, словно это было живое существо.

По мере того как росла мощь кресла, росла и его сила. Вскоре кресло смогло удерживать своего хозяина в воздухе. Это позволило двум существам выполнить свою задачу. Их задача - соединить кресло и человека. Связать их навечно силой алмазной пыли, крови и боли.

Пока тело подростка содрогалось, проколы на его коже затягивались. Задание было выполнено.

Алмазная пыль стала частью его сущности. Таким образом, музыка остановилась.

"Дело сделано. Теперь он защищен от пуль. И у него есть суперсила, бип-бип".

"Да, и это хорошо, зум-зум".

Инвалидное кресло вернулось на пол, а подросток - на свою кровать.

"Он ничего не будет помнить об этом, но его настоящие крылья начнут функционировать очень скоро, бип-бип".

"А что насчет других побочных эффектов? Когда они начнутся, и будут ли они заметны zoom-zoom?"

"Этого я не знаю. Возможно, у него будут физические изменения... это риск, на который стоит пойти, чтобы уменьшить боль, бип-бип".

"Согласен, zoom-zoom".

Измученные, два существа прижались к груди E-Z и уснули. Не зная, что они там были, когда утром он потянулся - они упали на пол.

"Упс, извините", - сказал он крылатым существам, прежде чем перевернуться и снова заснуть.

***

"Ты не спишь?" спросил Сэм, прежде чем приоткрыть дверь. Его племянник похрапывал, но кресла не было там, где он его оставил, когда помогал ему лечь в постель. Он пожал плечами и вернулся в свою комнату, где прочитал несколько глав "Дэвида Копперфильда". Спустя несколько часов он вернулся в комнату племянника.

"Тук-тук".

"Э-э, доброе утро", - сказал И-Зи.

"Ничего, если я войду?"

"Конечно".

"Ты хорошо спал?"

"Думаю, да". Он потянулся, затем прислонился спиной к изголовью кровати.

"Как твое кресло оказалось здесь? Я думал, что припарковал его у стены".

Он пожал плечами.

"И посмотри на подлокотники - ты их покрасил?".

Он наклонился, увидел красный оттенок и снова пожал плечами. "Что со мной случилось?"

"Ты потерял сознание. Чего я не понимаю, так это почему. Ты сказал, что чувствовал, будто твои плечи горят. Я поискал в интернете по твоему описанию, и выскочило гомеопатическое средство. Удивительно, что там можно найти. Я смешал немного лавандового масла с водой и алоэ в бутылочке с распылителем, а затем вылил прямо на твою кожу. Они сказали, что это даст тебе немедленное облегчение. Они не шутили, потому что ты расслабился и уснул".

"Спасибо, теперь я чувствую себя намного лучше".

"Думаю, я еще немного поваляюсь в постели".

"Хорошая идея. Принести тебе что-нибудь?"

"Может, какой-нибудь тост? С клубничным джемом?"

"Конечно, малыш". Он вышел из комнаты, сказав, что скоро вернется. Когда он вернулся с едой на подносе, племянник попытался поесть, но не смог ничего удержать.

"Может, просто немного воды".

Сэм принес бутылку, из которой И-Зи попытался пить, но даже это не смогло его удержать.

"Думаю, я продолжу отдыхать". Его глаза оставались открытыми, уставившись вперед в пустоту. "Сколько сейчас времени?"

"Сейчас пять утра, и сегодня суббота. Ты пробыл в отключке почти двенадцать часов. Ты меня напугал".

Связь, лаванда в обоих местах поразила E-Z как странная. Неужели он пережил пересечение в реальной жизни? Это было слишком большим совпадением, вот если бы силосная башня действительно существовала. Или это был сон? Скорее, кошмар. Но его ноги действительно работали внутри этого металлического контейнера. Он бы вернулся туда через минуту - возможно, пошел бы на любой риск, - чтобы снова обрести возможность пользоваться ногами.

"E-Z?"

"Что? Я. Честно говоря, думаю, что хотел бы закрыть глаза и еще немного отдохнуть".

Сэм вышел из комнаты, закрыв за собой дверь.

E-Z дрейфовал в сознании и выходил из него, в то время как авария играла по кругу. Одетая в белые крылья Стиви Никс исполняла сопровождающий саундтрек. В это время на заднем плане два огонька - зеленый и желтый - подпрыгивали вверх и вниз.

***

Следующие несколько дней он пытался собрать в уме все кусочки воедино, составляя список общих черт:

Белые крылья - белые крылья вытатуированы на его плечах. Стиви Никс - в его сне у нее были белые крылья.

Лаванда - дядя Сэм использовал лаванду и алоэ, чтобы успокоить ожоги. В силосной башне лаванда опрыскивала воздух, чтобы успокоить его.

Желтые и зеленые огни. Он видел их после аварии и в своей комнате.

Коляска - летела, чтобы он мог спасти маленькую девочку. Когда он был кэтчером, его задница покидала кресло, чтобы он мог поймать мяч.

Подлокотники - теперь были красными. Никаких похожих инцидентов. Никаких объяснений.

Чувство жжения в плечах/татуировки, появляющиеся на плечах. Никаких объяснений.

Он больше не верил в бога, с тех пор как произошел этот несчастный случай. Ни один бог не позволил бы дереву раздавить его родителей. Они были хорошими людьми, никогда никому не причиняли вреда. То, что случилось с его ногами, не имело значения. Любой бог, который хоть чего-то стоит, протянул бы руку и остановил это до того, как это случилось.

Разве что, если бы бог существовал, он бы вышел на обед. Да, конечно.

С его телом происходили изменения, и он хотел получить ответы. В глубине души он знал, что единственный способ получить их - это вернуться в проклятый бункер - если он существовал.

ГЛАВА 6

На следующее утро E-Z парил в воздухе над своей кроватью, так как у него проросли крылья. Направляясь посмотреть на свои новые придатки в зеркало гардероба, он чуть не врезался в стену.

"Там все в порядке?" Сэм позвал из соседней комнаты.

"Да", - ответил он, переваливаясь с боку на бок и восхищаясь своей вновь обретенной силой полета. Пернатые плюмажи завораживали его. Особенно то, как они двигали его вперед, словно были единым целым с его телом. Чувствуя себя скорее птицей, чем ангелом, он попытался вспомнить, что изучал в школе по орнитологии. Он знал, что у большинства птиц есть первичные перья, возможно, десять. Без первичных они не могли летать. У него на крыльях было больше десяти первостепенных перьев, да и второстепенных тоже. Он попробовал отклониться влево, потом вправо, проверяя свою маневренность. Чувствуя себя невесомым, он порхал по своей комнате. Парил над инвалидным креслом - которое ему больше не было нужно. С этими крыльями он мог парить над миром. Положив руки на бедра, как Супермен, он направил себя в сторону двери. Он прибыл туда в тот момент, когда Сэм открывал ее.

"Ты напугал меня до полусмерти!" сказал Сэм, едва не выпрыгнув из своей кожи.

Застигнутый врасплох, подросток попытался сохранить контроль над ситуацией. Он сменил направление, намереваясь подойти к кровати. Однако переход оказался не таким легким, как он рассчитывал, и он отправился в свободное падение.

Сэм побежал к инвалидному креслу, двигая его взад-вперед, чтобы оно оставалось под племянником.

E-Z оправился и снова поднялся.

"Ты спускаешься сюда, прямо сейчас!" крикнул Сэм, размахивая кулаками в воздухе.

Он подлетел к кровати и совершил безопасное приземление. Его крылья сомкнулись, как аккордеон без музыки. "Это было так весело. Не могу дождаться, когда полетим в школу".

Сэм упал в кресло своего племянника. "Что это вообще было? И ты действительно думаешь, что сможешь летать на этих штуках в школу? Ты бы стал посмешищем".

"Они бы привыкли к этому, и вместо того, чтобы называть меня tree boy - калекой, они могли бы называть меня fly boy. Да, мне это нравится".

"Судя по тому, что я видел, это была неумелая попытка. А fly boy звучит нелепо".

"Это была моя первая попытка. Я наловчусь".

Сэм покачал головой, так как любопытство взяло верх над ним и пересилило эмоции, заставив бежать. "Можно мне посмотреть поближе?" - спросил он. "Я имею в виду, не взлетая?" - спросил он, вставая, когда E-Z повернулся к нему всем телом. "Они исчезли. Полностью. Я имею в виду татуировки. Их заменили настоящие крылья - и ты можешь летать. О боже!" Он сел, пока не упал.

"Я проснулся, крылья появились, и следующее, что я понял, - я уже летел".

"Это магия. Должно быть. А может, мы спим, ты в моем сне или я в твоем, и скоро мы проснемся и..." Сэм старался сохранять спокойствие ради племянника, но внутри его сердце бешено колотилось.

"Это не сон".

"Как они выскочили? Тебе нужно было что-то сказать? Я имею в виду, есть ли волшебные слова, которые ты должен произнести?"

"Не помню, чтобы я что-то говорил. Хотя, наверное, могу попробовать". Он задумался на несколько секунд, приняв позу, похожую на "Мыслителя" Родена. "Погоди-ка, дай-ка я попробую кое-что". Он взмахнул воздухом без палочки: "Autem!".

"Когда ты выучил латынь?"

"Duolingo, бесплатное приложение на моем телефоне".

"Я тоже, я учу французский. Попробуй en haut".

"En haut!" По-прежнему ничего. "Подними меня! Qui exaltas me!" Раздраженный, он скрестил руки. "Наверное, хорошо, что ты вошел и увидел, как я летаю, иначе ты бы мне не поверил!" Ему стало интересно, чем занимаются ПиДжей и Арден - он не видел их уже несколько дней. В следующий момент его крылья раскрылись, и он завис над своей кроватью.

"Ро-ро", - сказал Сэм, когда крылья втянулись, и E-Z упал на пол.

"Это было бы классное время для тебя, чтобы схватить мой стул".

Сэм улыбнулся. "Легче сказать, чем сделать. Извини. Ты в порядке?"

"Я не ранен. Я имею в виду физически, но ментально, кто знает?" Он рассмеялся. "Не поможешь мне забраться в кресло?"

Сэм поднял его и благополучно усадил в кресло. Когда он откинулся на спинку, крылья, вместо того чтобы полностью убраться, с новой силой расправились. E-Z взлетел вверх, порхая вокруг, как Тинкербелл.

"Так вот оно как, а?" сказал Сэм.

"Мне нужно освоиться - не уверен, почему - но..."

"Ну, когда будешь готов, спускайся, и мы пойдем завтракать. Я принесу свой ноутбук, и мы сможем провести кое-какие исследования".

"Хм, это умная идея. Мы могли бы пойти в кафе Энн. И я бы спустился - если бы мог". Крылья убрались, когда E-Z оказался прямо над его инвалидным креслом. "Вот это я называю сервисом", - сказал он, осторожно опускаясь в кресло.

Они поболтали, пока он одевался. Затем E-Z отправился в ванную, пока Сэм готовился.

Когда они вышли из дома и направились к кафе "У Энн", И-Зи был двоякого мнения. Первое - что он скучал по походу туда, а второе - "Я не был там уже целую вечность. С тех пор как..."

"Я знаю, малыш. Ты уверен, что еще не слишком рано?"

Завтрак в кафе "У Энн" был традицией для его семьи. Кроме того, что оно открывалось рано, в 6 утра, оно находилось в нескольких минутах ходьбы. Внутри были отдельные кабинки, обтянутые искусственной кожей, с красными клетчатыми скатертями. Его отец всегда говорил, что у заведения была "далекая" тематика. На музыкальных автоматах играла музыка шестидесятых - они были установлены так, что людям не нужно было платить. А постеры с Мэрилин Монро, Джеймсом Дином и Марлоном Брандо заполняли стены. Меню было огромным: от клубных сэндвичей до чизбургеров и фондю. Но его личными фаворитами были сверхгустые коктейли и яблочные блинчики.

Как только она увидела их, сразу же подошла хозяйка Энн. "Я скучала по тебе". Она бросилась обнимать его.

"Это мой дядя Сэм, Энн". Они пожали друг другу руки. "Кстати, спасибо за открытку и цветы, это было очень заботливо".

Ее глаза наполнились слезами. "А теперь иди сюда. У меня есть идеальный столик для тебя".

Он находился в тихом уголке, так что ему не нужно было беспокоиться о том, что его стул будет мешать работникам кухни или посетителям.

"Я сразу же займусь приготовлением твоего обычного блюда. Знаешь, чего бы ты хотел, Сэм, или мне вернуться?"

"А что ты будешь?"

"Яблочные блинчики а-ля режим. Они самые лучшие на планете, и Энн всегда приносит дополнительный сироп и корицу".

"Звучит неплохо, но я, пожалуй, остановлюсь на скучных яйцах с беконом и гарниром из грибов".

"Понял", - сказала Энн. "А ты будешь шоколадный густой коктейль?". Он кивнул. "Кофе для тебя, Сэм? " "Черный", - ответил он. "И спасибо, что сделал меня таким желанным".

"Здесь рады любому дяде из E-Z".

После того как Энн пошла за напитками, он промурлыкал: "Дядя Сэм, мне кажется, я превращаюсь в ангела".

"Сначала тебе нужно умереть", - сказал он, когда Энн поставила напитки на стол и пошла обратно на кухню.

"Может, я и вправду умер, в автокатастрофе. На несколько минут. Кто знает, сколько времени нужно, чтобы стать ангелом? В кино, если ты доберешься до Жемчужных ворот, большой человек может повернуть все вспять и снова отправить тебя сюда. Это если ты веришь в такие вещи - а я не верю".

"Я тоже. Ангелов не существует. Как и дьяволов. Кроме как внутри каждого из нас. То есть в каждом из нас есть и хорошее, и плохое. Это то, что делает нас людьми. Что касается умирающих, то они бы сказали мне, если бы им пришлось тебя реанимировать. Ничего подобного они не говорили".

"Тогда как объяснить внезапное появление татуировок, а теперь они превратились в настоящие крылья? Вчера у меня их не было. Так что же произошло между вчера и сегодня? Ничего, что могло бы послужить основанием для роста новых придатков".

"Ничего такого, о чем бы ты мог подумать", - сказал Сэм. Он рассмеялся.

И-Зи отрезал ножом блинчик и засунул его в рот, позволив сиропу стечь по подбородку. Энн заставила себя успокоиться.

"Ну, сейчас ты точно выглядишь не очень ангельски", - сказал Сэм, подцепив вилкой яичницу. "Мм, это действительно вкусно". Откусив еще несколько кусочков, он полез в портфель и достал ноутбук. Он включил его и набрал "define angel". Он повернул экран так, чтобы они могли читать информацию во время еды.

"Посланник, особенно бога", - прочитал Сэм, - "человек, который выполняет миссию бога или действует так, как будто послан богом".

"Действует как будто", - повторил E-Z, запихивая в рот еще один блинчик.

Сэм прочитал: "Неформальный человек, особенно женщина, которая добра, чиста или красива". Ты довольно симпатичный, с твоими светлыми волосами и голубыми глазами".

"Заткнись".

"Обычное представление", - он сделал паузу. "Любое из этих существ, изображенное в человеческом облике с крыльями". Сэм сделал еще один глоток кофе, как раз в тот момент, когда Энн вновь наполнила его чашку.

"У вас, ребята, будет несварение желудка, если вы будете читать и есть одновременно".

засмеялся И-Зи.

Сэм ответил: "Нет, я работаю в отделе информационных технологий, так что у меня неплохо получается работать в режиме многозадачности".

Энн хихикнула и ушла.

"Что они имеют в виду под "этими существами"?" спросил E-Z.

"Тут говорится, что в средневековой ангелологии ангелы делились на чины. Девять порядков: серафимы, херувимы, престолы, доминионы (также известные как господства)", - он сделал паузу, отпил глоток воды. Затем продолжил: "Добродетели, княжества (также известные как княжества), архангелы и ангелы".

"Ого! Попробуй быстро произнести их десять раз". Он улыбнулся. "Я и не знал, что существует так много видов ангелов".

"Я тоже. Эта еда такая вкусная, что я все время думаю, не снится ли нам с тобой сон".

"Ты имеешь в виду, что тебе хотелось бы, чтобы мы были сном - и мои крылья исчезли?"

"Они могли бы улететь так же быстро, как и появились". Он придвинул ноутбук поближе и набрал "У человека вырастают ангельские крылья". E-Z насмешливо хмыкнул, но наклонился поближе, чтобы посмотреть, что выскочит. Сэм нажал на научную статью.

"Как я и говорил, никаких доказательств наличия ангельских крыльев у человека нет. Я и не думал. Думаю, возможно, тот инцидент, ну, когда я спас маленькую девочку, как-то связан с их появлением. Это был спусковой крючок, потому что жжение началось сразу после того, как я вернулся домой, а потом, ну, ты знаешь остальное".

"Как вы двое здесь поживаете?" спросила Энн.

"Я заказал тебе еще два блинчика, И-Зи, как обычно. Если только ты сможешь съесть больше?"

"Отлично".

"А что насчет тебя, Сэм?"

"Просто доливаю", - сказал он, протягивая свою пустую кружку, которую она забрала и вернулась с наполненной до краев. На кухне раздался звонок, и она пошла за блинчиками.

И-Зи вылил на них кленовый сироп, а затем намазал маслом. "Ты самая лучшая", - сказал он Энн. Она улыбнулась и оставила их доедать.

Дядя Сэм внимательно наблюдал за своим племянником. Он жалел, что не заказал яблочные блинчики, но он уже был сыт.

"Что?"

"Не знаю, такое ощущение, что когда ты пробуешь еду, твое лицо озаряется, как ангел на рождественской елке".

И-Зи отложил вилку. "Очень смешно. Ты обычный комик".

Когда они закончили есть, Сэм спросил: "Ну что, после того как ты прочитал про ангелов, ты изменил свое мнение? Я имею в виду, ты все еще думаешь, что превратишься в одного из них. И если да, то что ты собираешься с этим делать?"

"Что ты имеешь в виду, ДО? У меня есть крылья, мог бы и использовать их".

"Я вижу это так: если ты не будешь их использовать, если будешь отрицать само их существование - тогда они исчезнут".

И-Зи покачал головой. "Не вариант. Ты видел, что произошло. Они вырвались наружу, причем я ничего не делал, и я говорил тебе: когда я проснулся сегодня утром, я летел над своей кроватью. Я, черт возьми, парил".

"E-Z, я думаю о будущем. Может, тебе нужно с кем-то поговорить, нам нужно с кем-то поговорить об этом".

"Авария произошла больше года назад, психолог сказал, что я в порядке. К тому же это все в новинку".

"Это может быть отсрочено. Что-то могло спровоцировать его".

"Давай пройдемся по фактам. Первое: у меня были татуировки, когда я их не делал. Второе: мой стул поднялся с земли, и я спас маленькую девочку - плюс я поднялся со своего места, чтобы поймать мяч на игре. Я отрицал это до недавнего времени... Номер три - татуировки горели как в аду. Номер четыре - появились настоящие крылья. Номер пять - я могу летать. Что-то из этого тебе знакомо? Я имею в виду в других случаях".

"Вот этого-то я и не понимаю. Как такое могло произойти, но ведь разум - это чрезвычайно мощный компьютер. Это то, что отделяет нас от животного мира и почему человек так долго выживал. Я слышал истории, когда человек оказывался в крайней опасности, и к нему приходила помощь. Или когда человек оказывался в ловушке под автомобилем - и прохожий мог поднять машину, чтобы спасти ему жизнь".

"Я читал об этом; это называется истерической силой - но я никогда не слышал о случае, когда вырастали крылья".

"Может, крылья и появились, чтобы спасти тебя".

"От чего? От слишком долгого сна?" - рассмеялся он. "Они бы пригодились во время аварии. Я мог бы полететь к маме и папе за помощью, а не ждать там с чертовым бревном на мне. Удерживая меня на месте. Это не чудо. Я, не знаю, что это такое, дядя Сэм, я знаю только, что это так".

"Мы общаемся. Оцениваем ситуацию. Обмениваемся идеями. Пытаемся найти ответы".

"Было бы здорово получить ответы, но... кто может быть экспертом, которого мы могли бы спросить в этой ситуации?"

"Как насчет священника или министра?"

И-Зи покачал головой. Он не был в церкви со времен похорон родителей.

"Что мы теряем?"

"Думаю, стоит попробовать, но. О, о."

"Что это?"

"Я чувствую давление на лопатки. Мне нужно идти, а мы сюда не на машине приехали. Извини, мне нужно спешить. Увидимся дома". Он выскочил из кафе и несся все дальше и дальше, пока из его толстовки не вырвались крылья, и он не поднялся над землей. Дома он понял, что у него нет ключа, но он не мог оставаться на крыльце - только не с выпущенными крыльями. Он попробовал латынь, чтобы заставить их вернуться обратно - но ничего не вышло. Тогда он взлетел и умудрился забраться в дом через окно своей спальни так, чтобы его никто не увидел.

"E-Z!" позвал Сэм, когда вернулся домой. "E-Z!"

"Я здесь, наверху".

"Ты в порядке? Я добрался сюда так быстро, как только смог".

"Проходи, присаживайся. Никаких признаков того, что они втягиваются - пока".

Увидев открытое окно. "Я так понимаю, ты прилетел сюда на самолете?"

"Да, хорошо, что я забыл закрыть окно вчера вечером. Мы могли бы продолжить нашу дискуссию, пока я снова не смогу выйти на улицу".

"Я знаю одного священника. Если кто-то и может помочь, то он".

Два часа спустя, под мелодии, взрывающиеся из радиоприемника, они уже ехали к священнику. Песня Hozier "Take Me to Church" заполнила эфир. Совпадение? Они думали, что нет, и подпевали словам песни во весь голос. К счастью, с поднятыми окнами их никто не мог услышать.

***

В церкви не было подъезда для инвалидной коляски и нужно было подниматься по множеству лестниц.

"Ты отправляйся под тень большого дуба, а я пойду и найду отца Хоппера", - предложил Сэм.

"Это его настоящее имя?" рассмеялся И-Зи.

"Насколько я знаю. Оставайся на месте, а я скоро вернусь".

"Будет сделано".

Подросток достал свой телефон. Хотя он наслаждался тенью, которую давало дерево, из-за него невозможно было разглядеть экран. Он пересел на стул, обратив внимание на необычный гул в воздухе. Шум, который, казалось, исходил от самого дерева.

Он поднял голову вверх, пытаясь понять, не птица ли это, когда гул усилился, а громкость возросла. Он выключил звук на своем телефоне. Звук закончился, и начался новый. Этот был мелодичным, завораживающим, и он погрузился в мечтательное состояние.

Его голова запрокинулась вперед, пока новый звук не заставил его проснуться. Шепот, доносившийся над его головой. Голоса, доносящиеся из листвы деревьев. Он скрестил руки, по нему пробежал холодок, заставивший его крылья вырваться на свободу. Не успел он опомниться, как его кресло оторвалось от земли. Он уворачивался от веток, поднимаясь в самое сердце массивного дуба.

"Опусти меня!" - скомандовал он.

Он продолжал подниматься. Когда его конечности соединялись с деревом, кровь стекала по его предплечьям и голове.

"Стой! Ты глупый..."

"Это не очень мило, бип-бип", - раздался слабый высокий голос.

"Мне казалось, ты говорил, что он милый, когда не спит зум-зум", - сказал второй голос.

"Вау!" сказал E-Z, пытаясь взять себя в руки и не выдать себя полностью. Он сделал несколько глубоких вдохов. Успокоил себя. "Кто, что и где вы?"

"Действительно, кто мы такие, бип-бип".

И снова перед его глазами заплясали те же огоньки, зеленый и один желтый.

Любопытствуя, он сказал: "Привет".

Желтый огонек исчез.

Раздался крик.

Затем исчез зеленый.

"Что за? Вы двое, кем бы вы ни были, прекратите это. Ты должен мне все объяснить. Я знаю, что вы преследовали меня. Выходите и встретьтесь со мной лицом к лицу!"

POP.

Крошечная зеленая ангелоподобная штука приземлилась ему на нос. В его сторону поплыла странная, почти лимбургерская вонь. Он прикрыл нос.

"Добрый день, E-Z, бип-бип", - с поклоном произнесло существо.

Когда оно произнесло его имя, он потерял контроль над своими крыльями. Он колебался и раскачивался в воздухе, как птица, которая учится летать. Он заставил свои крылья снова раскрыться, но они проигнорировали его. Он вцепился в ручки своего кресла, пока падал вниз.

ОПА!

Теперь их было двое. Каждый схватил его за одно из ушей и благополучно опустил его вместе с креслом на землю.

"Ой", - сказал E-Z, потирая уши, когда священник и его дядя появились из-за угла. "Ух, спасибо, я думаю".

POP.

ПОП.

Два существа исчезли.

"E-Z, это отец Брэдли Хоппер, и он очень хочет помочь".

Хоппер протянул руку, E-Z сделал то же самое. Когда их плоть соединилась, подросток исчез.

Хоппер и Сэм остались стоять бок о бок, их глаза остекленели. Оба смотрели в небытие, как два манекена в витрине магазина.

ГЛАВА 7

Ноги E-Z коснулись земли, и поначалу его ослепил белый цвет. Он ставил одну ногу перед другой, сначала шагая, потом бегая на месте, а затем переходя на полный бег. Он бросился в стену, подпрыгивая, словно находился в прыгающем замке.

POP

POP

Он был уже не один. Перед ним стояли две многокрылые твари в цветах. Одно было зеленым, другое - желтым. По мере того как он приближался, их крылья, словно калейдоскоп, разворачивались вокруг золотых глаз.

Сначала он коснулся лепестков-крыльев зеленого цветка. Он никогда раньше не видел полностью зеленый цветок, тем более с глазами. Глаза, которые он узнал по их предыдущей встрече. Крылья пощекотали его палец, и зеленый цветок засмеялся. Он избегал подходить слишком близко, ожидая, что от него будет исходить пошлый запах, но этого не произошло.

Второй цветок, желтый, имел больше лепестков-крыльев, чем другой. Лепестки отвечали на его прикосновения, как кораллы в океане. Золотистые глаза этого цветка имели очерченные ресницы. Он наклонился, чтобы рассмотреть их поближе.

Когда он продолжал наблюдать за ними, воздух заполнил звук PFFT. Вместе с ним до него донесся сильный и тошнотворно-сладкий запах, от которого его затошнило. Он отступил назад, закрывая нос и вытирая жжение с глаз.

Желтый цветок заговорил. "Меня зовут Рейки, и мы привели тебя сюда, бип-бип".

"А где именно здесь? И почему мои ноги работают?"

"Неважно, где, И-З Диккенс, и неважно, почему ты такой, какой ты есть, бип-бип".

Он пересек комнату и взял желтый цветок правой рукой, а зеленый - левой. УХ! На этот раз его обдало резким туманом, и он начал чихать и продолжал чихать.

"Пожалуйста, опусти нас на землю, пока ты нас не уронил, бип-бип".

"Там коробка с салфетками, вон там зум-зум".

"О, простите". Он положил их, взял салфетку - но она ему больше не понадобилась. Он выдержал дистанцию, прислонившись спиной к белой стене.

"Сейчас мы привезли тебя сюда, бип-бип".

"Я Хадз, кстати, zoom-zoom".

"Потому что тебе нужно было знать, бип-бип".

"Что ты не должен говорить со священником о своих крыльях, zoom-zoom".

"На самом деле ты не должен ни с кем ни о чем говорить beep-beep".

Положив руку на стену, он пошел, размышляя на ходу. "Во-первых, почему ты говоришь "бип-бип" и "зум-зум"?".

Рейки и Хадз закатили глаза. "Разве ты не слышал об ономатопее?"

"Конечно, слышал".

"Тогда ты должен знать, бип-бип".

"Что она добавляет возбуждения, действия и интереса, зум-зум".

"Чтобы читатель услышал и запомнил, бип-бип".

"То, что ты хочешь, чтобы они узнали, zoom-zoom".

Он рассмеялся. "Это верно, если ты что-то читаешь, но не обязательно в разговоре. Я помню, что говорит Рейки, потому что это говорит он, и я помню, что говорит Хадз, потому что это говорит она. Я предполагаю, что один из вас девочка, а другой мальчик - это верно?"

"Да", - подтвердила Хадз. "Я - девочка. Ух, как я рад, что мне не нужно постоянно говорить "зум-зум"".

"А я мальчик. Мне будет не хватать говорить "бип-бип"".

"Ты можешь говорить их, если хочешь, но это немного раздражает, а во время разговора повторение может наскучить".

"Мы не хотим быть скучными!"

"Это разрушит нашу цель - привести тебя сюда".

"Хорошо", - сказал E-Z. "Итак, теперь давайте вернемся к тому, что вы говорили до того, как мы заговорили о литературном приеме". Они кивнули. "Если я не могу никому рассказать о том, что со мной происходит, значит, я один в этой штуке - чем бы она ни была. Я спас маленькую девочку. Полагаю, это как-то связано с тобой?"

"Да, ты прав в этом предположении, бип, упс, извини".

"Я хочу знать, что это такое и почему это происходит со мной?"

"Закрой глаза", - сказал Хадз.

"Я сделаю это, но без шуток".

Цветы захихикали.

Его ноги покинули землю, и он приземлился в другой комнате. В этой комнате, как и раньше, его поначалу ослепил белый цвет. Когда его глаза привыкли к окружающей обстановке, он заметил книги. Полки и стеллажи, уставленные томами высотой до небес.

"Не бойся", - сказал Хадз.

Он не боялся. Более того, он был в экстазе. Потому что в этой комнате он не только мог пользоваться своими ногами, но и чувствовал, как кровь пульсирует в них. Его чувства обострились; запах старой книги поплыл в его сторону. Он принюхался к сладким духам prunus dulcis (сладкий миндаль). Смешанные с ванилью (planifolia), они создавали идеальный анисол. Его сердце билось, кровь перекачивалась - он никогда не чувствовал себя более живым. Он хотел остаться, навсегда.

Внутри туфель движение каждого пальца ноги доставляло ему удовольствие. Он вспомнил игру, в которую играл маленьким мальчиком. Он снял ботинки и носки и дотронулся до каждого пальца ноги, произнося стишок: "Этот маленький поросенок пошел на рынок".

"Он сошел с ума", - сказал Рейки, когда И-Зи воскликнул "Уи!".

"Дай ему время. Это довольно удивительное место".

E-Z снова надел свои носки. Он заскользил по комнате по белому полу, который блестел, как лист льда. Он смеялся, когда врезался в первую, потом во вторую стену, подпрыгивал и приземлялся на пол. Он не переставал смеяться, пока не заметил, что с книгами над ним происходит что-то странное. Он покачал головой, когда одна из них слетела с полки и попала ему в руку. Это была книга его предка, Чарльза Диккенса. Книга открылась сама собой, пролисталась от начала до конца, а затем полетела обратно туда, откуда прилетела.

"Добро пожаловать в библиотеку ангелов", - сказал Рейки.

"Вау! Просто вау! Значит, вы двое - ангелы?"

"Ты прав", - ответил Хадз. "И вы здесь, потому что нас назначили вашими наставниками".

"Назначены? Назначены кем? Богом?" - насмехался он.

Хадз и Рейки посмотрели друг на друга, покачав своими цветочными головами.

"Наше назначение".

"В том, чтобы объяснить тебе твою миссию".

"А также показать тебе путь. Помочь тебе", - сказали они вместе.

"Миссия? Какая миссия?" Его мысли улетучились. В голове он слышал тему из фильма "Миссия невыполнима". Увидел, как Тома Круза сбрасывают по кабелю в компьютерную комнату. "Эй, подождите-ка!

Вы двое были в моей комнате, не так ли? И вы следили за мной с момента аварии".

"Мы ждали подходящего момента, чтобы представиться", - сказал Рейки. "Мы надеялись сделать это менее формальным способом, но когда ты был....".

"...собирался поговорить со священником, нам пришлось поднажать".

"Ну, ты точно не торопился. Я думал, у меня галлюцинации", - сказал он громче, чем хотел.

ПОП.

Рейки исчез.

"А теперь посмотри, что ты наделал!" сказал Хадз.

ПОП.

Они ушли, и он понятия не имел, где, когда и вернутся ли они обратно. Тем не менее он не собирался терять ни минуты. Он опустился на пол и сделал двадцать отжиманий, а затем столько же прыжков. Глаза слепило от яркого света, и он пожалел, что у него нет солнцезащитных очков.

ТИК-ТАК.

Пара очков Ray bans появилась из воздуха. Он надел их, когда его желудок заурчал. Он сделал селфи, а затем проверил время. С часами происходило что-то странное. Они сходили с ума. И цифры не переставали меняться. Его желудок снова заурчал.

ТИК-ТАК.

Появился чизбургер и картофель фри, теперь его руки были заняты. Он подумал о шоколадном густом коктейле с мараскиновой вишней сверху.

ТИК-ТОК.

Очень большой коктейль с вишенкой на вершине появился на белом столе, которого раньше здесь не было. Или был? Раз уж и стол, и стена были белыми?

Прежде чем приступить к еде, он насладился ее запахом, а затем, с каждым укусом, вкусом. Казалось, что он никогда раньше не ел чизбургер или картошку фри. А вишня на вкус была такой сладкой, за ней следовал шоколад. Он поглощал свою еду стоя. Еда всегда была вкуснее, когда ее ели стоя. Этот заказ был настолько хорош на вкус, что это было просто смешно.

Когда он закончил, то никого не поблагодарил за еду. Затем он обратил внимание на библиотеку и белую лестницу, которую раньше не замечал. Одной мысли об этом было достаточно, чтобы лестница придвинулась к нему ближе, словно хотела быть полезной. Он взобрался на нее, и она задвигалась, как диск на спиритической доске, проходя мимо полки за полкой с книгами. Затем он остановился.

Поднявшись, он прочитал названия на корешках. Те, что находились прямо перед ним, были написаны Чарльзом Диккенсом, и у каждого тома была своя пара крыльев.

Одно полетело к нему - "Рождественская песнь". Оно пролистало пару страниц, чтобы показать ему, что это первое издание, вышедшее 19 декабря 1843 года. Пока оно продолжало перебирать страницы, он восхищался иллюстрациями. Какими детальными они были, да еще и в полном цвете. А на заднем плане, позади Тайни Тима и его семьи на одном из рисунков, что-то шевельнулось. Глаза. Две пары. Хадз и Рейки! Он чуть не выронил книгу. Поскольку у нее были крылья, она вернулась туда, где жила на полке. Тем временем он потерял равновесие, упал с лестницы и повис на ней ради дорогой жизни. Когда он снова обрел устойчивость, то постепенно спустился вниз и крепко поставил ноги на землю. Он удивился, почему его крылья не раскрылись, чтобы помочь ему. У всего остального здесь были крылья, которые работали, а у ангелов вообще было несколько пар крыльев. В том мире ноги не работали, а у него были крылья, которые работали. Здесь, где бы он ни находился, его ноги работали, но крылья были недействительны.

Он почесал голову. Если бы только дядя Сэм был здесь. И все же он не мог с ним поговорить. Это было запрещено. Но почему? Что они могли с ним сделать? Ангелы преследовали его с момента аварии. Он полагал, что это добрые ангелы, раз они не причинили ему вреда - пока. Тоска по дому нахлынула на него, как гигантская волна, грозя унести его под воду.

"Я хочу домой!" - крикнул он, когда его телефон завибрировал. Прежде чем он успел разблокировать его...

POP.

Рейки схватил его и швырнул в...

POP.

Хадзу, который швырнул его в самую дальнюю белую стену. Он отскочил, ударился об пол и разлетелся на кусочки.

"Ты должен мне четыреста баксов за новый телефон! Надеюсь, у тебя, ангел, есть наличные".

Хадз потянулся и ударил E-Z по лицу своим крылом. Перья защекотали, вместо того чтобы причинить ему боль. "А теперь ты, И-Зи Диккенс, садись сюда". Белый стул прижался к спинке его ног, заставляя сесть.

"И перестань быть мудаком", - сказал Рейки.

"Вау! Разве ангелы могут так говорить? И вообще, что вы за ангелы? Ангелы на обучении? Это я тот парень, который поможет вам заработать крылья?"

Он понял, что у них уже есть крылья. Более того, несколько пар. Так что смысл, который он пытался донести, казался спорным, пока они парили над ним.

"Я тот парень, который собирается помочь тебе, или ты должен помочь мне? Потому что если это так, как ты сказал, то ты делаешь ужасную работу. Я не собираюсь в ближайшее время замолвить за вас обоих словечко".

"Мы ждем извинений".

"Ну, вы будете ждать их очень долго. Потому что я хочу пить".

ТИК-ТОК.

Появилась кружка рутбира в матовом стакане. Он выпил ее одним глотком. "Потому что ты привел меня сюда без моего согласия. И..."

"Заткнись!" - раздался рокочущий голос, когда она появилась из одной из белых стен.

Она была такой же высокой, как и потолок. На самом деле даже выше. Она была кривоногая, но при этом огромного размера и роста. Ее крылья бились о стены и потолок. "Держи язык за зубами!" - потребовала ангел огромных размеров и с размаху потянула свои крылья к E-Z, пока они не оказались прямо у него перед лицом.

✳✳✳

"И-З Диккенс, тебя вызвали сюда, ко мне", - сказал огромный ангел. "Я - Офаниэль, правитель луны и звезд. А это - мои подчиненные. Ты НЕ ДОЛЖЕН относиться к ним с дерзостью. Ты должен относиться к ним с добротой и уважением, ведь они - мои глаза и уши для тебя. Без них ты - НИЧТО".

Он заикался, произнося нечленораздельные фразы, борясь с желанием убежать.

"НЕ прерывай меня, пока я не закончу говорить", - приказал Офаниэль.

Он кивнул, тело дрожало, слишком боясь произнести хоть слово.

"E-Z", - прогремел его голос. "Ты был спасен. Мы спасли тебя с определенной целью".

Рейки и Хадз порхнули ближе и уселись на плечи Офаниэля.

"Будьте спокойны", - приказал Офаниэль.

Они сложили крылья, наклонившись, чтобы не пропустить ни слова.

И-Зи сделал мысленную заметку спросить их, как сложить свои крылья так же эффективно, как они свои. Это если он получит свои крылья обратно.

Офаниэль продолжил. "Когда твои родители умерли, И-Зи Диккенс, ты тоже должен был умереть. Это была твоя судьба. Которую мы изменили для своей цели. Мы успешно отстаивали твою правоту. Мы обещали, что ты совершишь замечательные поступки. Что ты поможешь другим. Мы спасли тебя, и за тобой остался долг. Долг, большую часть которого ты полностью оплатил, отдав свои ноги".

Сдался? Это звучало так, будто у него был выбор. Что он принял окончательное решение никогда больше не ходить, что было ложью. Он открыл рот, чтобы заговорить, но голос Офаниэля прогремел дальше.

"У тебя еще есть долг, долг, который ты должен нам".

E-Z сделал большой глоток воздуха. Он хотел говорить, но не мог. Его губы шевелились, но ни звука не выходило. Как этот ангел смеет принимать за него решения и говорить, что он в долгу?

"Мы дали тебе инструменты - мощное кресло. Это чтобы помочь тебе. Чтобы однажды ты мог оказаться здесь со своими родителями и идти с нами, с ними, в вечность". Офаниэль колебался несколько секунд, чтобы дать понять это. "Сегодня ты можешь задать мне один вопрос, но только один. И пусть он будет хорошим".

Вместо того чтобы обдумать свой вопрос, E-Z промурлыкал: "Когда я снова увижу своих родителей?"

"Когда ты полностью выплатишь свой долг".

"Еще один вопрос, пожалуйста".

"Будет время для вопросов и будет время для ответов. Пока же ты находишься под присмотром моих подчиненных. Ты можешь задавать им вопросы, а они могут отвечать. А могут и не отвечать. Это будет их выбор - ответить "да" или "нет". Точно так же и у тебя будет выбор, отвечать ли им, когда они задают тебе вопросы. Обращайся с ними так, как хотел бы, чтобы обращались с тобой, и не раскрывай подробностей об этом месте или нашей встрече. Не говори об этом, ни с кем из людей. Повторяю, держи эти вопросы только при себе".

Он все еще не мог говорить. Не спрашивая его, Офаниэль перешел к ответу на его следующий вопрос.

"Если ты нарушишь это обещание, твои крылья станут как макароны - слабыми - и ты никогда не сможешь вернуть свой долг".

Он задумался над другим вопросом.

"Да, когда ты спас ту маленькую девочку - сжигание было частью процесса. Твои крылья должны сгореть, укрепиться, привязаться к тебе, чтобы ты был готов к следующему испытанию".

Он подумал: а что, если я не хочу.

Офаниэль рассмеялась и взлетела в самую высокую часть комнаты. Затем она исчезла сквозь потолок.

ГЛАВА 8

С ледующее, что он понял, - это то, что он снова сидит в своем инвалидном кресле лицом к священнику.

"Э-э, дядя Сэм, нам нужно ехать. СЕЙЧАС."

"О", - сказал Сэм, наблюдая за тем, как его племянника увозят на колесах. "Я прошу прощения, что отнял у тебя время, но ему, эм, нужно домой". Сэм поспешил следом, а Хоппер поплелся за ним. Он прибавил темп, догнал племянника и, взявшись за ручки, толкнул инвалидное кресло. Хоппер побежал и вскоре уже шагал рядом с ними, хотя и запыхавшись.

"Я вижу, у тебя действительно нет крыльев, тогда E-Z".

Он оглянулся через плечо, подняв к губам притворный стакан, а затем закатил глаза.

"У меня нет проблем с выпивкой", - вызывающе заявил Сэм.

Подросток снова закатил глаза, пока они приближались к парковке. Священник не последовал за ним.

Когда они дошли до машины, Сэм, пытаясь перевести дыхание, сказал: "Что это было, Сэм, черт возьми?", открывая дверь и помогая племяннику сесть.

"Давай сначала выберемся отсюда". Он тянул время, потому что не мог рассказать ему, что произошло. Ему нужно было придумать убедительную ложь - а он никогда не был хорошим лжецом. Мать всегда ловила его на этом, потому что его уши всегда краснели, когда он врал.

"Я жду объяснений", - сказал Сэм, крепче сжимая руль.

Через динамики автомобиля зазвучала песня Don't Look Back группы Boston.

"Извини, мне нужно было идти. Не думаю, что Хоппер сможет помочь, и я не хотел, чтобы он знал что-то большее, чем ты ему уже рассказал".

"Ты так и не объяснил, почему намекнул, что у меня проблемы с выпивкой".

"А, это. Это пришло мне в голову, и я сказал это, не подумав. Прости".

"Я горжусь тем, что не употребляю алкоголь. Конечно, время от времени я выпиваю пиво. Чтобы быть общительным на рабочем мероприятии. Но я не такой, как другие айтишники-выпивохи. И никогда не буду таким".

E-Z не думал о том, что говорит дядя Сэм. Вместо этого он перебирал в голове информацию, которую сообщил ему Офаниэль. Он был в долгу перед ангелами за то, что они спасли его, и обменял свои ноги на жизнь. Ангелы заключили сделку ради своей цели - и теперь они ожидали, что он заплатит долг, но как?

Все, что он знал наверняка, - это то, что он должен победить. Какие бы задачи они ни ставили на его пути, он должен был их преодолеть. С помощью Рейки и Хадза - таких маленьких, какими они были, - он заплатит то, что ему причитается. Тогда, если ничего другого не останется, он снова увидит своих родителей. Он предполагал, что это означает, что он умрет, и они встретятся на небесах, если такое место существует. Скоро он это узнает.

ГЛАВА 9

Снова вернувшись домой, подросток сразу же отправился в свою комнату.

"Если тебе понадобится моя помощь", - это было все, что Сэм успел вымолвить, прежде чем племянник захлопнул дверь.

И-Зи закрыл лицо руками. Это было нечто, когда к нему снова вернулись ноги. Он хлопнул кулаками по подлокотникам, когда его крылья раскрылись и подбросили его к кровати. "Спасибо", - сказал он им, как будто они были отдельными и не являлись его частью.

"Осторожно", - сказал Хадз, который отдыхал на своей подушке. Ангел подлетел к светильнику и сказал: "Просыпайся, он дома".

И-Зи теперь удобно откинулся на своей кровати, глаза закрыты, почти спит.

"Сегодня ночью ты полетишь", - пели ангелы.

"Слушай, у меня был изнурительный день, как ты знаешь, и все, чего я хочу, - это поспать".

"Ты можешь вздремнуть пять минут", - сказал Рейки.

"А потом встанешь и пойдешь!"

Он уже почти заснул снова, когда в комнату ворвался Сэм. "Извини, что беспокою тебя, но ПиДжей и Арден говорят, что весь день пытаются тебя достать. У тебя батарейка села?"

"Э-э, нет, я потерял телефон", - сказал он, косо глядя на двух своих помощников.

"Врешь, врешь, штаны горят", - укорили они. Сэм, учитывая его отсутствие реакции, не слышал их высоких голосов. И-Зи отпихнул их.

"Вот почему я всегда покупаю страховку вместе с планом. Не волнуйся, завтра мы найдем тебе замену. В любом случае тебе давно пора обновиться. Можешь оставить тот же номер телефона. Тогда я сообщу ребятам, что ты будешь на связи".

"Спасибо, дядя Сэм. Спокойной ночи."

"Спокойной ночи, E-Z".

ГЛАВА 10

В о сне он катался на лыжах вместе с родителями. На самом деле это было воспоминание, но он переживал его как сон.

И-Зи было шесть лет. Его и маму обучал всем движениям лыжный инструктор. Тем временем его отец - он не был таким новичком, как они, - прокладывал себе путь вниз по заснеженному склону.

Они учились кататься на бэби-хилле - так они называли испытательные холмы.

"Вы готовы?" - спросил инструктор, - "попасть на один из больших холмов?".

Они сказали, что готовы. Они думали, что готовы. Но сказать и сделать - две разные вещи.

В первой попытке они не успели далеко уйти, как один из них упал. Это была его мама, и когда она пошатнулась, то сидела на холодном снегу и смеялась. Он помог ей подняться, и они снова отправились в путь.

На этот раз упал E-Z, впечатавшись лицом в холодный белый материал. Он отряхнулся, инструктор помог ему подняться, а его мать проехала мимо, разбрасывая по дороге снег. Он воспринял это как вызов и с ухмылкой промчался мимо нее.

В следующее мгновение он понял, что она едет позади него. Она попала в порошок - и оставила его в пыли, найдя свою полосу. Тем не менее он выжал из себя все, что мог, и догнал ее. Они спускались вниз, то бок о бок, то врозь, то снова вместе. Все это время они смеялись, как два маленьких ребенка.

У подножия холма, одетый с головы до ног в небесно-голубое, стоял его отец. Он выделялся на фоне остальных: кусочек голубого цвета в окружении девственного снега - с инвалидной коляской в руках.

"Снег", - сказал E-Z, вдыхая очередной зефир. В растопленном виде он был еще вкуснее. Затем он почувствовал леденящий холод и проснулся в окружении льда в ванной. Дядя Сэм был рядом, сидя рядом с ним.

"E-Z, на этот раз ты меня действительно напугал".

"Что? Что случилось?

"Я услышал какие-то звуки и зашел проверить, как ты там. Твое окно было широко открыто, занавески развевались. Я потрогал твой лоб, и ты весь горел. Я испугался, что у тебя начнется приступ. Даже твои крылья выглядели увядшими.

"Я подумывал позвонить в 911, но потом решил не делать этого. Я имею в виду, что не мог отвезти тебя в неотложку, не с такими крыльями. Мне пришлось усадить тебя в инвалидное кресло, наполнить ванну льдом и посмотреть, смогу ли я сбить твою температуру. Я ходил и приносил лед, просил пожертвования у друзей по соседству. Они мне очень помогли".

"Мне уже лучше, спасибо", - сказал он, пытаясь встать. Но далеко уйти ему не удалось, прежде чем он снова упал.

"Ты должен рассказать мне, что происходит".

"Я не могу, дядя Сэм. Ты должен доверять мне".

Подросток снова попытался встать. "Подожди здесь", - сказал Сэм, выходя из ванной и возвращаясь с инвалидным креслом. "Вот", - он сунул градусник в рот племяннику. "Если он в норме, то ты сможешь сесть в кресло".

Все было в норме, поэтому, накинув на него халат, E-Z был поднят из ванны и усажен в кресло. Его крылья расширились, затем расслабились, и больше не было ощущения, что они горят.

Проходя мимо гостиной, он мельком взглянул на новости.

"Прошлой ночью был перенаправлен потерпевший крушение самолет", - сказал пресс-секретарь. "Они называют это чудесным приземлением, но вот несколько необработанных кадров, снятых одним из наших телезрителей в тот момент, когда это произошло".

Он посмотрел ролик, в котором было видно, как самолет приземляется, но больше ничего не было - ни одного кадра с ним. Он почувствовал облегчение и вернулся в свою комнату.

"Сейчас вернусь и помогу тебе одеться".

Ему так хотелось рассказать обо всем дяде - но он не мог. "Спасибо", - сказал он после того, как оделся.

"Я всегда тебя прикрою".

"И я тебя прикрою", - ответил подросток. "Думаю, я отправлюсь в свой кабинет, чтобы написать кое-что".

"Хорошая идея, у меня в списке дел есть работа по дому, которую я хотел бы выполнить сегодня". Он начал уходить, потом обернулся. "Знаешь, малыш, тебе не обязательно сразу писать роман. Ты можешь вести дневник или журнал. Записывать то, что однажды ты можешь забыть. Например, драгоценные воспоминания".

"Я подумал, что напишу что-нибудь и назову это "Тату Ангела"".

"Мне это нравится".

Оказавшись в своем кабинете, он некоторое время сидел, думая о самолете - удивляясь, как он смог сделать то, что от него требовалось. Он не смог бы этого сделать ни без помощи лебедя и его друзей-птиц, ни без помощи своего кресла. Может быть, даже эти два ангела по-своему помогли, подбадривая его на заднем плане.

Он сосредоточился на письме и набрал название: Tattoo Angel.

Его пальцы хотели набрать еще, но разум хотел побродить. Он откинулся в кресле и уставился на пустой экран. Ему нужно было фантастическое первое предложение, как у его предка Чарльза Диккенса - "Я рождаюсь".

Когда спустя некоторое время он больше не мог выносить вид белого экрана, он набрал - "Я родился".

Лучше бы я никогда не рождался.

И продолжил печатать.

Я больше не могу ходить.

Я никогда не буду играть в профессиональный бейсбол или хоккей и не получу спортивную стипендию.

Я не могу бегать.

Я не могу прыгать.

Есть так много вещей, которые я не могу делать.

И никогда не сделаю.

Он перестал печатать, увидев в правой верхней части экрана что-то, что двигалось вниз. Струилось.

Слезы. Маленькие слезинки.

Соединялись. Становятся все больше и больше.

Каскадом стекают по экрану.

Ему показалось, что он что-то услышал - увеличил громкость.

"WAH! WAH! WAH!" - пропел высокий писклявый голос.

К нему присоединился второй голос.

"WAH-WAH!

WAH-WAH!

WAH-WAH!"

E-Z выключил компьютер.

Это была всего лишь тирада, и он чувствовал себя лучше от этого. Всем время от времени нужна вечеринка жалости. Это было не для него.

Одно он знал точно - как писатель он не Чарльз Диккенс.

Но Чарльз Диккенс не умел летать.

***

"Просыпайся, пора идти!" сказал Рейки, подлетая к окну.

Хадз ждал у открытого окна. "Готов?"

Итак, они ожидали, что он прыгнет, да еще с третьего этажа своего дома. "Я не собираюсь туда выходить! Посмотри, как высоко мы находимся".

"Ты забываешь, что у тебя есть крылья".

"А если упадешь, то разберешься".

По крайней мере, он все еще был в своей одежде, когда его опустили в инвалидное кресло. Он задрожал, глядя вниз и удивляясь, как его крылья должны были удерживать в воздухе и его, и кресло.

"А что с моим инвалидным креслом?"

"Помнишь, что сказал Офаниэль? А теперь - выходи!"

Как только он оказался на свободе, его крылья полностью расправились. Через плечи он мог видеть крылья в действии.

Маленькие, но сильные существа поднимали его, все выше и выше, ведя подростка по ночному небу, а яркие звездные глаза смотрели на него сверху вниз. Когда они решили, что он готов, то отпустили его.

"Я могу летать", - сказал он. "Я действительно могу летать!"

"Хватит выпендриваться", - сказал Рейки, - "и приступай к программе".

"Я бы так и сделал, если бы знал, что это такое", - хмыкнул он.

Хадз полетел вперед. E-Z и Рейки поднялись над школой, над бейсбольным полем. Дальше - в сторону центра города. Огни на взлетной полосе возле аэропорта составляли прямую конкуренцию звездам над ним.

"Ты очень хорошо справляешься", - сказал Рейки.

"Спасибо".

Его внимание привлек звук отказавшего двигателя в джамбо-джете впереди них.

"Посмотри туда, у этого самолета проблемы. Жаль, что у меня нет телефона, чтобы позвать на помощь". Двигатель зашипел, самолет немного снизился, а затем выровнялся.

"Тебе не нужен телефон. Добро пожаловать на твое второе испытание".

"Ты ожидаешь, что я буду, что? Понесу самолет на спине? Я не смогу спасти самолет, у меня не хватит сил. Я не смогу этого сделать".

"Тогда ладно", - сказал Хадз, которого они теперь догнали.

"Однако ты должен знать одну вещь: если ты не спасешь их - все на борту погибнут".

"Все 293 пассажира. Мужчины, женщины и дети".

"Плюс две собаки и одна кошка", - добавил Рейки.

Его голова наполнилась криками людей, находившихся внутри самолета. Как он слышал их сквозь толстые металлические стены? Собаки лаяли, а кошка мяукала. Ребенок плакал.

"Прекратите, выключите его, и я сделаю это".

"Мы не будем его выключать".

"Но все закончится, как только ты благополучно посадишь самолет в аэропорту, вон там".

"Мы верим в тебя", - сказал Хадз.

"Но разве они не увидят меня? Если они меня увидят, то это будет конец игры, я имею в виду с условиями Офаниэля - я никогда не увижу своих родителей".

"Увидеть тебя?"

"Это наименьшее из твоих беспокойств!"

"А теперь отправляйся", - сказал Хадз. "О, и тебе может понадобиться это".

Теперь у него был ремень безопасности, который удерживал его в инвалидном кресле, пока он несся по небу навстречу падающему самолету.

"Мы будем наблюдать", - сказали они.

"Поможете ли вы мне, если понадобится?"

"Это твои испытания, приписываемые тебе и только тебе. Мы здесь, чтобы поддержать тебя. Удачи."

"Погоди-ка, а разве вы не собираетесь дать мне нормальные уроки? Покажете, что мне нужно делать?"

POP.

ПОП.

"Спасибо ни за что!" - закричал он.

***

В аэропорту, в башне управления воздушным движением, контролер заметил, что у самолета проблемы. Не имея возможности связаться с пилотом, он заметил на своем радаре неопознанный летающий объект.

Используя Супермена и Могучего Мышонка для вдохновения, E-Z поднял руки. Он расположился под телом могучего металлического зверя и призвал всю свою силу.

"Я подумал, что тебе не помешает небольшая помощь", - сказал лебедь, который был больше обычного. Он кивнул, и с разных сторон к нему подлетели птицы. Когда джамбо джет соединился с ним, настоящие птицы выровнялись. Помогая ему удерживать самолет в устойчивом положении. Чтобы стабилизировать его, чтобы он и его кресло могли принять на себя весь его вес.

Внутри все перекатывалось, как шарики. Ему нужно было спешить, и он жалел, что у него нет другого набора крыльев или более мощных крыльев. Если бы только он был в белой комнате. Он сосредоточился на поставленной задаче и мысленно приготовился к спуску. Посмотрев вниз, он заметил, что у его кресла тоже есть крылья - на подставках для ног и на колесиках. "Спасибо", - прошептал он, ни к кому не обращаясь. Затем птицам: "Теперь у меня все получится, спасибо за помощь".

Готовый теперь, он повел джамбо вниз, держа его устойчиво и ровно. Он коснулся передней частью самолета асфальта. Затем, так как шасси не опустились, ему нужно было убраться с дороги. Он вытянул правую руку, насколько это было возможно, и расположил свое кресло подальше от середины самолета. Он опустил центральную часть самолета, затем хвост. У него получилось! Да! Он удалился под пугающие звуки вопящих сирен, приближающихся со всех сторон в виде пожарных машин, машин скорой помощи и полицейских автомобилей.

Прежде чем они его заметили, он улетел. Благодарные пассажиры внутри радостно кричали, фотографировали и записывали его на свои телефоны. Вскоре он вернулся к Хадзу и Рейки.

"Ты очень хорошо справился. Мы гордимся тобой, протеже".

Он улыбался, пока его крылья не почувствовали, что кто-то их поджег. В следующий момент он понял, что горит, и это было так больно, что ему захотелось умереть. Он желал смерти. Жаждал её. Теперь в свободном падении, сидя в кресле лицом вниз, он держал глаза широко открытыми и ждал, когда его губы поцелуют землю. Затем его унесли два ангела, которые отвезли его домой и уложили в постель.

Боль не уменьшалась, но E-Z знал, что сегодня он не умрет. Он будет в безопасности до следующего дня. Еще одного испытания. Все, что ему нужно было сделать, - это выжить в этом.

***

"Когда алмазная пыль начнет действовать?" спросил Хадз. "Он все еще испытывает огромную боль".

"Это было новое лечение, поэтому я не могу сказать, когда - но оно начнет действовать - в конце концов".

"Надеюсь, он сможет продержаться так долго!"

"С помощью дяди Сэма он справится с этим. Как только он начнет действовать, мы увидим признаки. Может быть, какие-то физические изменения".

E-Z продолжал храпеть.

POP.

POP.

И снова их не стало.

ГЛАВА 11

Через день у E-Z был распланирован весь день. Во-первых, ему нужно было подготовить рюкзак к субботнему походу в парк. Он позавтракает, немного попишет, а затем отправится в путь. Пока он готовил рюкзак, он услышал высокочастотные голоса Хадза и Рейки раньше, чем увидел их.

"Я вас слышу", - сказал он.

РОР.

Хадз появился первым.

ПОП.

Затем Рейки - оба в своем полностью преображенном ангельском великолепии.

"Доброе утро", - пропели они в тошнотворно сладкий унисон.

И-Зи запихнул в рюкзак блокнот и несколько ручек, игнорируя их. Он надеялся найти в парке что-нибудь вдохновляющее, о чем можно было бы написать. Он потянулся вниз, чтобы застегнуть рюкзак, когда заметил, что два ангела сидят на молнии.

"О, простите. Я почти не заметил тебя там".

"Фух, это было близко", - сказал Рейки.

Хадз слишком сильно дрожал, чтобы произнести хоть слово.

Они летели ему на плечи, когда он направлял свой стул к закрытой двери.

"Нам нужно поговорить с тобой", - сказал Хадз.

"Это... важно. Мы сделали кое-что..."

"Со мной?"

Они зависли перед его глазами.

"Да. Пока ты спал, несколько недель назад".

"Несколько недель назад! Ладно, я слушаю..." По правде говоря, он старался не сорваться. Мысль о том, что они могут что-то с ним сделать. Пока он спал. Без его разрешения. Это было ужасным нарушением доверия. Он сжал кулаки. Молчание. Он скрестил руки. Он не собирался облегчать им задачу.

Сэм постучал в дверь: "Завтрак E-Z, тебе нужна помощь?".

"Нет, я в порядке. Буду через несколько минут". Тишину нарушали только звуки снаружи, когда Сэм вернулся на кухню.

"Прежде всего, - сказал Хадз, - мы сделали то, что сделали, только чтобы помочь тебе".

"С испытаниями. Мы сделали кое-что, чтобы помочь тебе достичь твоих целей".

"То есть вы могли бы помочь мне с самолетом? Мне бы точно не помешала твоя помощь. К счастью, мы справились благодаря тому лебедю и птицам".

"Э-э, да, насчет этого, помощь не разрешается - ни от друзей, ни от птиц. Мы сообщили о данном инциденте в соответствующие органы".

E-Z покачал головой, он не мог поверить в то, что слышит. "Только не говори мне, что кто-то обидел лебедя или птиц? Лучше бы ты мне этого не говорил... Да и почему именно этот лебедь заговорил со мной, да еще на английском. Он ведь знал".

"Этот вопрос конфиденциальный", - сказал Хадз, порхая рядом с его лицом, положив руки на бедра. Рейки занял ту же позицию, и их крылья коснулись его век.

"Эй, прекрати", - сказал он громче, чем собирался.

"Там все в порядке?" спросил Сэм через закрытую дверь.

"Я в порядке", - ответил он, взмахом руки перед лицом расшвыривая существ по комнате. Рейки ударился о стену и сполз вниз. Хадз, уже находившийся дальше, попытался поймать Рейки, но слишком поздно. Оба ангела упали и приземлились на пол.

"Прости", - сказал подросток. Он пододвинул свое кресло-каталку поближе к ним. Ему было интересно, крутятся ли у них в голове звезды, как у героев старых мультфильмов. Раньше ему нравилось, когда это происходило с Вайлом И. Койотом. Они немного пошатывались, и он положил их на кровать. Когда ангелы пришли в себя, он сказал: "Еще раз извините. Я не хотел вас прихлопнуть. Ваши крылья пощекотали мне глаза".

"Да, это так!" сказал Рейки.

"И мы этого не забудем".

Ему стало не по себе. Они были такими маленькими; он и не думал, что простой щелчок может отправить их в такой полет. Как будто он выбил их из парка, а сам едва до них дотронулся.

"Примерно так..." сказал Рейки.

Хадз подхватил: "Пока ты спал, мы провели над тобой ритуал".

E-Z снова сохранил спокойствие, но лишь едва-едва. "Ритуал, говорите?" Они посмотрели на него, виноватые как грех. "Если бы ты был человеком, тебя бы завалили книгами за то, что ты сделал со мной что-то без моего разрешения. Это нападение на несовершеннолетнего. Ты бы сидел в тюрьме..."

Ангелы задрожали и прижались друг к другу.

"У нас не было выбора".

"Мы сделали это для твоего же блага".

"Я это понимаю, но в данный момент твои извинения НЕ принимаются".

"Справедливо", - сказали ангелы. "Пока что". Они запели: "Мы призвали силы, великие и иллюзорные силы над тобой и вокруг тебя. Мы попросили их оказать тебе помощь, увеличив твою силу, мужество и мудрость. Проще говоря, мы верили, что тебе нужно большее, и поэтому наколдовали его для тебя".

"Понятно. Извинения по-прежнему НЕ принимаются".

"Мы сделали это с наименьшим дискомфортом для тебя", - сказал Хадз.

E-Z обдумал эту последнюю информацию. В то же время он смотрел на свое инвалидное кресло. Оно действительно казалось теперь другим, помимо очевидного изменения цвета подлокотников.

"Что такое с моим креслом в последнее время?" - спросил он. "Как будто оно обладает собственным разумом".

Ангелы снова задрожали.

"Что ты сделал? Что именно? Потому что я подозреваю, что ты не только напал на меня, но и на мой стул".

Наконец ангелы объяснили все про алмазную пыль и кровь. О силах, которыми наделили его самого и кресло. "По мере того как сложность заданий будет возрастать, тебе нужно будет наращивать силы".

"Я уже знаю, поэтому мои крылья горели. Повышение температуры после каждого задания. Но я продолжаю говорить себе, что все это будет стоить того, когда я снова увижу своих родителей".

"Если ты пройдешь испытания за отведенный срок. И будешь в точности следовать инструкциям", - сказал Хадз.

"Погоди-ка", - сказал E-Z, опуская руки на подлокотники. "Никто не говорил, что есть крайний срок. Ни в Белой комнате. Ни в любое другое время. И если есть свод правил, которым я должен следовать, то передай его мне, чтобы я мог его прочитать. Кроме того, не было никаких обязательств ни с одной стороны. Никто не сказал, сколько пройденных испытаний требуется для заключения сделки. Возможно, нам нужно изложить все в письменном виде? Существует ли такая вещь, как ангельский адвокат или, лучше сказать, ангельская юридическая помощь?"

Хадз рассмеялся. "Конечно, у нас есть Ангельские адвокаты, но для того, чтобы получить такую помощь, нужно быть Ангелом".

Рейки сказал: "Ты выполнил первое задание без чьей-либо помощи. Ты спас жизнь этой маленькой девочке благодаря инициативе своего кресла, силе воли и удаче. Эти три вещи могут завести тебя только так далеко, поэтому мы дали тебе больше огневой мощи. Самое большее, о чем мы могли просить".

"Самое большее, что мы могли рискнуть тебе дать".

"Эй, что ты имеешь в виду под риском? Ты хочешь сказать, что этот ритуал может навредить мне?"

"Мы оказали тебе услугу. Мы подвергли себя риску, чтобы помочь тебе. Если ты не можешь простить нас сейчас, то когда-нибудь простишь".

"Говоришь о том, как уклониться от ответа на мой вопрос! Ты когда-нибудь думал о том, чтобы заняться политикой Ангелов - если такая вообще существует?"

сказал Хадз. "Окружающие могут заметить определенные изменения в твоем внешнем виде".

"Да, могут", - с ухмылкой ответил Рейки.

"Что ты имеешь в виду под физическими изменениями?" - крикнул он.

POP.

ПОП.

И они исчезли.

E-Z снова остался один. Направляясь к двери, он гадал, что они имели в виду. Что бы это ни было, он скоро узнает. А пока он думал о том, что в его кресле теперь есть его кровь. Кресло стало продолжением его самого. Он прошел на кухню, где его ждал дядя Сэм.

***

"Ну, все получилось не совсем так, как мы планировали", - сказал Рейки. "Он был очень зол на нас. Не думаю, что он когда-нибудь снова будет нам доверять".

"Мы нужны ему больше, чем он нам".

"Мы можем стереть его разум, как сделали это с остальными".

"Если он нас не простит, мы ничего не сможем с этим поделать. Стереть его разум - не вариант. Без его согласия и если, нет, когда он узнает об этом, мы навсегда оттолкнем его от себя. И ты знаешь, кому бы это не понравилось".

"Ты, как всегда, прав", - сказал Хадз.

"Как думаешь, кто-нибудь заметит сегодняшние изменения в его внешности?"

"Мы заметили, не так ли!"

"Может, нам стоило рассказать ему, хотя бы про волосы. Это могло бы расположить его к нам. Если бы мы объяснили".

"Мне кажется, изменениям было бы лучше, если бы они исходили от кого-нибудь, кроме нас".

"Люди очень странные", - сказал Рейки.

"Это точно. Но работа с ними - единственный способ продвинуть нас как настоящих ангелов".

"К счастью для нас, он довольно милый".

ГЛАВА 12

И-Зи вонзил вилку в тарелку, наполненную блинами. Он был голоден, словно не ел уже несколько дней. И мучила жажда. Он опрокидывал в себя стакан за стаканом апельсинового сока. Он снова наполнил свою тарелку блинами и продолжал есть, пока они все не закончились.

Сэм рассмеялся, увидев племянника, затем продолжил макать кусочек тоста с маслом в свой кофе.

"Что смешного?" спросил И-Зи.

"Э-э, да вроде ничего".

Единственными звуками на кухне были шипение, резка и жевание. Кроме того, на стене позади них тикали часы.

"Что?" потребовал И-Зи, заметив, что его дядя ухмыляется и прячет ухмылку за рукой.

"Что-то не так в твоем, ну, ты знаешь, сегодняшнем утре. Ты ничего не хочешь мне сказать? Например, почему?"

Два существа заскочили внутрь и сели на плечи И-Зи. Они подслушивали, и ему совсем не нравилось их непрошеное вторжение, поэтому он смахнул их.

ПОП.

ПОП.

Они исчезли.

"Не уверен, что ты имеешь в виду".

Сэм налил себе еще одну чашку кофе. "Это для девушки? Потому что любая девушка должна принимать тебя таким, какой ты есть".

И-Зи рассмеялся. "Никакой девушки. Ты сильно ошибаешься".

Оба молчали еще несколько мгновений, пока тикали часы.

"Я собрал сумку и собираюсь пойти в парк после того, как немного попишу сегодня утром. Я возьму блокнот и несколько ручек на случай, если парк вдохновит меня".

"Звучит как план, но сначала помоги мне привести себя в порядок", - сказал Сэм, поднимаясь из-за стола.

Подросток отодвинул свой стул, и вместе они быстро навели порядок. И-Зи направился в свой кабинет и закрыл за собой дверь, как раздался звонок во входную дверь.

Сэм впустил Ардена и Пи-Джея. "Он в своем кабинете, работает. Ожидает ли он тебя? Если да, то он ничего мне об этом не сказал".

"Я отправил ему сообщение, но он не ответил", - сказал ПиДжей.

"Так что мы решили, что сегодня заскочим и пригласим его куда-нибудь. Убедиться, что он немного повеселился. Этот парень слишком много работает. Мама сказала, что отвезет нас туда. Нужно только уточнить у E-Z, а потом позвонить ей".

"Мой племянник увлечен этой книгой, которую он пишет. Он может возразить".

"Так или иначе, мы заберем его отсюда сегодня", - сказал ПиДжей.

"Он планировал пойти в парк, после того как немного поработает над книгой. Но сходи, может, он встретит тебя там позже?" Сэм вернулся на кухню и достал из морозилки немного говяжьего фарша. Он проверил в шкафу наличие соуса, спагетти, яиц, лука, панировочных сухарей и шпината. У него было все необходимое, чтобы позже приготовить спагетти и фрикадельки.

Повесив пальто, оба мальчика направились по коридору.

Сэм влез в свое пальто, пожав плечами. Он уже давно откладывал стрижку газона. Сегодня был день, когда он займется этим.

И-Зи пытался писать, но творчество не шло. Когда пришли его друзья, он был рад, что их прервали. Он открыл Facebook, делая вид, что проверяет обновления. "Привет, ребята". Он повернул свой стул к ним.

"Вау, чувак, что, черт возьми, случилось с твоими волосами? Ты что, был в салоне красоты без нас?".

"Ты показал им фотографию и попросил сделать перевернутый образ Пепе Ле Пью?".

"И твои брови тоже! Я даже не знал, что их можно красить?"

E-Z провел пальцами по волосам, не имея ни малейшего представления о том, о чем они говорят. Погоди-ка - неужели Сэм имел в виду именно это?

"И его глаза, они тоже другие".

Арден наклонился: "Да, в них есть золотые прожилки. Круто!"

"Эй, чувак, отвали, пожалуйста", - сказал E-Z. "Вы двое меня пугаете. Вторжение в мое пространство - это не круто".

"По крайней мере, он не воняет как Пепе", - сказал Арден, отступая. ПиДжей присоединился к нему на другой стороне комнаты, где они перешептывались между собой.

"Не возражаешь, если мы сделаем фото?"

E-Z улыбнулся и ответил: "Моцарелла".

ПиДжей показал сделанный им снимок Ардену. "Видишь!" - сказали они, сделав большое открытие.

E-Z не мог поверить в то, что видит. В его светлых волосах была черная полоса, проходящая по середине, и серые вкрапления на висках. Серые! Он увеличил изображение, и они оказались правы: в его глазах были золотые прожилки. В его голове промелькнула мысль об алмазной пыли: неужели так выглядит алмазная пыль? Эти два ангела-идиота сделали это! И им лучше знать, как это исправить! В следующий раз, когда он их увидит, он заставит их заплатить. А пока он попытался разрядить обстановку.

"Подумаешь. У меня была тяжелая ночь".

Арден спросил: "Что ты нам не рассказываешь?".

ПиДжей добавил: "Твои волосы седеют, а ты все еще учишься в школе. Думаешь, это нормально?"

"Думаю, он прав; мы раздуваем из мухи слона. Что сказал по этому поводу твой дядя?"

"Он не заметил - а если и заметил, то ничего не сказал".

"Что? Ты хочешь сказать, что Сэм даже не заметил?"

"А глаза у него были открыты?"

И-Зи попытался вспомнить. Сначала дядя Сэм спросил, не хочет ли он что-то ему сказать. Неужели он имел в виду именно это?

"Секундочку", - сказал E-Z, направляясь в ванную. Он воспользовался десятикратным увеличением зеркала, чтобы рассмотреть себя поближе. Он задохнулся. Звездочки или трещинки в его глазах были довольно милыми. На самом деле они не портили его, а наоборот, придавали ему довольно крутой вид. Он осмотрел седые волосы на висках.

Ну и что? Он через многое прошел после смерти родителей. Плюс ежедневное давление старшей школы. И привыкание к инвалидному креслу. Не говоря уже о том, чтобы иметь дело с архангелами и испытаниями.

Его преждевременно поседевшие волосы не были проблемой. Он передвигал зеркало, проводя пальцами по волосам. Когда он дотронулся до черной полосы, ее текстура изменилась. Она казалась грубой, почти щетинистой. Ничего страшного, он нанесет на нее немного геля и...

Снаружи заработала газонокосилка. Сэм наконец-то занялся этим страшным делом. До аварии стрижка газона была самой нелюбимой работой E-Z.

"YEOW!" воскликнул Сэм, когда газонокосилка с кашлем остановилась.

Кресло И-Зи покатилось к входной двери, которая сама собой распахнулась. Он взлетел, промахнувшись мимо ступенек, и приземлился на газон позади Сэма.

"Черт возьми!" воскликнул Сэм. Он задел газонокосилкой камень, и тот, подлетев, ударил его возле глаза. Капельки крови стекали по его щеке и скапливались на траве.

Кресло-каталка двинулась к месту, где была кровь, захлебываясь ею.

"Ты в порядке?"

"Я в порядке", - ответил Сэм. Он покопался в кармане, достал носовой платок и прижал его к ране.

Приехали Арден и ПиДжей. "Мы слышали крик".

"Я в порядке, правда", - сказал Сэм. "Небольшой несчастный случай. Не стоит волноваться или переживать. Давай вернемся в дом".

Он схватился за ручки инвалидного кресла и толкнул. Маневрировать на ней по траве было крайне сложно.

Тем временем Арден принес газонокосилку и спрятал ее в сарае.

"Ты набрал вес?" спросил ПиДжей, заметив трудности, которые испытывал Сэм.

"Сегодня утром я съел около двадцати блинчиков".

"Может, черная полоса тяжелее, чем твои обычные волосы?" сказал Арден, вновь присоединившись к ним с ухмылкой.

"О, они заметили", - сказал Сэм.

"Да, они изводили меня этим с самого приезда. Почему ты ничего не сказал?"

Оказавшись внутри, E-Z достал пластырь и наклеил его на рану дяди.

"Это было едва заметное изменение", - сказал Сэм.

"Нет!" - улыбнулся он. "О, а ты никогда не думал

о том, чтобы пойти в медсестры? У тебя нежное прикосновение".

ПиДжей и Арден насмехались.

ГЛАВА 13

И-Зи и его друзья вернулись в свой офис. Он решил держаться поближе к дому на случай, если он понадобится Сэму. Сэм был слишком занят приготовлением ужина, чтобы думать о том, что могло произойти с газонокосилкой.

"Ужин готов", - позвонил он несколько часов спустя. "Пойдем и заберем его".

И-Зи повел их за собой: "Пахнет вкусно!".

Они сели за стол и стали передавать друг другу еду и приправы.

"У тебя уже неплохо блестит", - сказал Арден Сэму.

Сэм, который до сих пор не знал, что у него есть видимая рана, теперь носил ее с гордостью. Он вонзил нож в очередную фрикадельку и положил ее на свою тарелку.

"Что же все-таки там произошло", - поинтересовался ПиДжей.

"Это был камень. Попал в косилку и ударил меня". Он продолжил подталкивать еду по тарелке. "Как продвигается написание?" - спросил он племянника, переключая внимание с себя.

"Сегодня утром у меня не было времени заняться этим".

Сэм сменил тему и спросил, происходит ли что-нибудь в школе или в команде.

"Сегодня вечером у нас тренировка", - сказал ПиДжей.

"И мы надеемся, что E-Z будет ловить в завтрашней игре".

E-Z покачал головой в знак однозначного "нет" и продолжил есть.

"Один иннинг, только один, и если ты не хочешь продолжать играть, мы не против", - сказал Арден.

"Отличная идея", - сказал дядя Сэм. "Окуни свой палец в игру. Если будет не по себе, выходи. Что ты теряешь?"

ПиДжей открыл рот, чтобы что-то сказать, но решил этого не делать. Он засунул фрикадельку себе в глотку. Прожевал, запил. "Когда ты там, E-Z, ты поднимаешь всеобщий боевой дух. Ребята много о тебе думают. Всегда думали, всегда будут думать".

"Хорошо", - сказал E-Z. "Я посижу на скамейке запасных, если ты считаешь, что это поможет. После ужина давай спустимся в парк и немного потренируемся. Посмотрим, как все пойдет".

"Вполне справедливо", - сказал Пи-Джей.

Они поблагодарили Сэма за потрясающий ужин.

"Ты готовил, так что мы уберем", - предложил Арден.

И-Зи и Пи-Джей обменялись взглядами.

Когда Сэм оказался вне пределов слышимости, Пи-Джей сказал: "Ты такой затейник".

Арден плеснул немного воды в сторону ПиДжея, но И-Зи поймал большую часть воды в лицо.

ПиДжей вернул брызги, которые разлетелись по полу кухни, попав на ботинки Сэма.

"Швабра и ведро в шкафу", - сказал он, хватая пальто по пути к выходу.

Они закончили уборку, к тому времени они в основном высохли, не считая E-Z, который сменил рубашку. Наконец они добрались до бейсбольной площадки, и она уже была занята.

"Отлично", - сказал E-Z. "Поехали".

В стороне стояли несколько девушек из группы поддержки команды соперников. Одна из них, рыжеволосая девушка, посмотрела в сторону E-Z. Она сделала сальто и с легкостью приземлилась.

"Думаю, мы можем немного задержаться", - сказал E-Z.

Они направились через поле к скамейкам. Они должны были хотя бы поздороваться, иначе выглядели бы как придурки.

Маленькая рыжеволосая девочка что-то прошептала своей подруге, и они захихикали.

И-Зи был уверен, что они смеются над ним.

"У нас гости", - сказала рыжеволосая девушка.

"Ага, чувак в инвалидной коляске с волосами зебры и два ботаника", - крикнул третий бейсмен. Он ожидал, что все будут смеяться над его неубедительной шуткой, но никто не смеялся.

"Не обращай на него внимания", - сказала подруга красноволосой девушки. "Он жалкий".

"Отвали", - крикнул левый филдер. "Здесь нет места для калеки".

E-Z проигнорировал все комментарии. А вот его кресло - нет. Оно толкалось, ревело, как бык, пытающийся вырваться из загона. "Вау!" - сказал он, когда кресло рванулось, как дикая лошадь.

Арден ухватился за ручки кресла, и оно возобновило свою нормальную работу.

За тарелкой кэтчер бросил муху и запутался в подаче. "Я вижу, тебе нужен приличный кэтчер", - сказал E-Z.

Девушки из группы поддержки захихикали.

"Дайте мне пять минут за тарелкой, только пять. Если я смогу ловить каждую подачу, которую ты пошлешь в мою сторону, тогда мы сделаем тебе одолжение и останемся".

"А если нет?" - спросил питчер.

Кэтчер снял свою маску. "Ты купишь нам бургеры и картошку фри".

"И шейки", - добавил первый бейсмен.

"Договорились", - сказал E-Z, выдвигая вперед свой стул.

Он терпеливо сидел, пока Арден пристегивал наколенники. Пи-Джей натянул ему на голову нагрудную защиту и надел на лицо маску ловца. И-Зи сунул кулак в рукавицу ловца.

"Так, бросай мне мяч", - скомандовал E-Z.

"Надеюсь, ты знаешь, что делаешь, приятель", - сказали Арден и ПиДжей.

"Доверься мне", - сказал E-Z. Он выехал на позицию за тарелкой. "Batter up!"

Питчер показал Ардену, что нужно бить. Он выбрал биту и подошел к тарелке.

E-Z подал сигнал питчеру, чтобы тот бросил высокий фастбол. Вместо этого питчер бросил кривой мяч, и он попал прямо в зону. Арден пропустил удар, но не совсем, так как он слегка коснулся мяча, и тот отлетел назад. E-Z приподнялся на своем стуле и схватил его.

"Вау!" - крикнул питчер. "Отличный сейв".

"Повезло", - сказал первый бейсмен.

Чирлидеры придвинулись поближе.

Вторая подача Ардену, и он отбил мяч в правое поле.

ПиДжей вышел на биту и выбил мяч. E-Z легко поймал все мячи, но последняя подача стала дикой, и он чуть не потерял ее. ПиДжей направился к первому, но E-Z бросил мяч вниз, и он оказался в ауте.

Они играли до тех пор, пока не стало слишком темно, чтобы разглядеть мяч.

После игры они решили, что это была ничья. Они отправились в закусочную неподалеку, и каждый заплатил за свою еду сам.

"Мы убьем вас, ребята, в завтрашней игре", - хвастался Брэд Виппер, капитан команды.

"Вы играете в E-Z?" спросил Ларри Фокс, первый бейсмен.

"О, он точно играет", - ответили Арден и ПиДжей.

"Определенно".

Рыжеволосую девушку звали Салли Свун, и она что-то прошептала Ардену, который покачал головой. "Спроси его сам", - сказал он.

"О чем спроси?"

Ее щеки покраснели.

"Ты ведь хочешь узнать, что произошло?"

Она кивнула. "Ты попросил своего парикмахера сделать это, или они..."

"Совершили ошибку?" - уточнил он.

Она кивнула.

"Я проснулся утром, и все было вот так. Конец истории".

"Тяни вторую", - сказал игрок. "А теперь расскажи нам, почему ты в инвалидном кресле".

E-Z рассказал свою историю. Все молчали, пока он это делал. Никто не ел и не пил. Когда он закончил, то боялся, что все будут относиться к нему по-другому, но этого не произошло.

Они говорили о предстоящей Мировой серии и прочей болтовне, связанной со спортом.

Позже, когда друзья провожали его домой, все были спокойны. Он пожелал ребятам спокойной ночи и вернулся в свою комнату. Он пытался смотреть телевизор, немного писать, но что бы он ни делал, он продолжал думать обо всем, что потерял. Он снова упал на кровать, уставился в потолок и в конце концов уснул.

ГЛАВА 14

И-Зи спал, видя сны.

"Проснись, E-Z! Проснись!" сказал Рейки, прыгая вверх-вниз на его груди.

"Хватит!" - воскликнул он.

Хадз выплеснул немного воды ему на лицо.

Он стряхнул ее. "Вам двоим нужно кое-что объяснить и кое-что исправить. Верните мои волосы в прежнее состояние. И глаза тоже!"

"Нет времени!" - сказали они, когда его кресло перевернулось, уронив его в него, а затем вылетело в уже открытое окно.

"Я даже не одет!" воскликнул И-Зи.

Рейки и Хадз захихикали и велели И-Зи загадать желание, что он хочет надеть. Когда он снова посмотрел вниз, на нем были джинсы, ремень и футболка. Он посмотрел на свои ноги, где его беговые кроссовки завязывали собственные шнурки. Когда они взмыли в небо, E-Z поблагодарил их.

"Итак, ты нас прощаешь?" спросил Хадз.

"Дай ему время", - ответил Рейки.

E-Z кивнул, глядя, как его кресло поднимается все выше и выше. Над самолетом, мимо самолета.

Очевидно, что это был не их пункт назначения. Они летели, пока его кресло не остановилось, а затем направилось вниз.

"Вот оно", - сказал Рейки.

Внизу группа людей скопом стояла возле высокого офисного здания.

"Ты чувствуешь это?" спросил И-Зи, заметив, что воздух вокруг инцидента стал другим. Он вибрировал энергией.

"Да", - ответил Хадз.

"Молодец, что заметил на этот раз", - сказал Рейки.

"Ты имеешь в виду, что в другие разы вибрации были?"

"Да, но по мере роста твоей силы ты сможешь определять местоположение".

"И не только ты, твое кресло тоже сможет их улавливать".

"Ты хочешь сказать, что у меня супер-пупер умное кресло? Я знал, что оно модифицированное, но это просто потрясающе!"

Ангелы рассмеялись.

Кресло понеслось дальше, а под ними раздались выстрелы. Они видели, как люди бегут, кричат, падают.

Навстречу этому хаосу летел E-Z со своим креслом, попадая под встречный шквал пуль. Он вздрогнул, когда кресло-коляска отклонило их. Ему было интересно, что произойдет, если кресло пропустит одну.

"Мы уверены, что ты защищен от пуль", - сказал Рейки, не спрашивая его. "Это было частью ритуала".

"И алмазная пыль должна сработать".

"Почти уверены?" - спросил он, надеясь, что они правы. "Если это работает, то это хороший компромисс для моей ситуации с волосами!"

Ангелы-подражатели рассмеялись.

ГЛАВА 15

Его инвалидное кресло покатилось вниз, нацелившись на человека на крыше здания. Он стрелял в толпу внизу и по ним, когда они приближались к нему. Инвалидное кресло дернулось вперед, и E-Z услышал странный звук, похожий на то, как самолет убирает шасси. Он исходил от инвалидного кресла, когда металлический ящик опустился вниз и приземлился на парня. Пистолет вылетел у него из руки и полетел по крыше, прежде чем устройство ухватилось за него. Мужчина попытался сбросить с себя E-Z и инвалидное кресло, но ничего не вышло.

Вдалеке раздался вой сирены, затем он становился все громче и громче по мере того, как закрывал брешь.

"Если я тебя отпущу, - спросил E-Z, - ты будешь хорошо себя вести?"

Хотя мужчина кивнул в знак согласия, инвалидное кресло отказалось сдвинуться с места.

E-Z нужно было отключить пистолет и убраться оттуда до приезда полиции. Ему было интересно, не пострадал ли кто-нибудь внизу. Он ожидал, что машины скорой помощи уже в пути. Однако он и его кресло могли долететь до больницы с тяжелоранеными гораздо быстрее.

Он уставился на пистолет на другой стороне крыши. Он сосредоточился, затем протянул руку. Словно его рука была магнитом, пистолет влетел в нее, и он отключил оружие, завязав его в узел. E-Z снял свой ремень и с его помощью связал стрелку руки за спиной.

Кресло поднялось и полетело прочь, как ракета, в то время как двери на крыше распахнулись. Модифицированная конструкция поднялась вверх и зависла в воздухе, пока E-Z наблюдал за тем, как спецназ надвигается на стрелка и берет его под стражу. Выражение лица офицера, обнаружившего завязанный в узел пистолет, было бесценным.

Секунду или две он колебался, обдумывая свой мандат, но внизу были раненые люди, и он мог помочь им быстрее, чем кто-либо другой, что он и сделал. О последствиях он будет беспокоиться позже и надеяться, что они поймут.

E-Z приземлился рядом с толпой. Он собрал четверых, которые были наиболее серьезно ранены, и, поскольку они были без сознания, использовал часть своего крыла, чтобы надежно удерживать их на своем кресле, пока они летели по небу.

Кресло впитывало кровь раненых пассажиров, когда она капала из их ран. Их кровь соединялась с кровью E-Z и Сэма Диккенса. Эта амальгамация вытеснила пули из их тел, и раны начали затягиваться.

Прошло несколько минут, прежде чем они добрались до больницы. К тому времени, как они прибыли, все пациенты были исцелены, словно их ранений никогда не было. Они обнимали E-Z и благодарили его.

На парковке у больницы каждый спрыгнул с инвалидного кресла.

У входа стояли санитары с носилками наготове.

E-Z взглянул в их сторону. Он помахал рукой, а затем улетел в небо. Внизу те, кого он спас, ответили ему взаимностью. Он надеялся, что ожидающие служители будут слишком раздражены тем, что они в конце концов не понадобились.

"Спасибо", - крикнул молодой человек, махнув рукой.

"Надеюсь, мы еще увидимся", - воскликнула женщина средних лет.

"Ты настоящий герой!" - сказал мужчина, напомнивший ему дядю Сэма.

"Ты напоминаешь мне моего внука - за исключением странной полоски в волосах!" - сказала пожилая женщина.

Служители подошли к четверке с вопросом: "Кому-нибудь нужна помощь?".

Молодой человек сказал: "Ты не поверишь, но в меня стреляли - дважды совсем недавно. Кажется, я потерял сознание. Когда я очнулся, - он задрал переднюю часть рубашки, которая была в крови, - раны исчезли."

Пожилая женщина, чье платье было испачкано кровью, рассказала, что ее ранили близко к сердцу.

"Я бы погибла, если бы тот парень в инвалидном кресле не спас мне жизнь".

У двух других пациентов были схожие истории. Они хвалили E-Z и благодарили его снова. Даже несмотря на то, что его больше не было с ними.

"Думаю, вам всем еще стоит зайти в больницу", - сказал первый санитар.

Второй санитар ответил: "Да, вы прошли через травматический опыт. Вам стоит сходить к врачу и получить разрешение".

Все четверо ранее пострадавших граждан позволили санитарам помочь им войти внутрь. Они попытались затащить на носилки самого старшего из четверых.

"Я в полном порядке!" - воскликнула пожилая женщина.

Они последовали за ней в больницу.

***

"Нам лучше сделать это сейчас", - сказал Рейки. "Хотя это немного грустно. Он делал такие замечательные вещи, а теперь никто не вспомнит".

Они стерли сознание всех, кто находился поблизости.

"Он действительно проделал потрясающую работу".

"Да, его хорошо выбрали", - сказал Хадз.

И-Зи вернулся домой, долетев туда так быстро, как только мог. Он знал, что боль приближается, но не знал, насколько сильной она будет на этот раз. Он едва успел пролезть в окно и лечь на кровать, как его плечи охватило пламя, и он потерял сознание.

Ангелы вернулись, шепча успокаивающие слова, когда он закричал во сне. Когда боль становилась слишком сильной, они облегчали ее, принимая на себя.

"Это испытание номер три завершено", - сказал Рейки. "Он проходит их с легкостью".

"Верно, но мы должны быть уверены, что его не опознают. Его можно увидеть, но мы должны стереть воспоминания. Хотя я волнуюсь, мы можем кого-то упустить".

"Если мы сотрем разум всех, кто находится поблизости, все должно быть хорошо".

ГЛАВА 16

На следующее утро E-Z ел хлопья, когда на кухню вошел Сэм.

"Кофе, конечно, хорошо пахнет", - сказал Сэм.

Подросток налил дяде полную кружку. "Что?" - спросил он с чувством дежавю.

"Что, что?" спросил Сэм, добавляя в чашку немного сливок.

"Ты пялишься на меня", - сказал И-Зи. Он покачал головой. Неужели он попал в "День сурка"? В фильме про день, повторяющийся снова и снова, с Биллом Мюрреем?

"А, это. Ты ничего не хочешь мне сказать?" Он бросил кусок сахара в свой кофе.

Не обращая внимания на дядю, он ложкой отправил в рот кукурузные хлопья. "Не уверен, что ты имеешь в виду".

Сэм подождал, пока племянник закончит завтракать. "Я заглянул к тебе прошлой ночью, твоя кровать была пуста, а окно открыто. Как ты выбрался со своим стулом, я не знаю. В любом случае, если ты собираешься куда-то идти, то должен сказать мне. Я отвечаю за тебя и твое местонахождение. В следующий раз обещай, что дашь мне знать, куда идешь и когда вернешься. Это обычная вежливость".

"I..."

POP.

ПОП.

Появились Хадз и Рейки. Рейки подлетела к Сэму и затрепетала перед его глазами. Несколько секунд Сэм казался зомбированным. Затем он продолжил потягивать свой кофе. Поднимал стакан, отпивал, опускал. Повторяй.

Е-Зи напомнил игрушку для птиц - когда птица окунает голову в стакан и пьет. Как вообще называлась эта штука?

"Диппи-птичка", - сказал Сэм. Он посмотрел на свои часы.

Какого черта? Неужели дядя теперь может читать его мысли?

"Кто не может читать его мысли?" с ухмылкой сказал Хадз.

Сэм встал и с остекленевшими глазами и роботоподобными движениями подошел к раковине, сполоснул свою чашку и поставил ее в посудомоечную машину. Далее он схватил ключи от машины и ушел, не сказав ни слова.

Рот И-Зи завис открытым, пока он обрабатывал информацию, а затем потребовал: "Так, вы двое. Что вы сделали с моим дядей Сэмом? Вы не имели права... делать... то, что вы сделали". Он был так перекрещен, что его лицо покраснело, а кулаки сжались.

ПОП.

POP.

Он ненавидел это. Каждый раз, когда они делали что-то не так, они исчезали, и ему приходилось извиняться перед ними, чтобы заставить их вернуться, когда он не сделал ничего плохого.

"Прости", - говорил он. "Пожалуйста, вернись".

РОР

ПОП.

"Что сделано, то сделано", - спокойно сказал он. "Он действительно читал мои мысли?"

Рейки ответил: "Да, но это был единичный случай".

"Это хорошо. Мне бы это никогда не сошло с рук".

"Мы - твоя подмога, во время испытаний. От нас зависит защита тебя и твоих друзей, включая дядю Сэма".

"Что ты с ним сделал?" - снова спросил он, когда раздался звонок в дверь. Не двигаясь, он ждал, пока они ответят на его вопрос. Звонок раздался снова. "Секунду", - сказал он. "Скажи мне, что ты с ним сделал. СЕЙЧАС!"

"Я стерла его разум", - прошептала Рейки.

"Что ты сделал!"

"Мы должны были, чтобы защитить тебя и твою миссию", - добавил Хадз.

ПиДжей и Арден зашли на кухню. "Дверь была не заперта", - сказал Арден.

"Да, мы вчера сказали Сэму, что заберем тебя сегодня утром".

"И тебе доброго утра". Он вытолкнул себя из-за стола.

"Нам нужно поговорить, приятель. Но мы торопимся".

Он схватил свой рюкзак и обед. Они пошли к входной двери. На вершине лестницы стул резко подался вперед - как будто хотел полететь вниз. Он попросил друзей помочь ему спуститься по пандусу. Арден и ПиДжей помогли ему забраться на заднее сиденье машины. Арден уложил инвалидное кресло в багажник.

"Здравствуйте, миссис Лестер", - сказал И-Зи, когда трое мальчиков сели на заднее сиденье машины.

"Доброе утро", - ответила она, а затем включила радио. Диктор рассказывал о новом рецепте.

"Как только они тронулись в путь, - прошептал Пи-Джей, - что ты делал вчера вечером?"

"Ничего особенного. Ел. Спал. Как обычно".

"Покажи ему".

ПиДжей передал свой телефон и нажал кнопку "Play".

Это было видео с YouTube. Он в своем инвалидном кресле летел по небу, перевозя раненых людей. Его кресло было кроваво-красным и двигалось так быстро, словно огненное пятно. Были видны его белые крылья. И контраст этой черной полосы на его светлых волосах подчеркивал его внешность.

"Непонятно", - сказал E-Z, почесывая голову и не находя ничего вразумительного. Он ждал, что прилетят ангелы и сотрут разум его друзей - они не прилетели. Он ждал, что мир полностью остановится - не дождался. Он задавался вопросом, увидит ли он когда-нибудь снова своих родителей? Было ли это испытанием? Он закрыл телефон и вернул трубку.

"Чувак", - сказал Арден, когда его мать задом въехала на парковочное место.

"Поторопись, а то опоздаешь", - сказала она, открывая багажник.

"Увидимся позже", - сказал Арден, когда его мать отъехала.

Трое друзей, не разговаривая, дошли до школы. Последний предупредительный звонок должен был прозвучать в любую секунду.

E-Z катил по коридору, улыбаясь сам себе и одновременно переживая о том, кто еще увидит ролик. Хотя было удивительно видеть себя в действии. Как более крутой Супермен. Настоящий герой. Он спасал людей. Спасал жизни. Он и его инвалидное кресло были непобедимы. Они были динамичным дуэтом. Он задавался вопросом, нужна ли им вообще помощь этих двух ангелов-подражателей. Это было здорово. Каждое мгновение. Спасение. Спасение. Успешное завершение очередного испытания. Потрясающе. Если бы только он мог посвятить своих лучших друзей в свой секрет.

"И-З Диккенс!" позвала миссис Клаус его учительницу.

"Да, мэм", - ответил И-Зи, переворачивая страницу, чтобы прочитать урок. Он удивлялся, почему тратит время в школе. Ему это было уже не нужно.

***

Он старался не дремать во время занятий. Миссис Клаус следила за ним больше, чем обычно. Каждый раз, когда он дремал, она повышала голос. Он просыпался, не понимая, о чем она говорит.

После того как прозвенел звонок и урок закончился, ученики расступились, чтобы дать ему возможность первым выйти за дверь. Он взглянул на нескольких своих одноклассников, чтобы сказать им спасибо. Лишь немногие смотрели ему в глаза. Большинство отводило взгляд. Они не привыкли к его новому статусу - пока.

В коридоре его ждала толпа сокурсников и поклонников. Замелькали вспышки - фотоаппараты и телефоны делали снимки. Он надеялся, что там будет школьная газета. Может, они даже напишут о нем статью. Подожди минутку. Он никогда больше не увидит своих родителей - нет, если все узнают! Как такое могло случиться!? Он протиснулся вперед. Они продолжали аплодировать, со временем становясь все громче. Несколько человек воскликнули: "Речь!".

ПиДжей подошел сбоку и спросил: "Ты видел Facebook в последнее время?".

E-Z пожал плечами.

"Взгляни на последние новости", - сказал ПиДжей, показывая другу заголовки.

"Местный герой в инвалидном кресле". Он перестал двигаться и кликнул на ролик. Там говорилось, что местный герой учится в школе Линкольна в Хартфорде, штат Коннектикут. Вскоре E-Z понял, что ученики считают его героем - так оно и было, - но они не могли этого знать. Им не суждено было узнать ничего из этого. Им должны были стереть память, как это сделали с дядей Сэмом. Но это не имело значения - он не жил в Хартфорде Коннектикут. Они ошиблись. Почему же тогда его одноклассники аплодировали?

Он протиснулся вперед, они ушли с дороги. Он вышел прямо под проливной дождь. E-Z задумался, не использовать ли ему вновь обретенные способности своего кресла для личной выгоды. Даже если бы не было кризиса или испытания, смог бы он наколдовать или обрядить себя домой? Он думал об этом, продолжая катиться по тротуару. Однажды его кресло помогло ему спасти маленькую девочку, еще до того, как у него появились какие-то особые способности.

Он думал о таких магических словах, как биббиди-боббиди-бу и экспеллиармус. Он испробовал оба на своем инвалидном кресле, но ни одно из них ничего не дало. Он оглянулся через плечо, услышав позади себя приближающиеся шаги. Он ожидал увидеть кого-то из своих друзей - вместо этого это был младший ученик, который спросил: "А где твои крылья?".

И-Зи рассмеялся: "У меня нет крыльев". Как по команде, его крылья появились и унесли его в небо. Сначала он подумал "о нет", но решил согласиться и помахал парню, вернувшись на тротуар. Парень был так взволнован, что даже не подумал достать свой телефон, чтобы запечатлеть этот момент. "Домой!" - скомандовал он. Вспышка красного света понесла его по небу, прямо мимо его дома, потому что креслу было где еще побывать.

Они продолжали лететь, пока не оказались прямо над торговым центром. Теперь он чувствовал, как вибрирует воздух, подтягивая его ближе к тому месту, где он был нужен. Кресло направилось вниз, опустив его в банк, а затем остановилось в воздухе. Внизу продолжали сновать покупатели - он был вне их поля зрения. Он все еще не понимал, зачем он здесь.

Это очередное испытание? спросил он. Он подождал, но ответа не последовало. Если это было очередное испытание, то времени между ними становилось все меньше и меньше. Где были те два ангела - разве они не должны были прикрывать его спину? Он подумал о других испытаниях. Большинство из них происходили в ночное время. В темноте. Может быть, подражающие ангелы не могли выходить на свет, как вампиры? Он посмеялся над этой странной связью и понадеялся, что это правда. Почему-то его не смущало, что в этот раз были только он и его кресло. E-Z вернулся к текущему моменту. Внутри торгового центра кричали покупатели. Он полетел вперед, вышел из банка и зашел в соседний универмаг. Там было практически безлюдно.

Приземлившись, колеса сами собой повернулись, ведя его за собой. E-Z попытался взять управление в свои руки. Но его инвалидное кресло тоже хотело управлять. Оно ускорялось, все быстрее и быстрее. В конце концов он позволил ей доминировать, боясь покалечить пальцы.

Кресло полностью остановилось, когда на земле в 4 футах перед ними лежали покупатели. Большинство из них лежали на полу лицом вниз. Некоторые держали руки на затылках, другие - за спиной.

В разных позах он заметил камеры наблюдения, которые показывали только статику. Не самый лучший знак.

Инвалидное кресло снова дернулось вперед к молодой женщине. Она была одета в камуфляжную одежду с надвинутой на глаза шляпой. Она была светлокожей, вероятно, блондинкой и голубоглазой, модельного типа. В одной руке она держала винтовку, а в другой - охотничий нож. Ее неподвижность при обращении с оружием беспокоила его. И еще ее чрезмерное использование красной помады цвета сладкого яблока. Она была размазана, превращая жуткую улыбку в угрожающую гримасу.

E-Z рассматривал тех, кто находился в опасности на полу. Как долго они там находились? Чего она ждала? Требовала ли она денег? Кто за пределами магазина знал, что разыгрывается эта сцена с захватом заложников, ведь камеры не работали?

Его взгляд привлек один из парней на полу. E-Z приложил палец к губам. Парень повернулся в другую сторону, тогда-то он и заметил на полу телефон с пульсирующей красной лампочкой. Он записывал звук. Он надеялся, что девушка ничего не заметила - она выглядела так, будто в любой момент может сорваться.

Кресло E-Z взлетело, как взрыв из пушки, и вскоре оказалось на девушке. Ее пистолет полетел в одну сторону, а нож - в другую. Металлический корпус кресла упал вниз.

"Звоните 911", - крикнул E-Z. И клиентам на полу: "Убирайтесь отсюда!". Они побежали, не оглядываясь. Теперь он остался наедине с сумасшедшей девушкой. "Зачем ты это сделала?" - спросил он.

Она промурлыкала слова песни, которую он слышал раньше: "Я не люблю понедельники", затем ухмыльнулась, закатила глаза и сказала: "К тому же это всего лишь игра". Она вернулась к напеванию песни на несколько секунд, закрыв глаза. Затем она открыла их и с дикими глазами и смехом сказала: "О, и если тебе нужен профессионал, чтобы правильно покрасить волосы, я знаю одного человека".

"Ух, спасибо", - сказал он, запуская пальцы в свои волосы.

Он вспомнил песню, которую пела его мама. Правдивая история, про перестрелку. Группа была названа в честь мышей, или крыс.

Он покачал головой. Девушка, стоявшая перед ним, напоминала персонажа из игры, в которую он играл несколько раз. Вплоть до размазанной помады. Он не мог вспомнить, какой именно, но был уверен, что она подражает игроку. "Играть в игру - это одно - никто не пострадает. Это реальная жизнь. Если тебе что-то не нравится - перестань это делать! Не причиняй боль другим".

"Отвали", - ответила она, - "как будто у меня был какой-то выбор в этом вопросе".

Тут ввалилась полиция, и ему пришлось уйти.

Они нашли девушку с оружием, завязанным в узлы, в проходе безопасности у игровой консоли.

Он направился домой, ожидая, когда его настигнет страшное жжение от крыльев. Он проделал весь путь, пока все было хорошо. Но он был так голоден, что ему не терпелось съесть все, что попадется под руку.

Наготове в холодильнике лежала половина курицы, которую он съел, пока ждал, пока сыр расплавится на сковороде. Он съел жареный сыр. Затем сделал еще один, закусывая яблоком. Когда он доел яблоко, то зачерпнул ложкой мороженое из ванночки. Боль не проходила, но у него были бы серьезные проблемы с весом, если бы он продолжал так питаться.

"Дядя Сэм?" - позвал он, проверяя, нет ли его где-нибудь в доме, - не было. Он зашел в свой кабинет и сделал несколько домашних заданий, затем сыграл в несколько игр. Сэма по-прежнему не было видно. Никаких SMS. Ни звонков, ни голосовых сообщений. Сэм всегда давал ему знать, когда возвращался домой поздно. Странно. Где он был?

ГЛАВА 17

Было уже за полночь, а дяди Сэма все еще не было видно. Это был первый раз, когда он пропустил приготовление ужина, не говоря уже о том, что не сказал E-Z, где он находится. Он знал, как тревожится его племянник, когда ситуация выходит из-под его контроля. В такие моменты кожа подростка зудела, словно его кровь кипела под поверхностью.

Сидя в своем инвалидном кресле, он делал эквивалент шагов. Он катил свое кресло по коридору и снова спускался. Самым сложным было развернуться, что он и сделал в своем кабинете. По пути обратно на кухню он включил телевизор, чтобы создать немного белого шума. Перед тем как вернуться в коридор, он остановился, чтобы посмотреть, и тут его захватил опыт выхода из тела.

Он находился в гостиной в своем инвалидном кресле, наблюдая за собой по телевизору в своем кресле. И-Зи покачал головой, пытаясь осмыслить происходящее. Почему Хадз и Рейки не стерли свои воспоминания? Затем это случилось - репортер назвал его имя и фактический адрес, включая пригород. На этот раз он все сделал правильно - и на этом не остановился.

"Тринадцатилетний И-Зи Диккенс хотел стать профессиональным бейсболистом. И у него были способности. Потом несчастный случай отнял у него родителей - и ноги. Сирота - превратившийся в супергероя - теперь живет со своим единственным родственником, Сэмюэлем Диккенсом".

Ему захотелось ударить ногой в экран телевизора. Они сказали это, просто так. Как будто все супергерои должны были быть сиротами. Как будто это было обязательным условием. Когда зазвонил телефон, он надеялся, что это Сэм - это был Арден.

"Ты смотришь это?" - спросил он. "Они рассказали ВСЕМ, где ты живешь!"

"Я знаю", - ответил E-Z. "Хуже всего то, что дядя Сэм в самоволке. Он всегда звонит мне, несмотря ни на что".

Арден перекинулся парой слов с отцом. "Оставайся там, мы с папой сейчас приедем. Ты можешь остаться с нами, пока вы с Сэмом не решите, что делать. Оставь для него записку".

"Спасибо, но мне и здесь будет хорошо".

"Папа говорит, никаких "если", "и" или "но". Он говорит, что репортеры будут на тебя наседать, как белые на рис - что бы это ни значило".

"Я и не думал о том, что сюда придут репортеры. Ладно, я буду готовиться".

Он пошел в свою комнату, собрал сумку для ночевки, затем на кухню, чтобы написать записку и повесить ее на холодильник. На улице внезапно остановился автомобиль, визжа шинами. Хлопнула дверь, затем раздались выстрелы - осколки стекла вылетели из окон. Входная дверь сорвалась с петель, а его кресло полетело в сторону стрелка, который не прекращал огонь по мере их приближения.

"Он всего лишь ребенок", - сказал E-Z, воспользовавшись его нерешительностью. Он схватил пистолет, завязал его в узел и швырнул через лужайку.

Мальчик, который был младше E-Z, использовал те секунды, когда он бросал пистолет, чтобы повалить его на землю.

"Не круто", - сказал E-Z, оттолкнувшись от стула и уронив металлическую клетку на пацана, который всхлипывал и просил маму. "Отвали", - сказал E-Z стулу.

Ребенок свернулся в позу зародыша, трясся и плакал. Кресло втянуло клетку: мальчик не двигался.

E-Z, теперь уже вернувшийся в свое кресло-каталку, спросил: "Кто тебя сюда привез? И почему вся эта стрельба?".

"Ничего личного", - объяснил парень. "Я должен был это сделать. Голос в моей голове говорил мне, что я должен это сделать. Или они убьют меня и мою семью. Вот почему я украл у отца ключи и научился водить машину - быстро".

"Ты никогда раньше не водил машину?"

"Только в играх".

Опять игры. "Кого ты имеешь в виду? Как их зовут?"

"Не знаю. Я играю в несколько игр онлайн. Одна женщина заходила в игру и говорила, что убьет мою сестру. Я переключался на другую игру; другая женщина говорила, что убьет моих родителей. В игре, в которую я играл сегодня, третья женщина сказала мне, что если я не убью парня, который живет по этому адресу, то будут страшные последствия". Парень бросился на E-Z, но далеко не ушел. Кресло толкнуло его и опустило штангу.

"Вытащи меня отсюда!" - потребовал парень.

E-Z рассмеялся; у парня были яйца. "Отставить", - сказал он креслу и помог парню встать на ноги. Парень отблагодарил его, плюнув ему в лицо. Он сжал кулаки и подумал о том, чтобы оторвать парню его чертову голову, но не стал этого делать. Вместо этого он обнял его. Парень снова начал плакать, его слезы падали на плечи и крылья E-Z.

"Спасибо, чувак", - сказал парень. Он отошел, положил руку на сердце и исчез.

Когда полиция наконец приехала, E-Z сидел в своем кресле на обочине. Но потом его не стало. Он снова был внутри бункера, чувствуя клаустрофобию в полной темноте.

***

Раньше, когда он находился в металлическом контейнере, он мог передвигаться. Теперь же он сидел в своем инвалидном кресле и едва мог двигаться. Он пытался пошевелить пальцами ног в ботинках - и не чувствовал их. Если его ноги здесь не работали, то он был рад оказаться в своей инвалидной коляске. В конце концов, они были одной командой: как Бэтмен и Бэтмобиль. В ответ на его мысли инвалидное кресло рванулось вперед, как мастиф на поводке.

"Вытаскивай нас отсюда", - скомандовал E-Z.

Он почувствовал движение над собой. Сдвиг света, словно облако, движущееся по небу. Если бы только он мог взлететь и сбежать через крышу, но у его крыльев не было места для размаха.

Его кожа начала пузыриться, и он начал чесаться. Где сейчас был тот успокаивающий лавандовый спрей?

ПФФФ.

"Спасибо", - сказал он. Даже эта штука теперь могла читать его мысли.

Его плечи расслабились, когда он сформулировал список требований:

Первое. Он хотел рассказать дяде Сэму все. И он имел в виду все. Ничто не должно остаться без внимания.

Второе. Он хотел, чтобы ПиДжей и Арден знали. Не все, как это сделал бы дядя Сэм. Но достаточно, чтобы они понимали, под каким давлением он находится. Достаточно, чтобы они могли поддержать его и ободрить. Он ненавидел лгать им. Ему нужно было, чтобы они знали об испытаниях. Почему он их проводит. Как будто у него был какой-то выбор в этом вопросе.

Третье. Он хотел, чтобы они спросили его разрешения, прежде чем похищать его. Так он бы знал, чего ожидать дальше. Он ненавидел, когда его бросали в эту штуку.

Четвертое. Он хотел знать, где он находится. Почему его всегда опускают в один и тот же контейнер. Почему иногда его ноги работают, а иногда нет. Почему иногда его кресло было с ним, а иногда нет.

"Время ожидания - двенадцать минут", - сказал женский голос. "Хочешь напиток?"

"Воды", - ответил он, когда металл справа от него выплюнул полку, на которой стоял стакан с водой. "Спасибо." Он бросил его обратно. Стакан снова наполнился до верха. Он поставил его на потом.

Теперь, более расслабленный, он вспомнил песню. Его отец любил ее. Кресло-каталка раскачивалась взад-вперед, пока он напевал слова. Кресло набирало обороты - как будто пыталось вырваться на свободу.

Секунды спустя он снова был дома, в своей спальне, где повсюду валялось битое стекло. На стенах пульсировали синие и красные огни. Теперь у разбитого окна он выглянул наружу.

"Он там!" - крикнул репортер.

"Т**олько не это!**" - кричал он, теперь снова оказавшись в металлическом контейнере. "Вытащите меня отсюда!" Он ударил ногой по стенке бункера. "Ой!" - воскликнул он. Затем он улыбнулся, радуясь тому, что снова чувствует свои ноги, и встал. Он поднял кулак в воздух: "Кем ты себя возомнил, что притащил меня сюда по своей любой прихоти!".

"Время ожидания теперь составляет шесть минут, пожалуйста, оставайтесь на своих местах".

Из стен перед ним, за ним, по обе стороны от него выходили ремни. Он был прикован к месту. Он боролся, пытаясь освободиться, но кожаные ремни только затягивались. Вскоре он мог двигать только головой и шеей.

ПФФТ.

"Ах, лаванда", - сказал он. Под ним его инвалидное кресло начало трястись и дрожать. "Все будет хорошо". "Вы, трусы, слишком боитесь спуститься сюда и посмотреть мне в лицо?"

ПФФТ.

ПФФТ.

Он отключился.

***

Он крепко спал, пока крыша бункера не отклеилась, как хьюстонский Астродом. И какая-то штука поглотила свет. Он почувствовал это, прежде чем увидел. Забирая свет из его мира. Под ним задрожало кресло-каталка, когда то, что было наверху, перешло в свободное падение.

Оно остановилось, как паук на конце привязи.

Люцифер?

Сатана?

Он ждал, слишком боясь говорить.

"Привет - о - о - о", - проревело крылатое существо, его голос отражался от стен.

Он так жалел, что не может закрыть уши.

Тварь ухмыльнулась, обнажив похожие на бритву зубы и испустив при этом гнилостный смрад.

Он поперхнулся, закашлялся и пожалел, что не может закрыть нос.

Чудовище смеялось с ревом, который гремел вверх и вниз по его металлической тюрьме, словно попкорн. Он наклонился ближе к лицу подростка и изрыгнул: "Я не говорю на вашем языке, сэр?".

E-Z не ответил. Он и не мог. Он чувствовал себя очень негероично. Тот факт, что его инвалидное кресло, казалось, дрожало под ним, не прибавлял ему уверенности.

"ТЫ НЕ ПОНИМАЕШЬ МЕНЯ?" - прорычала тварь, сотрясая металлическую тюрьму до самого основания. Тварь придвинулась еще ближе: "DO. ТЫ. НЕ. СЛЫШИШЬ. МЕНЯ?"

Оно было похоже на говорящее облако с головой в центре, готовящееся обрушить на него дождь из грома и молний. Вонзив ногти в подлокотники, он нашел в себе мужество сказать: "Да". Он прокрутил в голове список своих требований.

Чудовище зарычало, и из его пасти вылетел огонь. К счастью для E-Z, тепло поднимается. Внезапно он почувствовал, что очень голоден - ему захотелось бекона.

"Я люблю бекон", - призналось существо.

И-Зи задумался, не сказал ли он вслух про бекон. Даже учитывая ускоренный уровень страха, он знал, что не сказал этого. Это означало одно - все могли читать его мысли! Он выпрямился и попытался защититься, закрыв свой разум. Его мысли помчались к еде: блинчики в кафе Энн, густой шоколадный коктейль, маслянистый сироп. Все, что угодно, лишь бы унять страх и снизить тревогу. Это была пытка, эта штука могла прочитать его мысли и заточить его навечно. Может, есть Союз супергероев, в который он мог бы вступить?

"Ба, ха, ха!" - прорычала тварь со смехом.

И-Зи так хотел бы дотянуться до его ушей, но так как он не мог этого сделать, то утешался тем, что у него хотя бы есть чувство юмора. "Почему я здесь?"

Тварь ответила не сразу, поэтому он попытался вывести ее из себя пристальным взглядом. Удерживать взгляд было особенно трудно, так как кресло постоянно пыталось выкинуть его из него. Он сжал кулаки, пуская кровь.

Существо двигалось со змеиной ловкостью, его пенистый язык метался туда-сюда, облизывая кулаки E-Z.

"Фууу!" - закричал он. "Это так мерзко!"

"Еще, пожалуйста!" - потребовала тварь, когда кровь на ее языке заблестела, как капли дождя.

И-Зи и раньше был напуган, но теперь он был напуган не на шутку. Скорее окаменел - но он был супергероем. Он должен был откуда-то черпать силы - даже если стул был бесполезен.

"Не, не, не, не, не, не", - пропела тварь, проносясь ближе, потом отлетая дальше, потом снова приближаясь. Оно отскакивало от стен.

Через несколько мгновений существо успокоилось. Он скрестил ноги в воздухе. Затем он положил свой длинный костлявый палец на щеку. Казалось, он ожидал дружеской беседы.

"Хадз и Рейки отстранены от твоего дела", - прошептало существо. "Эти двое были имбецилами. Менее чем бесполезными. Я - твой новый наставник".

Темное существо распутало себя. Он порхнул вверх, исполнил полупоклон с расцветом и поднялся выше в контейнере.

И-Зи задумался на несколько секунд, прежде чем ответить. Эти два существа были преданы ему. Они помогали ему и присматривали за ним - и самое главное, они не пили человеческую кровь.

"С-мы можем это обсудить?" спросил И-Зи. Он попытался улыбнуться. Он не знал, как это выглядит с другой стороны.

"НЕТ!" - сказала тварь, продвигаясь ближе к выходу.

E-Z наблюдал, как оно уносится вверх. Беспомощный. Безнадежно.

"Подожди!" - закричал он, когда тварь наполовину вошла, а наполовину вышла из контейнера. "Я приказываю тебе ждать!" сказал И-Зи, когда крыша начала закрываться, а затем тварь в мгновение ока оказалась у него перед лицом.

"И-Зи?" - спросило оно.

"Я хочу поговорить с твоим боссом о том, чтобы вернуть Рейки и Хадза. Они больше подходят для моих, моих испытаний. Для успеха испытаний".

"Я тебе не нравлюсь?" - проскрипело существо голосом, похожим на ногти на меловой доске.

"Остановись! Пожалуйста!"

"О том, чтобы вернуть этих двух идиотов, не может быть и речи", - существо крутилось, как хомяк в колесе.

"Прекрати! У меня от тебя голова кружится! Вытащи меня отсюда!"

"Ладно", - сказало оно, скрестив руки и моргая, как женщина в старом телешоу "Я мечтаю о Джинни".

Силосная башня исчезла, а E-Z и его кресло остались падать на землю.

"А-а-а!" - закричал он.

Затем исчезло и его кресло-каталка.

И, продолжая падать, он потряс кулаками над существом, находящимся над ним. Он приготовился к падению.

"Кстати, меня зовут Эриель".

"Appгxxx!" - воскликнул он.

Он снова оказался в своем инвалидном кресле и держался за жизнь. Они все еще падали.

ГЛАВА 18

К РАШ!
Прямо через крышу его дома. Его инвалидное кресло накренилось вперед и сбросило его на кровать. Затем скатился на пол. Они оба были в порядке. Хуже не стало.

Над ним зияла дыра, которую они проделали.

"О, вот ты где!" сказал Сэм. "Добро пожаловать домой".

E-Z даже не заметил его. Он крепко спал в кресле в углу.

Сэм потянулся и зевнул. Затем он, пошатываясь, пошел через комнату, где его ждал кувшин с водой. Он выпил полный стакан, а затем протянул стакан племяннику.

"А как же эта злая тварь Эриель!" сказал Сэм.

И-Зи чуть не выплюнул воду.

"Кто? Что?"

продолжил Сэм. "Этот Эриел - самое мерзкое, самое отвратительное летающее существо-переросток, которое я никогда не надеялся бы встретить!" Он сжал кулаки. "Надеюсь, ты меня слышишь, где бы ты ни был! Я не боюсь тебя!"

Челюсть И-Зи чуть не упала на пол.

Сэм продолжил. "Эта штука держала меня внутри металлического контейнера. Теперь я понимаю, почему тебе снился плохой сон. Это действительно было похоже на бункер. Он сказал мне, что я должен передать ему твою опеку, иначе тебя пристрелят".

"Ах, это", - сказал E-Z. "Думаю, ты видел все разбитые стекла. Это был пацан, он пытался меня убить".

"Я все знаю об этом. Я наблюдал за всем изнутри бункера. Ты знал, что там был телевизор с большим экраном? И довольно хорошая звуковая система тоже".

"Что? Я только что был там, и Эриел ничего не говорила мне ни о тебе, ни о том, чтобы взять на себя опекунство". Он пересек комнату и поднял глаза к потолку: "Это тест Эриель? Если я что-то скажу, ты откажешься от предложения? Дай мне знак".

"С кем ты разговариваешь? Эриэля здесь нет. Если бы он был, мы бы учуяли его вонь за милю. Нет, мы одни, - хоть я и поднял на него кулаки. Я не ожидал, что он меня услышит".

"Наверное, у него везде есть глаза и уши".

"Говорят, у бога везде есть глаза и уши. Если он существует".

"Что еще он сказал тебе обо мне?"

"Он сказал мне, что ты должен был умереть вместе со своими родителями. Он и его коллеги спасли тебя - и теперь ты должен пройти ряд испытаний".

"Верно. Меня поклялись хранить тайну, поэтому мне интересно, почему он раскрыл тебе эту информацию".

"Сначала он пытался издеваться надо мной, но ты выпутался из этой передряги с пацаном. Он подбросил меня сюда, в дом, и я нигде не мог тебя найти".

"Да, потому что он держал меня в контейнере".

"Он несколько раз вытаскивал меня, но я отказался от твоей опеки. После второго или третьего раза он сказал, что ты просил, чтобы мне все рассказали, и..."

"Я действительно придумал план, как спросить его об этом. Я не сказал ему, в чем он заключается - но он, как и большинство остальных в последнее время, может читать мои мысли".

"Что ты имеешь в виду под всеми остальными?"

"Э-э, до Эриэля были два подражателя-ангела по имени Хадз и Рейки".

"О, он действительно упоминал двух имбецилов. Сказал, что их разжаловали для работы в алмазных шахтах".

"На небесах есть шахты?"

"Сомневаюсь, что эта штука была с небес - если такие вообще существуют".

"Не возражаешь, если мы пойдем на кухню перекусить?" спросил E-Z. Они пробрались по коридору, Сэм поставил гриль и приготовил хлеб с сыром и маслом. "Пока ты спал, я навел кое-какие справки об Эриэле. Пришлось немного покопаться, чтобы найти его, но как только я сузил круг поиска, я попал на золото". Он переложил сэндвичи на тарелки и отнес их к столу.

"Спасибо, не могу дождаться, чтобы услышать все об этом. Не возражаешь, если я сразу начну копать?"

"Нет, валяй". Сэм наблюдал, как его племянник сделал четыре укуса, после чего сэндвич исчез. Он передал ему свой, не чувствуя себя голодным. "Я начал поиск, введя в него Эриел. Ничего не появилось. Тогда я набрал "Архангелы", и имя Уриэль оказалось в самом верху страницы".

"Думаешь, это одно и то же?" Он откусил еще кусочек.

"Сначала я так и подумал. Потом я нашел список архангелов и имя Радуэриэль в еврейской мифологии. Когда я проверил его описание, там говорилось, что он может создавать низших ангелов простым изречением".

"Ты имеешь в виду таких, как Хадз и Рейки? Погоди-ка, если он их создал, то, наверное, именно поэтому смог отправить их в шахты".

"Точно мои мысли. Итак, думаю, на основании этой информации мы теперь знаем, что Эриел, он же Радуэриэль, - архангел".

E-Z кивнул.

"Итак, я продолжил копать и нашел вот это. "Принц, который заглядывает в тайные места и секретные тайны. Также великий и святой ангел света и славы".

"Ого, да он полный отморозок!"

"Он также может создавать что-то из ничего, проявляя это из воздуха".

"Итак, я так понимаю, что он может изменять свою собственную внешность, а также внешность других людей".

"Верно. И я записал несколько слов". Он толкнул лист бумаги через стол. "Только не произноси их вслух. Если ты это сделаешь, то вызовешь его". На бумажке были написаны следующие слова:

Rosh-Ah-Or.A.Ra-Du,EE,El.

"Запомни слова на этом листке бумаги на случай, если тебе когда-нибудь понадобится призвать его к себе".

"Откуда нам знать, что они сработают?"

"Используй их только в случае необходимости. Не стоит вызывать его сюда - разве что в крайнем случае".

"Согласен". Мысленно повторяя эти слова снова и снова, он почувствовал утешение от осознания того, что архангел все-таки не читает его мысли постоянно.

"Эриель сказал, что я должен помочь тебе с испытаниями. Полагаю, спасение той маленькой девочки было первым, которое ты должен был пройти?"

"На данный момент я прошел несколько. Первое - да, маленькая девочка. Второе - я спас самолет от крушения".

"Ого! Я бы хотел узнать побольше о том, как ты это сделал. Удивительно, что тебя не показали в новостях".

"Был, но ты не мог сказать, что это был я. Третье - я остановил стрелка на крыше здания в центре города. Четвертое - еще одного стрелка в торговом центре с заложниками и пятое - паренька на улице, который пытался меня убить".

Сэм поднял тарелки и отнес их в посудомоечную машину. "Не могу передать, как я горжусь тобой. Все это происходит, а я совершенно не знал".

"Меня поклялись хранить тайну. Если бы я кому-нибудь рассказал, они бы..."

"Сделают так, что ты больше никогда не увидишь своих родителей, - да, он сказал мне. По-моему, это звучит немного подозрительно. Эриел не из тех, кто сентиментален, он был похож на большой клубок гнева, ждущий цели".

"Я задел его чувства, когда он подумал, что не нравится мне".

Сэм насмешливо хмыкнул. "Представь себе эту тварь, имеющую чувства". Он встал. "Хочешь кофе?"

"Я бы предпочел какао". Он зевнул. "Это был очень длинный день".

"Мы можем поговорить об этом подробнее утром, но как ты относишься к дедлайну? Ты прошел пять испытаний, за сколько дней?"

"Они были случайными. Я ничего не знаю о твердых сроках".

"Эриель сказала мне, что тебе нужно пройти двенадцать испытаний за тридцать дней. Если ты уже на две недели, то им придется ускориться - очень сильно".

"Впервые слышу об этом".

"Он сказал, что если ты не выполнишь их вовремя - ты умрешь".

"Что?"

"А еще, что все, кого ты спас, погибнут. Сэм сделал паузу, при мысли о том, что он может потерять его сейчас, когда они только начали. Его жизнь снова станет пустой, только работа, дом, работа, дом. И-Зи уставился на него, ожидая. "Прости, я просто думал о том, как много ты для меня значишь, малыш. Но он сказал мне кое-что еще: он сказал, что ты умрешь вместе со своими родителями. Это означало бы, что все, что мы делали, все время, проведенное вместе, исчезнет. И я не говорю, что смогу или когда-нибудь займу место твоих родителей, но ты ведь понимаешь, что я хочу сказать? Я люблю тебя, малыш".

"И я тебя", - сказал E-Z. Он хотел обнять Сэма, а Сэм хотел обнять его, он мог это сказать, и все же они отодвинулись. Он глубоко вздохнул: "Сурово. Хотя больше похоже на Эриэля".

"И еще кое-что: он сказал, что каждый раз, когда ты проходишь испытание, твоя душа увеличивается. К тому времени, когда тебе исполнится двенадцать, она будет иметь оптимальное значение. Душевная валюта, которую ты сможешь использовать, чтобы снова увидеть и поговорить со своими родителями".

Стул E-Z отъехал от стола, когда входная дверь слетела с петель, и он взлетел в небо.

"Arrghhhh!" закричал Сэм у него за спиной. Он цеплялся за стул и крылья своего племянника, как пущенный воздушный змей.

"Держись!" сказал E-Z. "Кажется, Эриель зовет".

И они полетели.

ГЛАВА 19

"Держись - мы заходим на посадку". Его инвалидное кресло направилось вниз.

"Жаль, что у меня тоже нет ремня безопасности!" воскликнул Сэм, обхватывая руками шею племянника.

"Не волнуйся, посадка будет безопасной".

"Если я не отпущу тебя раньше! Аргхxx!"

Когда они спускались, E-Z заметил круг статуй. От нечего делать он пересчитал их - их было сто с чем-то посередине. Странно, он много раз бывал в центре города, но не помнил этой группы бетонных блоков. Колеса кресла коснулись земли, но Сэм все еще держался за дорогую жизнь.

"Теперь все в порядке", - сказал E-Z. "Ты можешь открыть глаза".

Он так и сделал. "Я убью этого Эриэля, когда увижу его в следующий раз!"

"Ш-ш-ш. Это может случиться раньше, чем ты думаешь". То, что он заметил в центре статуй, было Эриэлем в человеческом обличье, по физическим чертам, но не по размеру. Более того, он сидел в инвалидном кресле, которое парило, как волшебный трон.

Его волосы были черными, они струились по плечам и спускались до талии. Его глаза были как уголь, а цвет лица - как алебастр. Его подбородок был покрыт щетиной, как шестичасовая тень, хотя сейчас было ближе к полудню. Его губы были очень красными, как будто он нанес свежую помаду. А его нос был похож на нос футболиста, которому его не раз ломали. Что касается одежды, то на нем была белая футболка, черные джинсы, а на ногах - пара сандалий Jesus.

И-Зи повернулся кругом, еще раз оглядев сто десять человек. Все они были одеты в современную одежду. На большинстве были очки и силовые костюмы. Тогда он понял правду: Эриел превратил сто десять живых, дышащих людей в статуи.

И это было еще не все. Он понял, что, хотя они находились в центральном деловом районе, здесь не было привычных звуков. В обычный день машины, застрявшие в пробке, сигналили бы, а выхлопные газы наполняли бы воздух.

Тишина была тревожной, но свежий чистый воздух заставлял его вдыхать глубже. Это успокаивало его. Он знал, что это затишье перед бурей.

Он посмотрел в небо. Пассажирский самолет остановился в воздухе. Рядом с ним сидели птицы, которые перестали летать. На заднем плане - облака. Неподвижные. Неподвижные.

Затем все над ним изменилось с голубого на черный цвет.

И некогда жуткая тишина была разорвана.

На смену ей пришли стоны. Стоны. Как будто корни деревьев вырывались из земли. А воздух сгущался и обволакивал их горло. И воздух сгущался и обволакивал их горло, перехватывая дыхание.

А под их ногами земля начала дрожать. Она широко разверзлась. Землетрясение. Разрыв. Раздирающее.

И солнце, и луна, и звезды засияли все вместе, но только на секунду. Потом они разорвались и разлетелись на миллион осколков.

"Почему ты превратил людей в статуи? И почему ты пытаешься уничтожить мир?" спросил И-Зи. "И почему ты паришь там, наверху, в инвалидном кресле?"

"О нет", - закричал Сэм, потрясая кулаками в воздухе.

Эриел рассмеялась: "Самое время тебе прийти сюда, протеже. Как ты смеешь разговаривать со мной, задавать мне вопросы. Я великий и могущественный, но я настоящий, а не фальшивый, как Волшебник из страны ОЗ. Ты существуешь только потому, что я решил спасти тебя".

"Когда Офаниэль говорила со мной в Библиотеке Ангелов, она даже не упомянула тебя".

Эриел рассмеялась и показала костлявый палец, который вытянулся вниз и коснулся носа И-Зи. "Твое дело было передано мне, после того как эти два идиота Хадз и Рейки не справились со своими обязанностями".

"Не трогай меня!" Палец втянулся. "Я спрашиваю тебя еще раз: что ты делаешь здесь, на моей территории, - и почему ты в инвалидном кресле?"

"Все будет объяснено", - сказал Эриел. Он поднял ноги и улыбнулся им. "Мне нравятся эти туфли; они очень удобные".

"Это не туфли, а сандалии", - сказал Сэм, шагнув ближе к парящему креслу.

"Подожди, дядя Сэм, встань позади меня".

Эриел откинул голову назад и рассмеялся. ""Правда - собака, которую надо держать в конуре" - это цитата из Шекспира, означающая, что твоего дядю надо приручить".

"Почему ты!" крикнул Сэм, подняв кулак в воздух.

" Трудно победить человека, который никогда не сдается" - это цитата Бейба Рута, одного из самых известных бейсболистов за всю историю". Кресло E-Z поднялось с земли и подлетело ближе к Эриэлю.

"Бейсбол - это игра баланса", - сказал Эриел. "Это цитата из писателя Стивена Кинга". Он заколебался, а затем ухмыльнулся такой большой ухмылкой, что, казалось, его щеки могут ввалиться, когда стул Э-Зи упал, словно был сделан из свинца. "Упс", - сказал Эриел, корчась от смеха.

Прошло совсем немного времени, прежде чем E-Z обрел контроль над своим креслом, и оно поднялось, как лифт. Он попытался взять свои крылья под контроль. Но времени не было, так как он превратился во вращающуюся верхушку и крутился туда-сюда.

"Арргхxxxx!" - закричал он, впиваясь ногтями в подлокотники кресла. Вращение прекратилось, кресло снова опустилось, как свинцовый шар, потом остановилось.

Снова он попытался заставить свои крылья работать. Они не поддавались, и в следующее мгновение он понял, что снова крутится. Но на этот раз против часовой стрелки.

"Хxxxгггггрррааа!" - закричал он.

Эриел рассмеялась так громко, что задрожала земля.

Внизу Сэм подбирал камни с мостовой и бросал их в Эриел, которая уклонялась и уворачивалась от большинства из них. Однако один большой камень попал в нос существа. "Выбирай кого-нибудь поближе к своему возрасту!" воскликнул Сэм.

Пока кровь струилась по его лицу, Эриел поставила дядю Е-Зи на место.

"Неееееет!" крикнул E-Z, продолжая вращаться. Когда он полностью остановился, перевернувшись вверх ногами, то, что он увидел внизу, не могло быть ошибочным. Дядя Сэм теперь был одной из статуй в круге: там стояли сто одиннадцать человек. У него так кружилась голова, но все же ему пришла в голову цитата, и, поскольку это было все, что у него было, он выкрикнул ее так громко, как только мог: "It isn't over 't till it's over!".

POP.

POP.

Хадз сел на одно плечо подростка, Рейки - на другое.

"Это цитата из Йоги Берры, а это - от меня и дяди Сэма!"

В руках он теперь держал самую большую в мире биту, копию 54-го оунера Бейба Рута, и она ослепительно блестела от алмазной пыли. Он даже не представлял, насколько она тяжелая, когда замахнулся на Эриэля, сидящего на троне в инвалидном кресле, и отправил его в полет. Он пропел: "Передавай привет человеку на Луне, когда встретишь его!".

Вдалеке эхом раздался голос Эриэля: "Испытание завершено!".

Хадз и Рейки зааплодировали. Как и сто одиннадцать человек, которые вернулись в свои человеческие формы, включая дядю Сэма.

"Конечно, ты знаешь, что он вернется", - сказал Хадз. "И он будет очень зол!"

"Спасибо за помощь!" сказал И-Зи, когда они с Сэмом летели домой.

Рейки и Хадз стерли разум ста десяти, затем возобновили работу в шахтах и надеялись, что никто не заметил, что они придумали, как сбежать.

Эриел продолжал выходить из-под контроля, пока формулировал план мести.

ЭПИЛОГ

После нескольких напряженных дней E-Z наконец-то смог хорошо выспаться. Ему снилось, как он играет в бейсбол, и на следующий день Арден и ПиДжей зашли к нему, чтобы взять с собой на игру. "Я не в восторге от игры сегодня, но для поднятия боевого духа я с вами пойду", - сказал он.

"Конечно", - ответили его друзья.

Выведя E-Z на поле, они настояли на том, чтобы он играл. Им нужно было, чтобы он ловил, и он согласился. Когда настал его первый раз, когда он оказался за битой, И-Зи захотел бить сам. Он схватил свою любимую биту и покатил себя к площадке. Первая подача была высокой, и он пропустил ее. Его зона подачи сильно сжалась, так как он сидел.

"Страйк один", - выкрикнул судья.

И-Зи оттолкнулся от тарелки. Он сделал еще пару тренировочных взмахов, а затем снова вернулся назад. На следующей подаче он попал по мячу, и тот отскочил в аут.

"Страйк два", - объявил судья.

"Нет бэттера, нет бэттера", - затараторили парни на поле.

Питчер бросил кривой мяч, E-Z наклонился к подаче и соединил его. Мяч улетел за пределы поля. За забор. За пределы парка.

"Занимайте базы", - сказал судья. "Ты заслужил это, парень".

И-Зи покатился по базам, сдерживая свой стул от полета. Когда его кресло соприкоснулось с домашней тарелкой, его товарищи по команде собрались вокруг него, аплодируя. Он наслаждался этим, пока это длилось.

Пока он снова не приземлился внутрь металлического контейнера - только на этот раз он был свернут в шар - и остался без кресла. Как новорожденный младенец, он глубоко дышал, потому что это было единственное, что он мог сделать. Подожди. Младенцы могут переворачиваться сами. Все, что ему нужно было сделать, - это сконцентрироваться, сосредоточиться.

Да, у него это получилось. Единственная проблема заключалась в том, что ему не стало лучше. Он все еще был свернут, находился в темноте. Замкнутый в пространстве без света и возможности двигаться. На самом деле форма металлического контейнера на этот раз была другой. Он был более тонким с одного конца и по форме напоминал пулю.

Знание этого не помогало, так как его клаустрофобия и тревога разгорались с новой силой. Ему стало интересно, как долго он сможет дышать в этом замкнутом пространстве. Недолго. У него быстро закончится воздух, и он умрет. Он глубоко вдыхал, стараясь снизить уровень тревоги.

Одно было ясно точно: Эриел никак не сможет поместиться в этой штуке вместе с ним. Если только он не разнесет стены - что, возможно, было бы не такой уж плохой идеей.

E-Z стучал по стенам и потолку. Он кричал. Кричал. Он вспомнил о своем телефоне. Может ли он дотянуться до него? Его там не было. Он положил его в спортивную сумку, чтобы следовать правилу "телефоны на поле запрещены".

За пределами контейнера раздавались тревожные звуки. Царапанье. Крысы? Нет, только не крысы. Он мог справиться со многими вещами, но не с крысами. "Выпустите меня!" - закричал он.

Заработал двигатель. Старая машина, похожая на грузовик. Пол под ним начал трястись и дребезжать, пока пуля катилась вперед и подпрыгивала.

Снаружи контейнер отскакивал от стен. Внутри он находился в таком замкнутом пространстве, что движения практически не было. Это было одним из преимуществ того, что он был заперт в пуле.

Машина врезалась во что-то, и голова E-Z соединилась с верхней частью этой штуки. Он вскрикнул, но звук угас. Металлический контейнер снова двинулся, в сторону. Он ударился обо что-то, а затем вернулся в исходное положение. Его плечо болело от удара.

И-Зи задумался, не было ли это заданием Эриэля, но решил, что не могло быть. Он начал приходить к выводу, что его похитили и держат в плену. Но почему именно сейчас?

"Эй!" - крикнул он, когда металлический предмет покатился и приземлился на плоское дно - туда, где находился его низ. Теперь вес был распределен более равномерно. Ему было удобно. Или настолько комфортно, насколько это вообще возможно в данных обстоятельствах. Поэтому он оставался очень спокойным до тех пор, пока машина не остановилась, и он не перевернулся на бок.

Он глубоко вздохнул, успокоился и произнес вслух слова,

"Рох-Ах-Ор, А, Ра-Ду, ЕЕ, Эль".

Пока он ждал, он спросил: "Где ты Эриель?

Рох-Ах-Ор, А, Ра-Ду, ЭЭ, Эль?".

"Ты вызвал меня?" ответил Эриел. Его голос был четким и ясным, но его не было видно.

"Да, Эриел, кажется, меня похитили. Я нахожусь в контейнере. Ты можешь мне помочь?"

"Я знаю, где ты всегда находишься", - сказал Эриел. "Вопрос, который ты должен задавать, - ХОЧУ ли я тебе помочь".

"Я не знал, что ты следишь за мной 24-7!" воскликнул E-Z, злясь с каждым мгновением все больше и больше. Он сделал несколько глубоких вдохов и успокоил себя. Ему нужна была помощь Эриэля, и архангел не собирался облегчать ему задачу. "Я не вижу водителя этой штуки и не могу расправить крылья. И где мое кресло? У меня здесь заканчивается воздух. Если ты хочешь, чтобы я закончил эти испытания за тебя, то лучше вытащи меня отсюда, и побыстрее".

"Сначала ты оскорбляешь меня, задаваясь вопросом, ангел я или нет, а потом умоляешь помочь тебе. Люди действительно очень непостоянные существа".

"Я знаю. Мне очень жаль. Пожалуйста, помоги мне".

"А ты не думал, - предложил Эриел. "Что это и есть испытание? Что-то, что ты должен преодолеть сам?"

"Ты хочешь сказать, что это точно испытание?"

"Я не говорю, что это так. А я не говорю, что это не так", - с усмешкой сказал Эриел.

И-Зи был в ярости. Ему так не хватало Хадза и Рейки.

"Так грустно, что ты все еще думаешь об этих двух идиотах. Так вот, E-Z, если бы это было испытание, то как бы ты вытащил себя из него?"

"Во-первых, они выручили меня, когда ты чуть не убил Землю. Во-вторых, это не может быть испытанием, потому что мне некому помочь".

Эриел рассмеялась. "Ты считаешь себя никем?" Эриель сделала паузу. "Сегодня ты спасаешь себя и только себя. Используй инструменты, которые есть в твоем распоряжении". Он заколебался, затем снова рассмеялся. "Думай за пределами металлического контейнера". Его смех был настолько громким внутри металлической пули, что у И-Зи заложило уши. Он закрыл их. Потом он больше не слышал Эриэля.

E-Z закрыл глаза и сосредоточился. Он решил сжать кулаки и попытаться раздвинуть стены. Как бы он ни старался, они не сдвигались с места. План Б заключался в том, чтобы призвать свое кресло, что он и сделал. Он представил, что оно находится недалеко. Возможно, оно висит над головой, ожидая, пока E-Z призовет его. Он так сосредоточился на вызове своего кресла, что не заметил, как кто-то вышел на улицу. Шаги по тротуару. Один человек, стук сапог. Мужчина пробирался вокруг машины, к задней части. Ключ вошел внутрь. Дверь откатилась вверх.

"Он тут катается", - сказал мужчина.

Раздался смех. Не смех Эриэля. Смех другого человека.

Потом крик.

Потом еще крики.

Потом бег. Бегство.

Еще больше криков.

Потом движение. Контейнер двигается. Его поднимают в инвалидное кресло.

Затем поднимается вверх, все выше и выше. Прочь, в безопасное место.

"Спасибо", - сказал E-Z своему креслу. "Теперь отвези меня домой к дяде Сэму".

E-Z знал, что дядя Сэм сможет вытащить его из контейнера. Ему понадобится гигантская открывалка, но если таковая имеется, дядя Сэм ее найдет.

Однако его инвалидное кресло понеслось в противоположном направлении.

КНИГА ДВА:

ТРИ

ГЛАВА 1

Далеко, далеко от того места, где жил И-З Диккенс, танцевала маленькая девочка. Ее уроки балета проходили в небольшой студии в центральном деловом районе Нидерландов.

Она была симпатичным ребенком, с золотистыми волосами и линией веснушек, протянувшейся через нос и щеки. Самыми запоминающимися чертами ее лица были орехово-зеленые глаза. Их цвет был точно таким же, как у ее бабушки. Ее мечтой было однажды стать самой известной балериной Нидерландов.

Ее розовая пачка была сделана из тюля. Это была сеткоподобная, легкая ткань, которую дизайнеры используют для профессиональных танцовщиц. Пачку разработала и сшила для нее ее няня. Костюм балерины - само по себе произведение искусства - настолько, что каждый ребенок в классе хотел себе такой же.

Ханна, няня Лии, получила множество просьб от других родителей сшить их дочерям такую же пачку. Она твердо сказала детям, их родителям, учителям и многим другим, что у нее нет времени на лишнюю работу. Хотя деньги ей бы не помешали.

Все, что делала Ханна, она делала потому, что любила свою подопечную, Лию. Лию, которую она называла своей kleintje, что в переводе означает "маленькая".

Когда балетки (в переводе - балетный класс) почти закончились, Лия собрала свои туфли. Она потерла свои больные ноги.

Все балетдансеры (в переводе: танцоры балета) - даже семилетние, как Лия, - должны были тренироваться минимум двадцать часов в неделю.

Эта дополнительная работа, помимо полной школьной программы, требовала самоотдачи и преданности. Тем детям, которые не успевали, сразу же показывали на дверь. Неважно, сколько денег предлагали родители, чтобы удержать их в программе.

Лия надеялась однажды встретиться со своим кумиром Игоне де Йонг, самой известной нидерландской балериной всех времен. С тех пор как ее кумир ушел на пенсию, Лия смотрела ее выступления по телевизору.

В будние дни за Лией присматривала Ханна. Мать Лии Саманта в течение недели ездила по делам.

За пределами танцевальной студии Ханна и Лия сели в Volkswagen Golf. Скоро они должны были вернуться домой.

"У тебя есть домашнее задание?" спросила Ханна.

Лия кивнула.

"Goed" переводится как "хорошо". "Иди и приступай, когда я приготовлю ужин", - сказала Ханна.

"Oke", в переводе - хорошо, - ответила Лия.

Лия сразу же отправилась в свою комнату, где повесила свой балетный наряд, а затем приступила к работе за своим столом.

В школе они изучали легенду о Ведьмином дереве. Их задачей было нарисовать дерево и придумать что-то волшебное про него. Она намеревалась нарисовать контур мелом. Затем использовать трубочки для корней и блестки на листьях для магического элемента.

Хотя у нее был природный талант к искусству, ей не нравилось его создавать. Ее предпочтением были танцы. Она не жаловалась и не отмахивалась от заданий, которые ей не особенно нравились. Не в ее характере было быть непослушной или нарушать порядок.

Хотя Лия жила в Зумберте, Нидерланды, она посещала международную школу. Ее английский был превосходным. Сам Зумберт был известен на весь мир как место рождения Винсента Ван Гога. Лия знала о Ван Гоге все, ведь в ее жилах текла одна и та же кровь.

Выполнив домашнее задание, она открыла компьютер. Она включила его и стала играть в игру. Достижение следующего уровня занимало всего несколько мгновений. Скоро Ханна позовет ее на avondeten (ужин).

Никто не должен знать, - говорил крошечный голосок в глубине ее сознания. Лия прислушалась к голосу, но чтобы убедиться, что никто не узнает, она закрыла дверь в спальню.

Когда ее пальцы защелкали по клавиатуре, лампочка над ее столом с треском погасла. Она закрыла ноутбук и снова открыла дверь. Она посмотрела в коридор, где лежали запасные галогенные лампочки. Няня держала запас в бельевом шкафу наверху лестницы. Все, что нужно было сделать Лии, - это сходить за одной, вернуться и самой поменять лампочку. Тогда у нее будет больше времени на игру.

Вернувшись в свою комнату, она оценила ситуацию. Ей нужно было встать на свой стул, который был на роликах. Она плотно придвинет его к кровати, чтобы зафиксировать. Да, это сработает.

Закрепив стул под светильником, она забралась на него. Держа новую лампочку под подбородком, она выкрутила старую. Перегоревшую лампочку она бросила на кровать. Взяв другую лампочку из-под подбородка, она вкрутила ее.

КРАК!

Новая лампочка взорвалась.

Из нее посыпались осколки стекла, в основном мельчайшего размера. В лицо и глаза маленькой девочки.

Лия не сразу закричала, потому что голубой свет заполнил комнату, заставив время остановиться. Свет окружил ее, поднявшись на один уровень с ее лицом.

СВИШ!

Появилось крошечное ангельское существо, которое осмотрело глаза девочки. Затем, решив, что они повреждены до неузнаваемости, она прошептала: "Ты будешь одной из трех?".

"Ja", - переведя как "да", сказала Лия, и время остановилось.

Появился ангел, которого звали Ханиэль. Она спела Лии успокаивающую колыбельную, пока убирала стекло.

На английском языке слова песни звучали следующим образом:

"Печальная грустная девочка присела

На берегу реки.

Девочка плакала от горя.

Потому что оба ее родителя умерли".

На голландском языке текст песни звучал следующим образом:

"Asn d'oever van de snelle vliet

Eeen treurig meisje zat.

Het meisje huilde van verdriet

Omdat zij geen ouders meer had".

К счастью, маленькая Лия спала, поэтому не могла испугаться слов колыбельной.

Когда Ханиэль закончила обрабатывать самую страшную часть ран Лии, она положила руки на бедра и перестала петь. Задание было почти выполнено, теперь ей оставалось только заложить фундамент для новых глаз своей протеже.

Две маленькие ручки Лии были свернуты в клубочек. Маленькие тугие кулачки. Ханиэль позволила своим крыльям нежно погладить сомкнутые пальцы, побуждая их раскрыться.

Когда ладони Лии были открыты, ангел Ханиэль указательным пальцем очертила форму глаза на обеих ладонях. На пальцах она нарисовала по одной линии, ведущей от ладони вверх к концу пальца. Выполнив задание, ангел Ханиэль нежно поцеловала Лию в лоб, а затем с

СВИШ!

она исчезла.

Время перезапустилось, а наша храбрая малышка Лия все еще не закричала. Шок делает это с твоим телом как защитный механизм, и, остановив время, боль также остановилась. Когда Лия наконец закричала, она уже не могла остановиться. Ни когда приехала скорая помощь. Ни когда ее вынесли на носилках в машину, когда к хору ее криков присоединилась сирена. Или когда ее толкали на каталке в больницу. И не тогда, когда ей в лицо светили большим светом, который она чувствовала, но не видела.

Она перестала кричать, когда ей дали успокоительное. Затем они использовали новейшие технологии, чтобы удалить оставшееся стекло. Однако каждый кусочек стекла уже был удален. Хирурги принялись за дело и перевязали ей глаза, а затем отвели в палату, чтобы она пришла в себя.

После операции приехала мать Лии - Саманта. Она прилетела из Лондона рейсом Red Eye. Она встретила хирурга, пока ее дочь спала дальше.

"Мне очень жаль, но она больше никогда не увидит", - сказал он.

Мать Лии зажала рот кулаком, борясь с желанием зарыдать.

Доктор сказал: "Она может выучить шрифт Брайля и посещать школу для слабовидящих. У нее сейчас прекрасный возраст для обучения, и она будет впитывать знания. В скором времени умение расписываться станет для нее второй натурой".

"Но моя дочь хочет стать балериной. Ты когда-нибудь видел или слышал о слепой профессиональной танцовщице?"

"Алисия Алонсо была частично слепой. Она не позволяла этому сдерживать ее".

Мать Лии похлопала спящую дочь по руке. "Спасибо, я узнаю подробности о ней в интернете. Семь лет - слишком юный возраст, чтобы заставлять себя отказываться от мечты".

"Согласна. А теперь и ты отдохни немного. Лия должна скоро проснуться, и ей понадобится, чтобы ты был сильным для нее. Для того момента, когда ты скажешь ей. Если ты хочешь, чтобы я тоже был здесь, дай мне знать".

"Спасибо, доктор, сначала я постараюсь справиться с этим сам".

Как только дверь закрылась, мать Лии прикоснулась к отметинам на лице дочери. Оставленные следы были похожи на сердитые капли дождя. Затем она посмотрела на спящую няню Лии - Ханну. Проходя мимо нее за водой, она случайно нарочно пнула ее левой туфлей, чтобы разбудить. "На улицу!" - сказала она, когда Ханна зевнула.

Теперь в коридоре мать Лии, Саманта, дала волю своим эмоциям, не сдерживаясь. "Как ты могла допустить, чтобы это случилось с моей малышкой? Как ты могла! В одну минуту я была на деловой встрече - в другую мне пришлось прервать свою командировку и успеть на первый же рейс из Лондона! Что случилось? Как это случилось?"

"Мы только что вернулись с балетного класса. Я готовил ужин, а Лия заканчивала делать домашнее задание. Наверное, лампочка перегорела. Она взяла другую из шкафа в холле, попыталась заменить ее сама, и она взорвалась. Когда она закричала, я был рядом в считанные секунды, а зикенваген (машина скорой помощи) прибыл в мгновение ока. Я молился, чтобы с ее глазами все было в порядке, чтобы она поправилась".

"Значит, ты молишься во сне, да?" спросила Саманта, не дожидаясь ответа. "Артсены (врачи) говорят, что она больше никогда не увидит", - сказала Саманта с недобрым ядом в голосе

***

Тем временем Лия во сне летала с ангелом. Она обнимала его за шею, прижимаясь к его груди. Движение кресла-каталки в воздухе раскачивало и успокаивало ее.

Затем ее сознание перевернулось, и она смотрела сверху вниз на металлический контейнер. Контейнер сидел на сиденье инвалидного кресла с крыльями. Его перевозили неизвестно куда.

Она подняла правую руку, затем левую, и с их помощью смогла разглядеть, что внутри него заперт ангел/мальчик. У него было доброе лицо, глаза голубее неба с золотыми вкраплениями, которые заставляли их сверкать, даже если он находился в темноте. Волосы у него были светлые, только на висках немного пробивалась седина. Но самым странным была черная полоса посередине. Из-за нее мальчик казался старше.

Ангел/мальчик в контейнере, сидящий на сиденье инвалидного кресла, подлетел ближе к маленькой девочке из ее сна. Она прикоснулась к контейнеру и почувствовала и услышала биение сердца ангела/мальчика внутри. Мало того, она также могла читать его мысли и эмоции.

Лия проснулась и закричала: "Мама! Ханна! Приди скорее!"

"Я здесь, дорогая", - сказала ее мать, возвращаясь к постели дочери.

Ханна вытерла глаза и снова вошла в комнату.

"Сейчас не время, мама, возлагать вину на Ханну. Это был несчастный случай. Кроме того, требуется наша помощь. Пожалуйста, найди мне бумагу и карандаши - СЕЙЧАС".

"Она бредит!" воскликнула Саманта. Она проверила лоб дочери на температуру. Она казалась нормальной.

Ханна достала из сумки запрошенные предметы и вложила их в руки Лии.

Не раздумывая, Лия начала рисовать. Она царапала по бумаге, как вдохновленный художник. Саманта и Ханна с любопытством наблюдали за происходящим.

Первый рисунок, который она нарисовала, был изображением мальчика внутри металлического контейнера в форме пули. Контейнер покоился на сиденье инвалидного кресла, а у кресла были крылья. Ангельские крылья. Лия перевернула страницу и нарисовала вторую картинку, на которой мальчик/ангел был внутри со всех сторон. Со всех сторон. После первой картинки она маниакально нарисовала еще много, а потом подбросила их в воздух.

Картинки, словно подхваченные порывом ветра, заплясали по комнате, взмывая то вверх, то вниз, то по сторонам. Как будто на них было наложено магическое заклинание. Одна из картинок погналась за няней, и та с криком выбежала из комнаты.

Лия крепко сжала кулаки, а потом пробормотала какие-то невнятные слова.

"Может, мне вызвать доктора?" - спросила ее истеричная мама. "Моя малышка, о нет, моя бедная малышка!"

ответила Ханна, с трепетом глядя на то, как Лия снова погрузилась в сон.

Две женщины сидели у кровати ребенка. Они смотрели, как она мирно спит, пока в конце концов тоже не уснули.

Лия не могла видеть глазами цвета лесного ореха, с которыми родилась. Их заменили глазами на ладонях.

Ее новые глаза на ладонях включали в себя все нормальные части глаза. Такие, как зрачок, радужная оболочка, склера, роговица и слезный канал. У каждого глаза на ладони было веко. Верхнее начиналось там, где заканчивались пальцы. Нижнее заканчивалось там, где начиналось запястье.

Что касается ресниц, то на каждом пальце была вытатуирована линия роста волос. От верха века до того места, где начинался ноготь, как и на большом пальце.

Это было хорошо, так как ни одна молодая девушка не хотела бы иметь пальцы с растущими на них волосами.

Особенно такой маленькой девочке, как Лия, которая надеялась однажды стать великой балериной.

ГЛАВА 2

Когда она проснулась, ладони ее рук очень чесались. На самом деле они чесались сильнее, чем когда-либо раньше. Это напомнило ей о том, что однажды сказала ее бабушка. Бабушка говорила, что если чешется правая рука, то это значит, что ты получишь деньги и много. Если чешется левая рука, это значит, что ты потеряешь деньги. Она никогда не говорила, что будет, если обе ладони чешутся одновременно.

Мелькнувшая мысль об ангеле/парне, запертом в контейнере, вернула ее к реальности. Она раскрыла ладони, готовясь почесаться. Но вместо этого была шокирована, увидев в них свое отражение. Она улыбнулась, словно позируя для селфи.

Все еще не будучи на сто процентов уверенной в том, что это сон, она развернула обе ладони от себя. Ее намерением было сделать панорамный вид на комнату.

Она была оформлена так, словно она плавала в аквариуме. Рыбы-клоуны и золотые рыбки были заняты тем, что гонялись за хвостами друг друга. Она продолжала двигать руками по комнате, пока не нашла

Ханну. Затем она нашла свою мать. Она завизжала от восторга.

Мать Лии, Саманта, подскочила, как и Ханна.

"Что такое, малышка?"

"Мамочка? Я могу тебя видеть".

"Конечно, ты можешь, моя дорогая".

"Ты мне веришь?"

"Да, конечно, я тебе верю. Но скажи мне кое-что, прежде, почему ты нарисовал инвалидную коляску с крыльями? У инвалидных колясок не бывает крыльев".

Она не видит моих новых глаз, подумала Лия. "Я люблю тебя, мамочка, но у некоторых инвалидных колясок есть крылья, а некоторые ангелы летают в колясках с крыльями".

"Я тоже люблю тебя, малыш", - ответила она. "Какой мальчик/ангел? Тебе приснился сон?"

"Есть мальчик-ангел", - сказала Лия.

"Мальчик/ангел? Где, детка?"

Лия раскрыла ладони и подумала о мальчике-ангеле. Она думала так сильно, что могла видеть его, слышать, ощущать его присутствие в своем сознании. "Ангел/мальчик идет сюда, чтобы увидеть меня", - сказала она.

"Сюда, дорогая?" - спросила ее мать, бросив взгляд в сторону няни, которая пожала плечами.

"Да, мальчику-ангелу нужна моя помощь. Он приехал ко мне аж из Северной Америки".

"Когда ты рисовал картинки, - спросила Ханна, - ты рисовал из воспоминаний об ангеле/мальчике?"

"Или из сна?" - спросила ее мама.

"Это началось как сон, но теперь я могу видеть его и в бодрствующем состоянии".

"Если ты можешь видеть меня, малыш, то что на мне надето?".

"Я вижу тебя, мамочка, но не своими старыми глазами. Но моими новыми. На тебе красное платье, а на шее жемчуг".

Пожилой пациент, проходя мимо своей палаты, остановился на месте, увидев ребенка, держащего перед собой раскрытые ладони. Это она, подумал он, и чтобы подтвердить это, ему не пришлось долго ждать. Ведь Лия, почувствовав чужое присутствие, повернула левую ладошку в направлении двери. Старик увидел, как ее ладонь моргнула, а затем вышла из поля зрения.

"Она гадает", - предположила Ханна, отвлекая внимание Лии от дверного проема.

Появилась медсестра, и Лия, которая никогда не видела ее раньше, сказала: "Здравствуйте, сестра Винке".

"Мы уже встречались?" спросила медсестра Хайди Винке.

Лия хихикнула. "Нет, но я могу прочитать твой бейджик".

"Она говорит, что может видеть, с ее новыми глазами", - сказала мама Лии.

"Вот, вот", - ответила медсестра Винке, обращаясь к матери, а не к маленькой девочке. Ребенок не возражал, когда медсестра Винке вывела мать на улицу, чтобы поговорить с ней наедине.

"Это нормально, что ваша дочь использует свое воображение в сложившихся обстоятельствах, ведь она потеряла зрение. Она счастливая малышка, несмотря на то что с ней случилась ужасная вещь".

Саманта кивнула, и они вдвоем вернулись к Лии.

"Ты, должно быть, устала, дитя", - сказала медсестра Винке, измерив пульс маленькой девочки.

"Я не устала", - ответила Лия. "Я только что проснулась и не хочу снова засыпать. Если я сейчас усну, то могу упустить его".

"Скучать по кому?" спросил Винке, укладывая девочку.

"По мальчику/ангелу", - ответила Лия. "Теперь он все ближе. Почти здесь - и ему нужна моя помощь. Я не могу дождаться встречи с ним. Он проделал долгий, долгий путь, только чтобы увидеть меня".

"Вот так, вот так, дитя", - ворковала Винке. Она ввела в руку Лии иглу с лекарством, вызывающим сон.

Лия запротестовала, но тут же уснула.

"Спокойной ночи, малышка", - ворковала ее мать.

***

Пожилой мужчина вернулся в свою комнату и, сразу же сняв трубку, попросил внешнюю линию.

"Она здесь", - прошептал он в трубку. "Я видел ее своими глазами - прямо здесь, в больнице, в коридоре от моей палаты".

Наступила тишина, затем раздался щелчок на другом конце. Старик сел в постели. Пультом он включил телевизор.

Его любимая программа: Now or Neverland (также известная как Fear Factor) как раз начиналась. Он хотел посмотреть, что будут вытворять эти сумасшедшие дураки в эпизоде этой недели.

ГЛАВА 3

Все еще теснясь внутри серебряной пули, E-Z уже не чувствовал себя таким одиноким. Ведь в своем сознании он разговаривал с маленькой девочкой.

Она появилась в его сознании вместе со вспышкой света и криком. Она была ранена. Он наблюдал, как ангел Ханиэль помогает ей. Он слушал, как Ханиэль пел девочке песню, пока она убирала стекло.

То, что произошло дальше, было неожиданным. Ангел Ханиэль нарисовал линии на ладони и пальцах маленькой девочки. Ханиэль подарил ребенку новый вид зрения. И глаза на ладони.

Он сразу понял, что судьба маленькой девочки связана с его судьбой.

Поначалу, хотя он и мог видеть ее в своем сознании, он не мог с ней общаться. Это было похоже на то, как если бы он мысленно смотрел телевизионную программу без звука. Затем, когда ребенок увидел сон, она пришла к нему и положила руки на пулю, в которой он был зажат. Тогда он знал то, что знала она, а она знала то, что знал он, и они были связаны.

Первые слова, которые она ему сказала, были: "Я не люблю темноту".

И-Зи ответил: "Не бойся. Я здесь. Меня зовут E-Z. А как зовут тебя?"

"Меня зовут Сесилия", - ответил ребенок. "Но мои друзья зовут меня Лиа. Ты можешь называть меня Лией. Мне семь лет. А сколько лет тебе?"

И-Зи подумал, что ребенок младше. "Мне тринадцать", - сказал он. "Я из Северной Америки".

"Я живу в Нидерландах", - сказала Лия.

Оба молчали, пока Лия с помощью своих глаз-ладоней рассматривала его внутри стальной пули.

"Что ты там делаешь?" - поинтересовалась она.

И-Зи подумал, прежде чем ответить. Он не хотел пугать ребенка правдивой историей о том, что он был похищен архангелом в качестве испытания. Он хотел рассказать ей правду, но не был уверен, что она сможет это вынести, ведь она была так мала.

Он сказал: "Я не совсем понимаю, почему меня сюда поместили, но думаю, что это было так, что меня поместили сюда, чтобы я встретил тебя". Он заколебался, почесал голову и спросил: "Ты знаешь Эриель?".

Лиа была польщена тем, что он пришел к ней, но беспокоилась, что его переместили таким образом ради ее блага. "Мне очень жаль, если тебя заставили против твоей воли проделать этот путь, чтобы встретиться со мной. И нет, это имя мне не известно".

И-Зи было очень любопытно узнать о Лии. Поскольку она сказала, что она голландка, он был крайне впечатлен тем, насколько превосходно она говорит по-английски.

"Я чувствовала тебя, но не могла видеть, пока не выросли глаза, мои новые глаза. До этого я могла читать твои мысли. Можешь ли ты прочитать мои? О, и спасибо тебе, насчет моего английского".

"Я видел, что с тобой случилось, авария. Мне глубоко жаль, что ты пострадал. Я не смог помочь тебе из-за этой штуки". Он стучал кулаками по стенам. Он закрыл уши, так как гулкий шум отдавался в них. "Когда ты видел сны, ты был со мной. Внутри моей головы".

Лия закрыла правый кулак, оставив левый открытым и касаясь внешней стены. Ее ладонь мигала, открываясь, а затем закрываясь, открываясь, а затем закрываясь. Она ничего не говорила, но смотрела вперед, как человек, находящийся в трансе.

В это время E-Z решил рассказать ей свою историю.

"Мои родители погибли в автокатастрофе. И я потерял возможность пользоваться своими ногами".

На этом он остановился. Размышляя, как много он должен ей рассказать.

Это колебание приняло решение за него.

Она крепко спала.

ГЛАВА 4

Вернувшись в больницу, на дежурство заступил новый врач. Он бегло просмотрел карту Лии. Увидев, что Селелия все еще спит, он прошептал ее матери.

"Нам нужно отвезти твою дочь на второй этаж, чтобы сделать еще одно сканирование".

"Это срочно?" спросила мать Лии. "Она так мирно спит, было бы жаль ее будить".

Доктор, чей бейджик был прикрыт воротником его медицинской куртки, улыбнулся. "Нет необходимости будить ее. Мы можем задвинуть ее в аппарат, пока она спит. Некоторые пациенты, особенно молодые, предпочитают именно так".

Саманта посмотрела на часы. "Конечно, я спущусь вместе с ней".

"Не нужно", - сказал доктор. "У меня скоро появятся ассистенты. Воспользуйся этим временем и купи себе сэндвич или чашку ромашкового чая - моя жена клянется этой штукой. Помогает ей расслабиться и уснуть".

"Спасибо", - сказала Саманта, когда появились два сопровождающих. Двое грузных мужчин в уличной одежде подняли Лию с кровати и переложили на каталку с колесиками. Доктор достал из-под каталки одеяло и накинул его на Лию. "Мы согреем ее и вернемся в самое ближайшее время. Не забудь воспользоваться этим временем и побаловать себя чаем или кофе".

Пока Ханна спала, Саманта наблюдала за санитарами и доктором. Они толкали ее дочь по коридору. Она продолжала наблюдать за ними, пока они ждали лифт. Когда лифт, в котором находилась ее дочь, закрыл свои двери, она вышла из палаты. Почувствовав голод, она дождалась второго лифта и спустилась в кафетерий.

В кафетерии было многолюдно. В основном персонал был одет в медицинскую одежду. Она наблюдала за передвижением врачей, санитаров и других людей.

Когда она потягивала чай, ей пришло в голову, что никто из персонала не носит уличную одежду.

"Извините", - обратилась она к одному из врачей. "Что находится на втором этаже? Там делают рентгеновские снимки и сканирование тела?"

Он покачал головой: "Второй этаж - это родильное отделение".

Саманта поднялась с кресла, опрокинув горячий чай и пролив его на колени. На ее крик со всех сторон сбежались помощники.

"Моя дочь!" - кричала она. "Доктор с двумя ассистентами только что увезли мою дочь Лию на каталке. Они сказали, что везут ее на второй этаж для каких-то анализов. Если второй этаж предназначен для рожениц, зачем им было увозить ее?

Ее вспышка привлекала слишком много внимания. Поэтому врач, к которому она обратилась в первую очередь, уговорил ее выйти.

Они вернулись в палату Лии. Саманта объяснила все более подробно. Хорошо, что она посмотрела на часы, чтобы сказать им точное время, когда все произошло.

"Это серьезное дело", - сказал доктор Браун. "Оставьте это мне. У нас по всей больнице установлены камеры наблюдения. Возможно, ты ослышался насчет второго этажа? Возможно, она сейчас на седьмом этаже, и ей делают томографию, пока мы разговариваем. Оставь это мне. Сиди здесь тихо, и я вернусь к тебе как можно скорее".

Саманта села за стол и все объяснила Ханне. Они разделили сэндвич с тунцом и изо всех сил старались не волноваться.

***

Пока Лия спала дальше, мужчина, который на самом деле не был врачом, и интерны, которые не были интернами, вышли из здания. Они пошли к ожидающей их машине. Каталку оставили на парковке.

Доктор Браун созвал совещание с администратором. Используя видеонаблюдение, они стали свидетелями похищения Лии. Они оповестили полицию, дав описание автомобиля. К сожалению, камеры не зафиксировали детали номерного знака.

"Давайте немного подождем", - сказала Хелен Митчелл, администратор больницы. Всего через несколько дней она выходила на пенсию. "Прежде чем мы сообщим новости матери маленькой девочки. Мы не хотим ее волновать".

"Я не могу этого сделать", - сказал доктор Браун.

"Полиция может вернуть ребенка в кратчайшие сроки".

"Я надеюсь, что ты прав. Но все равно это беспокойство. Надеюсь, они не уйдут далеко".

Зазвонил телефон, это была полиция. Они объявили о розыске маленькой девочки по всем точкам. Они попросили прислать ее недавнюю фотографию.

"Им нужна свежая фотография", - говорит Хелен Митчелл.

"Единственный способ получить ее - спросить у ее матери", - сказал доктор Браун.

Хелен кивнула, когда Браун повернулся, чтобы уйти.

"Скажи им, что мы пришлем ее по факсу как можно скорее".

"Я пришлю кого-нибудь из травматологической бригады", - сказала Хелен. Затем обратилась к полицейским по телефону: "Она слепая, и ей всего семь лет. С какой стати эти трое мужчин пошли на такие изощренные меры, чтобы вот так забрать ее из больницы?"

"Не могу сказать, - ответил офицер на другом конце.

ГЛАВА 5

E-Z сразу понял, что с его новой подругой Лией что-то не так. Она должна была спать на своей больничной койке, но ее кровать была в движении. Что за?

Он подумал о том, чтобы разбудить ее, но что она может сделать, даже если проснется? Нет, лучше пусть она спит дальше - до тех пор, пока он не сможет найти и спасти ее. В данный момент ей снилось, что она исполняет балетный танец. Раньше он никогда не обращал особого внимания на балет, но ему показалось, что эта девочка талантлива. И она танцевала, используя глаза в своих руках, когда двигалась по сцене.

И-Зи мысленно перенес себя в ее местоположение без особых усилий. Вот она, крепко спящая на заднем сиденье движущегося автомобиля. Она выглядела такой умиротворенной, потому что мысленно была далеко, занимаясь любимым делом - танцами.

Он расширил обзор и увидел три головы. Та, что сидела за рулем, была нормального размера и роста. Тогда как двое других мужчин были похожи на футболистов.

"Ускорься!" скомандовал E-Z своему креслу, но оно уже выполнило команду.

Как он собирался помочь ей, если сам все еще был заперт внутри серебряной пули? Ему нужно было разбить ее на куски - и как можно скорее. Пока что все попытки разбить его не увенчались успехом.

Он задавался вопросом, почему мужчины забрали ее. Знали ли они о ее способностях? Как они могли узнать? В большинстве больниц есть камеры видеонаблюдения, могли ли они следить за ней? Но в этом не было никакого смысла. Она была семилетней слепой девочкой. Что им было нужно от нее?

Когда E-Z с огромной скоростью несся по небу, он не мог не задаваться вопросом, зачем они ее похитили. Возможно, они собирались попросить денег, прежде чем вернуть ее?

В любом случае, если они хотели получить именно это, в этом было больше смысла. Лучше, чем если бы они знали, что она зрячая. Да еще и с особыми способностями. И все же приоритетом номер один для него было выбраться из-под пули.

Он закричал. Как он уже делал много раз: "HELP!". ПОП.

"Привет", - сказал Хадз, усаживаясь на плечо E-Z. "Какого черта ты здесь делаешь? Это место слишком маленькое для тебя". Хадз закатила глаза.

E-Z был более чем немного взволнован, увидев Хадз. Он схватил маленькое существо и крепко обнял ее, прижав к своей груди.

"Э-э, следи за крыльями", - сказал Хадз.

И-Зи отпустил существо. "Спасибо, что пришел и откликнулся на мой зов. Мне очень нужна твоя помощь, чтобы понять, как выбраться из этой штуки. Я знаю, что тебя отстранили от моего дела, но есть маленькая девочка по имени Лия, она в опасности, и я ей нужен. Ты просто обязан помочь. Я уверен, что Эриель поймет тебя".

"О, значит, ты не хочешь участвовать в этом деле?" спросил Хадз.

"Нет, я не хочу быть здесь. Я хочу выбраться, но как?"

"Просто сделай это", - сказал Хадз.

"Я уже все перепробовал. Бока не сдвигаются с места. Я вызвал Эриэля, чтобы он помог мне, но он сказал, что в этом деле я сам по себе".

"А, ему бы это не понравилось. Я не должен помогать, но одно я могу тебе сказать: учитывай свое окружение".

"Это не помощь", - сказал E-Z, стараясь полностью не потерять самообладание. "Я попросил кресло отвести меня к дяде Сэму. Он наверняка вытащил бы меня из этой штуки. Но кресло проигнорировало мои пожелания. Теперь маленькая девочка попала в беду, и ей нужна моя помощь. Если я не смогу выбраться, то не смогу помочь себе, а если я не смогу помочь себе, то не смогу помочь ей. Прошу тебя. Скажи мне, как выбраться отсюда. Запиши меня или что-нибудь в этом роде".

Существо покачало головой, затем подлетело к верхушке пули. Коснулось кончика. "Учти физику. Если ты находишься внутри пули, а именно на это похожа эта штука, то ты должен быть разряжен. Выстрел. Верно?"

E-Z обдумывал варианты. Он мог сказать креслу, чтобы оно его подбросило, запустив его в землю. Земля разбила бы его падение. А вот разорвет ли пулю? Он решил, что стоит рискнуть. "Ладно, - сказал E-Z, - мне нужно заставить кресло уронить меня, так?"

Существо рассмеялось. "Ты забавный, E-Z. Если бы ты упал с такой высоты, эта штука впечаталась бы в землю. Это при условии, что она не взорвется при ударе. И с тобой внутри". Она снова рассмеялась. "Или ты не погиб при падении. Если бы ты погиб, то не смог бы спасти маленькую девочку. Эй, о какой маленькой девочке ты вообще говоришь?"

"Ее зовут Сеселия, Лия, и она в Нидерландах, недалеко от того места, где мы сейчас находимся".

Хадз нащупал кончик контейнера, который И-Зи не видел и не мог достать. Существо надавило на него. Цилиндр освободился и раскрылся, как тюльпан. Хадз помог E-Z выбраться из пули и вскоре уже сидел в кресле, держа тварь на коленях. Крылья И-Зи раскрылись. Было приятно их расправить.

E-Z взлетел в небо, неся цилиндр, который он опустил в Северное море.

Трио - E-Z, кресло и Хадз - летело на большой скорости и устремилось в сторону Северной Голландии, по которой мчался автомобиль.

"Спасибо", - сказал E-Z.

"Не за что", - ответил Хадз. "Я буду держаться поблизости, если вдруг понадоблюсь".

"Круто!"

ГЛАВА 6

E-Z догонял машину, которая уже приближалась к Заандаму. Он проверил, Лия все еще спала на заднем сиденье. Правда, снов больше не было, поэтому он забеспокоился, что она скоро проснется.

Его инвалидное кресло изменило курс, ускорилось и нацелилось на машину, а затем зависло над ней. Фальшивый доктор, сидевший за рулем, заметил в боковое зеркало инвалидное кресло позади них.

"Wat is dat vliegende contraptie?" - спросил он. (Перевод: Что это за летающая контрацепция?".

Двое бандитов повернули головы.

Один сказал: "Ik weet het niet, maar versnel het!" (Перевод: Я не знаю, но ускорь его!".

Второй бандит засмеялся, затем достал пистолет из dashboardkastje. (Перевод: бардачок.) Он проверил, нет ли патронов. Захлопнул его и щелкнул фиксатором.

Инвалидное кресло И-Зи с лязгом приземлилось на крышу машины.

Водитель резко затормозил, отчего инвалидное кресло покатилось вперед. Она скользнула по лобовому стеклу вперед, затем по капоту.

E-Z поднялся, завис и повернулся к ним лицом.

"Что за?" - закричал водитель, потеряв контроль над машиной, из-за чего она пошла в занос и пошла зигзагами.

E-Z и инвалидное кресло взлетели, сдали назад и ухватились за бампер машины, заставив ее полностью остановиться.

Мгновенно пассажир был распахнут, и раздались выстрелы.

На заднем сиденье храпела Лия.

Бандит с пистолетом выкатился через дверь, затем, встав на колени, приготовился выстрелить в E-Z.

Хадз появилась из ниоткуда и выбила пистолет из рук бандита. Затем она связала ему руки за спиной и ноги за спиной, словно он был теленком на родео.

Второй бандит направился прямиком к E-Z, который перехватил его лассо своим ремнем. Бандит упал, так что он смог легко обмотать ремень вокруг его ног.

Парень сделал попытку отпрыгнуть, но далеко не ушел. Теперь, когда он был остановлен, они принялись за доктора, используя механизм клетки кресла. Доктор был пойман и обездвижен.

Лия проспала все это, даже когда Хадз поднял ее из машины и понес в безопасное место.

И-Зи разместил троих мужчин бок о бок на заднем сиденье машины.

"На кого вы работаете?" - потребовал он.

Хадз пролепетала: "Они не понимают по-английски". Мужчинам она перевела вопрос И-Зи. После того как фальшивый доктор ответил, Хадз перевела. "Он говорит, что они не знают, на кого работают".

"Это просто смешно. Они похитили ребенка из больницы. Спроси их, куда они тогда ее везли? И как они узнали о ней?"

перевел Хадз. Фальшивый врач снова ответил: "Нам сказали отвести ее в док, и там ее кто-то будет ждать. Это все, что мы знаем".

E-Z не поверил им, но Хадз подтвердил, что они действительно говорят правду. "Что ты хочешь с ними сделать?" - спросила она.

"Ты можешь стереть их разум? И разумы тех, с кем они связаны? Эти трое - винтики в машине. Мы хотим стереть разум человека в доках. Чтобы они все забыли о ней - навсегда".

"Готово", - сказала она.

"Ого, да ты быстро!"

E-Зи и Хадз в кресле проделали обратный путь в больницу, как раз когда Лия начала просыпаться. Она пошевелила головой, почувствовала, как ветер раздувает ее волосы, и прижалась к груди E-Z. Она раскрыла правую ладонь и посмотрела на своего друга, мальчика/ангела. Она засмеялась и крепко обняла его. Заметив маленькое фееподобное существо на плече E-Z, она использовала глаза ладони, чтобы посмотреть на нее.

"Ты такой маленький и милый", - сказала она.

"Рад тебе", - ответил Хадз. "И спасибо тебе".

Они полетели в сторону больницы.

"Теперь ты в безопасности", - сказал И-Зи.

"И ты больше не в этой штуке", - сказала Лия.

"Хадз помог мне выбраться", - сказал E-Z, хлопая крыльями.

"Где ты их взял?" спросила Лия. "Можно мне тоже?"

E-Z улыбнулся. Он не был уверен, как много ему следует ей рассказать. Его беспокоило, что скажет Эриел, если он раскроет слишком много. "Я получил их после смерти родителей".

"Но почему?" - поинтересовалась маленькая Лия.

"Я начал спасать людей", - ответил И-Зи.

"Ты хочешь сказать, что я не первый человек, которого ты спас?"

"Нет, не первый".

Хадз прочистила горло, что послужило сигналом для E-Z прекратить разговор.

Дальше они летели в молчании. Маленькая девочка обнимала грудь E-Z. Коляска знала, куда ей нужно ехать. Хадз снова чувствовала себя нужной.

E-Z был погружен в свои мысли. Он гадал, было ли спасение Лии главным испытанием. Или, может быть, выбраться из пули было завершением задачи. А может, он сделал два одновременно? Сколько бы их тогда было? Ему приходилось записывать их, чтобы не потерять счет. Именно этим он и занимался в своем дневнике, но в последнее время у него было не так много времени на записи.

"Я слышу, как ты думаешь", - сказала Лия. Она держала обе ладони раскрытыми. Она наблюдала за И-Зи снаружи, одновременно слушая, о чем он думает внутри. "Я хочу узнать больше об этих испытаниях. И я хочу знать, почему я могу видеть руками, а не глазами. Как ты думаешь, этот Эриел узнает?"

POP

Хадз не стал дожидаться ответа.

"Больница находится внизу", - сказал И-Зи.

Кресло медленно опустилось, и они вошли внутрь больницы. E-Z и крылья кресла исчезли. Он протолкался по коридору и нашел палату Лии. Там ждала ее мать.

"Арестуйте этого мальчика", - закричала мать Лии.

И-Зи был ошеломлен. Почему она хотела, чтобы его арестовали? Он только что спас ее дочь.

"Но мамочка, - начала Лия.

Вошли полицейские. Они потянулись за E-Z и засунули его руки в наручники.

Прежде чем они закрыли их, Лия закричала. Затем она раскрыла ладони и протянула их перед собой. Из глаз ее ладоней хлынул ослепительный белый свет, заставивший всех в комнате, кроме нее и E-Z, остановиться во времени. Маленькая Лиа остановила время.

"Круто! Как ты это сделала?" воскликнул E-Z, когда наручники с лязгом упали на пол.

"Я, я не знаю. Я хотела защитить тебя. Спасти тебя". Она остановилась, прислушалась. "Кто-то идет, тебе нужно уходить отсюда. Я чувствую, что кто-то еще идет, и ты должен уйти".

"Кто-то?" спросил И-Зи. "Ты знаешь, кто?"

"Не знаю. Все, что я знаю, это то, что кто-то еще идет, и тебе нужно уходить - немедленно".

"Все будет хорошо? Они собираются причинить тебе вред?

"Со мной все будет в порядке - они придут за тобой - не за мной. Уходи отсюда, немедленно".

"Когда я тебя снова увижу?" спросил E-Z, разбив окно больницы и вылетев наружу, и стал ждать ее ответа.

"Ты всегда будешь видеть меня, E-Z. Мы взаимосвязаны. Мы друзья. Выбирайся отсюда, а с остальным я справлюсь". Она поцеловала его.

Лия забралась в кровать, натянула одеяло до шеи и притворилась, что крепко спит, прежде чем снова привести мир в движение.

"Что случилось?" - спросила ее мама.

Все снова было хорошо. Лия лежала в постели целая и невредимая.

Мир продолжал двигаться, как и раньше, пока E-Z на крыльях возвращался домой.

"Спасибо, Хадз, что помогла", - сказал E-Z, хотя она уже ушла. Почему-то он знал, что, где бы она ни была, она его слышит.

ГЛАВА 7

Пролетая по небу, E-Z понял, что умирает от голода. Под ним был Биг-Бен. Он решил приземлиться и купить себе английской рыбы с чипсами.

Опустившись в кресло, он заметил белый фургон, который быстро двигался по дороге. Он ехал параллельно школе. Он увидел родителей в машинах и пешком, которые ждали, чтобы забрать своих детей.

Когда фургон повернул за угол, он набрал скорость.

Его инвалидное кресло дернулось вперед, отставая от машины. По мере приближения к школе движение становилось все более безрассудным. Дети начали выходить.

И-Зи ухватился за заднюю часть фургона. Используя всю свою силу, он с визгом потянул его к полной остановке.

Водитель нажал на газ, пытаясь отъехать. Ему не везло. Они не могли видеть, что или кто их сдерживает.

E-Z сломал замок на багажнике, залез внутрь и вытащил кабели джампера. Кресло дернулось вперед и приземлилось на крышу автомобиля. E-Z использовал джамперные кабели, чтобы связать двери кабины. Водитель не мог выбраться.

Звуки сирен наполнили воздух.

E-Z поднялся в воздух и, заметив, что несколько человек снимают его на телефоны, полетел все выше и выше.

Его желудок заурчал, и он вспомнил о рыбе и чипсах. Не имея британской валюты, он все равно не смог бы за них заплатить, поэтому отправился домой.

Подумав о том, что его дядя интересуется, где он, он решил оставить сообщение и начал это делать: "Я на пути домой".

Щелчок.

"Где ты?" спросил дядя Сэм. Все-таки это было не сообщение.

"Я просто пролетаю над Британией. Сегодня приятный день для полетов, тебе не кажется?".

"Что? Как?"

"Это долгая история, я объясню, когда вернусь".

"Ты в самолете?"

"Не-а, это просто я и мое кресло".

Внизу E-Z мог видеть людей, которые фотографировали его. Когда он заметил, что в его сторону летит самолет 747 местного перевозчика, он понял, что попал в беду. Прежде чем он успел взлететь выше, камеры уже делали снимки и, вероятно, выкладывали их во все социальные сети.

"Прости, Эриел", - сказал он, поднимая себя выше. "Знаешь поговорку "Любая реклама - хорошая реклама"? Ну..." E-Z рассмеялся. Если Эриел мог видеть его каждый день и каждый час, то почему он должен был вызывать его на помощь? Что-то здесь не сходилось. Не я, а архангелы хотели, чтобы он завершил испытания.

По его телу пробежал холодок, когда небо изменилось: вокруг него закружились и запульсировали черные тучи. Он полетел дальше, пытаясь набрать скорость, но тут начались молнии, и ему нужно было от них уворачиваться. И тут он вспомнил о самолете. Он видел, что тот совершает удачную посадку и люди целы и невредимы. Он продолжил путь к дому.

После грозы появились звезды. Его кресло продолжало хлопать крыльями, пока E-Z дремал.

"E-Z?" сказала Лия в его голове. "Ты здесь?"

Он рывком проснулся, забыл, что находится в кресле, и выпал из него. Он начал падать, но его крылья заработали, и вскоре он снова оказался в кресле.

"Все в порядке, малыш?" - спросил он.

"Да. Они думают, что все это был сон, я разговаривал с тобой. Рисовал твои картинки. Мама знает правду, но не хочет признавать ее".

"О, это тебя беспокоит?"

"Нет. Мои силы растут. Я чувствую их, и я знаю, что что-то приближается. Что-то, в чем тебе понадобится моя помощь. Скоро я пойду домой. Я спрошу маму, можно ли нам приехать к тебе. Уже скоро".

"Что? Может, твоей маме стоит позвонить моему дяде Сэму, и они смогут поболтать?"

"Да, это умная идея. Мама видела фотографии и встречалась с тобой, но не помнит. Как будто ее разум очистили или воспоминания о тебе спят".

"Ты уверен, что это правильное решение?"

"Уверен. Мне нужно быть там, где ты. Мне нужно помочь тебе".

Разум И-Зи стал пустым. Лиа больше не было.

Подросток подумал о Лии, приехав в Северную Америку. Она была маленькой девочкой, зрячей, с руками, да, но как она могла помочь ему? Она помогла ему сбежать, но он был озадачен ее участием. Он не хотел подвергать ее опасности. Он снова воззвал к Эриель. Он вызвал заклинание, но ничего не произошло.

Он стал любоваться пейзажем. Он был уже почти дома. Слава богу, его кресло было модифицировано, и он мог передвигаться очень быстро!

ГЛАВА 8

Ч уть впереди E-Z заметил берег. Он вздохнул с облегчением, пока не заметил большую птицу, направляющуюся прямо к нему. Когда она приблизилась, он понял, что это лебедь. Но не лебедь обычного размера. Он был огромным, и размах его крыльев, по его подсчетам, составлял более ста пятидесяти сантиметров. Это был тот самый лебедь, который разговаривал с ним раньше. И не только это, но он также заметил яркий красный свет, мерцающий на плече птицы.

Лебедь отклонился от курса, а затем тяжело приземлился ему на плечи. Он прилетел на попутках.

"Ну привет", - сказал E-Z, глядя на прекрасное создание, когда оно выпрямилось.

"Ху-ху", - сказал лебедь. Затем он покачал головой, открыл клюв и сказал: "Привет, E-Z".

"Думаю, я должен тебя поблагодарить", - сказал он.

"О, всегда пожалуйста. И надеюсь, ты не против, что я прилетел на попутке", - сказал лебедь, взъерошив свои перья.

"Нет проблем", - ответил E-Z.

"Это мой наставник Ариэль", - сказал лебедь.

ВУПИ

На смену красному свету пришел ангел.

"Привет", - сказала она, садясь на колено И-Зи.

"Приятно познакомиться", - сказал он.

"Чем я могу быть полезен?" - спросил он.

"Я надеюсь, что ты и мой друг лебедь сможете наладить партнерские отношения".

"Как это?" - спросил он.

"Мой протеже через многое прошел. Он сможет посвятить тебя в детали, когда почувствует себя готовым, а пока мне нужно, чтобы ты помог ему, позволив ему помочь тебе с испытаниями. Тебе не помешает помощь, да?"

"Насколько я понимаю, - сказал он, обращаясь к Ариэль. Затем к лебедю: "Ничего не имею против тебя, приятель". Теперь к Ариэль: "То, что никто не может помочь мне в моих испытаниях. Это исходило непосредственно от Эриэль и Офаниэля".

"Я уладил это с ними. Так что, если это твое единственное возражение", - она сделала паузу, затем

ВУПИ

и исчезла.

После этого E-Z и лебедь переплыли Атлантический океан и отправились в Северную Америку. Как всегда он хотел увидеть Гранд-Каньон. Ему придется увидеть его в другое время. Лебедь храпел и прижимался к шее E-Z.

E-Z потянулся в карман и достал свой телефон. Он сделал селфи с лебедем. Он держал телефон в руке, планируя записать лебедя, когда тот заговорит в следующий раз. Ему нужно было доказательство того, что он не сходит с ума.

Некоторое время спустя E-Z набрел на свой дом. Это был учебный день, но он слишком устал, чтобы идти. Когда кресло начало спуск, лебедь проснулся. "Мы уже приехали?"

"Да, мы у меня дома", - ответил E-Z, нажимая на кнопку записи на своем телефоне. "Куда бы ты хотел, чтобы я тебя высадил?"

"Нет, спасибо. Я останусь с тобой", - сказал лебедь, удлиняя шею, чтобы взглянуть на дом, в котором он будет жить. "Нам с тобой нужно поговорить".

E-Z нажал на воспроизведение, но это был мертвый воздух. Лебедь не мог быть записан. Странно.

Они приземлились у входной двери. E-Z вставил ключ в замок, но не успел он открыть его, как там оказался дядя Сэм. Он крепко обнял племянника и сказал: "Добро пожаловать домой". Он почесал подбородок и выглядел немного обеспокоенным, когда увидел спутника И-Зи, необычайно большого лебедя.

"Рад вернуться", - сказал И-Зи, пробираясь внутрь.

Лебедь последовал за ним, ступая своими перепончатыми лапами.

"И кто же твой пернатый друг?" спросил дядя Сэм.

И-Зи понял, что даже не знает, как зовут лебедя.

Лебедь ответил: "Альфред, меня зовут Альфред".

E-Z сделал формальное представление.

После этого лебедь прошмыгнул по коридору в комнату И-Зи и забрался на его кровать, чтобы вздремнуть на заслуженном отдыхе.

И-Зи отправился на кухню с дядей Сэмом на колесах.

"Что, черт возьми, этот лебедь здесь делает?" Он сделал паузу и достал из холодильника молоко. Он налил племяннику полный стакан. "Он не может остаться здесь. Придется положить его в ванну. Это если он поместится. Он самый большой лебедь, которого я когда-либо видел. Где ты его нашел и зачем принес сюда?"

И-Зи снова глотнул молока. Он вытер свои молочные усы. "Я его не нашел, он сам меня нашел. И оно умеет говорить. Оно, он, был там, когда я спас ту маленькую девочку и когда я спас тот самолет. Он говорит, что нам нужно поговорить".

Дядя Сэм, ничего не ответив, пошел по коридору. E-Z молча следовал за ним.

"Говори!" потребовал дядя Сэм.

Лебедь Альфред открыл глаза, зевнул, а затем снова заснул, не издав даже звука.

"Я сказал, говори", - сказал дядя Сэм и повторил попытку.

Лебедь Альфред открыл клюв и фыркнул.

"Все в порядке, Альфред", - сказал И-Зи. "Это мой дядя Сэм".

"Он не может меня понять. И не думаю, что когда-нибудь сможет. Я здесь для тебя и только для тебя", - сказал лебедь Альфред. Он фыркнул, затем забрался в одеяло и снова погрузился в сон.

Дядя Сэм наблюдал за происходящим, в то время как лебедь оживился и пристально смотрел на E-Z.

Они с дядей Сэмом закрыли дверь на выход и вернулись на кухню, чтобы поговорить.

И-Зи так устал, что едва мог держать глаза открытыми.

"Разве это не может подождать до утра", - спросил он.

Сэм покачал головой.

"Ладно, начнем. Во-первых, я выбил бейсбольный мяч из парка. И я бегал или катался вокруг баз. Потом я оказался заперт внутри пулеобразного контейнера, из которого не было выхода. Потом я смог разговаривать с маленькой девочкой в Нидерландах. Я отправился туда, чтобы спасти ее. Ее зовут Лия, и ее мама, кстати, будет звонить тебе. В Лондоне, Англия, я остановил автомобиль, чтобы он не навредил детям. Потом я встретил Альфреда - лебедя-трубача. А теперь ты в курсе событий - могу я, пожалуйста, пойти спать?".

"Что я должен сказать, когда она позвонит?" поинтересовался Сэм. "Мы даже не знаем этих людей, но должны позволить им остаться здесь, в доме, с нами. Нам и лебедю Альфреду?"

"Да, пожалуйста, соглашайся. Здесь действует какой-то план, и я пока не знаю всех деталей. У Лии есть способности, глаза в ладонях, она может читать мои мысли и останавливать время. У лебедя Альфреда тоже есть способности, он может читать мои мысли и разговаривать. Мне кажется, мы трое как-то связаны, возможно, из-за испытаний. Не знаю. С Эриэлем, который шпионит за мной 24 часа в сутки, может случиться все, что угодно", - сказал E-Z.

Идя по коридору, они услышали шлепанье ног лебедя, когда он ковылял по нему. "Я слишком голоден, чтобы спать", - сказал лебедь Альфреду.

"А что ты ешь?"

"Кукурузу - это хорошо, или ты можешь выпустить меня на задний двор, и я нарву себе травы".

"А у нас есть кукуруза?" спросил И-Зи.

"Только замороженная", - ответил дядя Сэм. "Но я могу пропустить зерна под теплой водой, и они будут готовы в мгновение ока".

"Передай ему спасибо", - сказал лебедь Альфред. "Это очень любезно с его стороны".

Дядя Сэм положил кукурузу на тарелку, и Альфред съел то, что ему предложили. Он все еще был голоден, но ему нужно было опорожнить мочевой пузырь, поэтому он все-таки попросился на улицу. Пока он был на улице, он причастился на лужайке.

И-Зи и дядя Сэм несколько секунд наблюдали за лебедем.

"Надеюсь, соседская чихуахуа не заглянет в гости", - сказал дядя Сэм. "Этот лебедь такой большой, что перепугает его до смерти".

И-Зи рассмеялся. "Представь, что бы он сделал, если бы собака могла понимать его, как я?"

Лебедь Альфред чувствовал себя как дома. Он был уверен, что будет здесь счастлив.

ГЛАВА 9

озже лебедь Альфред попросил поговорить с E-Z наедине.

"Здесь ты можешь говорить все, что угодно", - сказал E-Z. "Дядя Сэм тебя не понимает, помнишь?".

"Да, я знаю. Но это вопрос манер. Нельзя разговаривать с человеком в присутствии другого, особенно если он гость в чужом доме. Это было бы... ну, довольно грубо. На самом деле, очень грубо".

E-Z только сейчас понял, что лебедь Альфред говорил с британским акцентом.

"Могу я откланяться?" спросил E-Z.

Дядя Сэм кивнул, и E-Z отправился в свою комнату, а Альфред-лебедь последовал за ним.

"Хорошо", - сказал E-Z. "Расскажи мне, почему Ариэль послала тебя сюда и что именно ты намерен сделать, чтобы помочь мне?"

Теперь, когда E-Z был в своей кровати, лебедь лебедился вокруг него, вжимаясь в пуховое одеяло, пытаясь устроиться поудобнее.

"Ты можешь спать в самом низу кровати", - сказал E-Z, бросая туда подушку.

"Спасибо", - сказал лебедь Альфред. Он забрался на подушку и побарабанил по ней своими перепончатыми лапками, пока она не стала удобной. Затем присел на корточки.

"Итак, начнем", - сказал Альфред.

И-Зи, теперь уже в пижаме, слушал, как Альфред рассказывает свою историю.

"Однажды я был человеком".

E-Z вздохнул.

"Лучше не перебивай, пока я не закончу", - выругался лебедь. "Иначе моя сказка будет продолжаться и продолжаться, и никто из нас не сможет заснуть".

"Извини", - сказал E-Z.

Лебедь продолжил. "Я жил со своей женой и двумя детьми. Мы были невероятно счастливы, пока не пронеслась буря, снесла наш дом и убила их всех. Я выжил, но без них не хотел. Тогда ко мне пришел ангел, Ариэль, с которой ты познакомился, и она сказала мне, что я смогу снова увидеть их всех, если соглашусь помогать другим. Мне нравится помогать другим, и это дало бы мне цель. Кроме того, у меня не было других вариантов, поэтому я согласился".

"У тебя есть испытания?" спросил И-Зи. Он ошибочно полагал, что история Альфреда завершена.

"Моя история еще не закончилась", - довольно раздраженно ответил лебедь Альфред. Затем он продолжил. "В этом и заключается суть моей истории. У меня нет испытаний, потому что я не ангел в обучении. Мои крылья не похожи на твои. Я лебедь, хотя и более крупный, чем обычно. Название моей породы - Cygnus Falconeri, который также известен как гигантский лебедь. Мой вид вымер давным-давно. Мое предназначение было неопределенным. Я застрял в промежутке между ними, дрейфуя во времени, потому что совершил ошибку. Но сейчас я не хочу говорить об этом. Когда я увидел, как ты спас ту маленькую девочку, я позвонил Ариэль и спросил, могу ли я работать с тобой. Она отругала меня за побег, и меня отправили обратно в Междумирье. Я снова сбежал оттуда и помог тебе с самолетом, а Ариэль попросила Офаниэля дать мне еще один шанс. Теперь у меня есть цель - помочь тебе".

"И Офаниэль, значит, согласился? Но как же Эриель?"

"Поначалу они не согласились. Это было потому, что Хадз и Рейки донесли на меня за то, что я помог тебе, вызвав моих друзей-птиц. Когда я узнал, что их отправили в шахты и они снова сбежали, Ариэль выдвинул мое дело, и Офаниэль согласился. Про Эриэля я не знаю. Он твой наставник?"

"Да, он заменил Хадза и Рейки. Они то появлялись, то исчезали, тогда как он говорит, что всегда видит, где я и что делаю".

"Это звучит как излишество. Тем не менее, я бы хотел однажды с ним встретиться. Пока же мы - команда. Я могу помочь тебе, чтобы в один прекрасный день я тоже снова был со своей семьей. Так что куда ты, E-Z, пойдешь, туда и я".

E-Z положил голову на подушку и закрыл глаза. Он был благодарен за любую помощь. В конце концов, лебедь помог ему в прошлом с самолетом.

"Я не буду тебе мешать", - сказал лебедь Альфреду. "Я знаю, ты считаешь нас нелогичной парой, а когда прилетит Лия, мы станем еще более нелогичным трио, но..."

"Подожди", - сказал E-Z. "Ты знаешь о Лии? Откуда?"

"О да, я знаю все о тебе и знаю все о ней, а еще я знаю больше. Что мы трое связаны между собой. Предопределено работать вместе". Он растянул челюсти, что выглядело так, будто он пытается зевнуть. "Я слишком устал, чтобы говорить больше сегодня". Вскоре Альфред-лебедь уже храпел.

E-Z перебрал в уме все, что он знал о лебедях. А это было не так уж и много. Утром он проведет небольшое исследование о видах Альфреда.

Ему было интересно, как ПиДжей и Арден отнесутся к Альфреду. А может, не было причин знакомить их? Альфред может быть секретом.

Он распушил подушку кулаками и приготовился заснуть.

Это разбудило Альфреда, и он был раздражен из-за этого.

"Тебе обязательно это делать?" спросил Альфред.

"Извини", - ответил E-Z.

ГЛАВА 10

На следующее утро E-Z проснулся от того, что дядя Сэм колотил в его дверь. "Просыпайся, E-Z! ПиДжей и Арден уже едут, чтобы отвезти тебя в школу".

E-Z зевнул и потянулся. Он оделся, затем маневрировал в своем кресле. Поскольку Альфред все еще спал, он прокрался к нему после школы.

"Ты никуда не можешь пойти без меня!" сказал Альфред. Он весь затрясся от перьев, а потом спрыгнул на пол.

"Ты не можешь пойти со мной в школу. Домашние животные не допускаются".

"И-Зи, давай, парень!" крикнул дядя Сэм из кухни. "Иначе ты пропустишь завтрак".

Желудок И-Зи заурчал, когда в его сторону поплыл запах тостов. "Иду!"

Не имея времени на споры, И-Зи открыл дверь. Он прошел на кухню как раз в тот момент, когда приехали Арден и ПиДжей. Гудок снаружи дал ему знать, что они уже приехали.

"Хорошо, хорошо!" воскликнул E-Z, хватая кусок тоста. Он направился по коридору, а его новый паутиноногий компаньон шел позади него.

ПиДжей вышел из машины, чтобы помочь E-Z забраться внутрь, и закрепил его инвалидное кресло в багажнике. Закрывая его, он заметил, как Альфред пытается забраться в машину.

"Э-э, эта штука не может залезть в машину", - крикнул Пи-Джей.

Арден свернул окно.

"Что это за хрень? Я что, пропустил записку о том, что сегодня у нас будет "Show and Tell"?" Он захихикал.

"Это что, лебедь?" поинтересовалась мама миссис Хэндл ПиДжей.

"Или эта штука - президент твоего фан-клуба?" с ухмылкой спросил Пи-Джей.

Оказавшись внутри машины, E-Z ответил. "Мы слишком стары для шоу и рассказов", - рассмеялся он. "Лебедь - это мой проект. Эксперимент, как собака-зритель для слепого человека. Он мой компаньон в инвалидном кресле". Он пристегнул Альфреда ремнем безопасности.

ПиДжей сел впереди рядом с матерью.

Альфред-лебедь сказал: "Разве ты не собираешься меня представить?".

Миссис Хэндл остановила машину, и они отправились в школу.

"Альфред, - И-Зи оглядел своих друзей, - познакомься с миссис Хэндл. И два моих лучших друга - ПиДжей и Арден. Все, это Альфред, лебедь-трубач". E-Z скрестил руки.

Альфред сказал: "Ху-ху". Обращаясь к E-Z, он сказал: "Я невероятно рад познакомиться с тобой. Ты можешь переводить для меня".

"Откуда ты знаешь его имя?" спросил ПиДжей.

"Ты же не превращаешься в... как там его звали, парня, который мог разговаривать с животными, теперь ты E-Z? Пожалуйста, скажи мне, что нет. Хотя это может превратиться в настоящую дойную корову. Мы могли бы рекламировать твой талант. Задавать вопросы и публиковать ответы на нашем собственном YouTube-канале. Мы могли бы назвать его E-Z Dickens the Swan Whisperer".

"Отличная идея!" сказал ПиДжей, когда его мать остановилась на пешеходном переходе. "Если бы это было несколько лет назад, мы бы, наверное, заработали миллионы на YouTube. Сейчас заработать деньги там довольно сложно. Они очень сильно зажимают бизнес".

"Не будь грубым", - сказала миссис Хэндл, проезжая дальше.

"Человек, о котором он говорит, - это доктор Долиттл", - предложил Альфред. "Это была серия романов из двенадцати книг, написанная Хью Лофтингом. Первая книга была опубликована в 1920 году, а за ней последовали остальные, вплоть до 1952 года. Хью Лофтинг умер в 1947 году. Он тоже был британцем. Беркширец по рождению и происхождению".

"Я знаю, кого они имеют в виду", - сказал E-Z Альфреду. "И нет, я не такой".

Арден сказал: "Надеюсь, твой спутник-лебедь не уведет у нас сегодня всех девушек. Ты же знаешь, как девочки любят пернатых".

Миссис Хэндл прочистила горло.

"В свое время я был неплохим убийцей леди", - сказал Альфред, после чего последовал еще один "Ху-ху!", который он направил на ПиДжея и Ардена.

ПиДжей сказал: "Твой лебедь-компаньон меня просто уморил".

Арден спросил: "Какой фильм про птиц получил "Оскар"?".

ПиДжей ответил: "Повелитель крыльев".

Арден спросил: "Куда птицы вкладывают свои деньги?".

ПиДжей ответил: "На рынке аистов!".

"Твоих друзей легко развеселить", - сказал Альфред. "Они два прохвоста, сшитые из одной ткани. Я понимаю, почему они тебе нравятся. А мне нравится миссис Хэндл. Она спокойная и отличный водитель".

И-Зи рассмеялся.

"Рад, что тебе нравится утренний юмор", - сказал ПиДжей.

"На самом деле нет", - сказал Альфред. "К тому же вы двое - настоящие болваны".

Арден и ПиДжей сделали двойной дубль.

E-Z тоже сделал двойной дубль на их двойной дубль. "Что?"

"Разве вы не слышали?" - сказали эти двое в унисон. "Лебедь умеет говорить - и с британским акцентом. О, чувак, девчонкам он точно понравится".

Миссис Хэндл покачала головой. "Не играйте в глупых попрошаек, вы двое!"

E-Z посмотрел на лебедя Альфреда, который выглядел смущенным.

Альфред попробовал пошутить сам, чтобы проверить, действительно ли они могут его понять. "Почему колибри жужжат?" - спросил он.

Трое парней переглянулись, было видно, что и Арден, и ПиДжей теперь могут его понять.

Альфред произнёс ударную фразу: "Потому что они не знают слов, конечно же".

ПиДжей и Арден вроде как засмеялись, но в основном они были напуганы.

"А почему они теперь тоже могут тебя понимать?" спросил E-Z. "Сначала не могли, а теперь могут. Я думал, ты сказал, что только я. А почему дядя Сэм не мог тебя понять?"

Теперь, когда они могли его понять, Альфред чувствовал себя неловко. Он прошептал И-Зи: "Честно говоря, я не знаю. Разве что то, ради чего я здесь, имеет отношение и к ним тоже".

"И не включает в себя дядю Сэма? Или миссис Хэндл?"

"Возможно, нет", - ответил Альфред.

"И где же ты нашел этого говорящего лебедя?" спросил Арден.

"И зачем ты привел его в школу?" спросил ПиДжей.

Миссис Хэндл хмыкнула. "Вы все ведете себя очень глупо. И-Зи говорит, что он лебедь-компаньон. Он не умеет разговаривать".

"Во-первых, он не просто лебедь, а Cygnus Falconeri. Также известен как гигантский лебедь и вид, который вымер уже несколько веков назад".

"Я не так много лебедей видел в реальной жизни", - сказал Арден. "Те, что я видел на канале "Природа", не казались такими большими, как он. У него огромные лапы! А что будет, если ему понадобится, ну, знаешь, сходить в туалет?"

"У среднестатистического гигантского лебедя длина от щитка до хвоста составляет 190-210 сантиметров", - предложил Альфред. "А если и буду, то воспользуюсь травой - спортивная площадка должна предоставить мне достаточно места, чтобы покормиться и сделать свои дела, если и когда это будет необходимо".

"То есть ты ешь траву, а потом идешь по траве?" сказал ПиДжей.

"Фу!" сказал Арден.

Сейчас они были ужасно близко к школе, поэтому И-Зи объяснил. "Я не могу рассказать тебе подробности, потому что я их толком не знаю. Все, что я знаю наверняка, - это то, что Альфред здесь, чтобы помочь мне, и ты будешь часто его видеть".

"Не думаю, что его пустят в школу", - сказал Арден.

"Это не будет проблемой, ведь я твой компаньон", - сказал Альфред.

ПиДжей, Арден и Альфред рассмеялись, когда машина остановилась возле школы.

"Позвони мне, если захочешь, чтобы я забрала тебя после школы", - сказала миссис Хэндл.

"Спасибо", - ответили ребята.

После того как кресло И-Зи было извлечено из багажника, миссис Хэндл отъехала от обочины.

Друзья помогли ему сесть в него, в то время как Альфред подлетел и сел ему на плечо. Они направились к входу в школу, где директор Пирсон заводил учеников внутрь.

"Доброе утро, ребята", - сказал он с огромной улыбкой на лице. Пока не заметил лебедя Альфреда. "Что это за штука?" - спросил он.

"Он лебедь-компаньон", - ответил E-Z.

"Cygnus Falconerie, если быть точным", - сказал Арден.

"Он с нами", - сказал ПиДжей.

Директор Пирсон скрестил руки. "Эта тварь, Cygnus whatchamacallit, сюда не войдет!"

Альфред сказал: "Все в порядке, И-Зи. Давай не будем устраивать сцену. Я буду здесь, когда закончатся твои занятия. Увидимся позже". Альфред взлетел и приземлился на крышу здания. Он полюбовался видом, прежде чем спуститься на футбольное поле. Там было много травы, чтобы поесть. Когда он насытится, то найдет тенистое место под деревом и вздремнет.

Директор Пирсон покачал головой, затем придержал дверь для E-Z и его друзей. Внутри прозвучал пятиминутный предупредительный звонок.

Этот учебный день прошел для E-Z и его друзей без особых событий.

От Эриэля по-прежнему не было никаких вестей о новых испытаниях.

ГЛАВА 11

Альфред освоился в новой обстановке. Ребята в школе познакомились с ним - хотя только E-Z и его друзья знали, что он умеет говорить.

В этот день возле школы Альфред ждал E-Z и спросил: "Мы можем поговорить?".

E-Z огляделся по сторонам; он все еще не хотел, чтобы другие ученики подслушали его разговор с лебедем. Он прошептал: "Эм, это может подождать, пока мы не вернемся домой?".

"О, я вижу", - сказал Альфред. "Ты все еще чувствуешь себя неловко, когда мы болтаем. Это понятно, но дети любят меня здесь. Они выстраиваются в очередь, чтобы погладить меня, покормить. Кроме того, разве дядя Сэм не будет дома? Мне нужно поговорить с тобой наедине".

"Поскольку он все равно не может тебя понять, ты разговариваешь со мной наедине, даже когда мы дома".

"Но это дело не терпит отлагательств, и оно довольно чувствительно ко времени", - сказал Альфред.

ПиДжей притормозил у обочины рядом с ними. Арден спросил, не хотят ли они подвезти их домой.

"Э-э, ребята. Извините, но сегодня я пойду домой пешком вместе с Альфредом. Он должен передать мне кое-какую важную информацию".

ПиДжей и Арден покачали головами. Арден сказал: "Мы ожидали, что нас однажды перекинут на девушку - не на птицу". Он хихикнул.

"А что насчет игры?" спросил Арден.

"Сегодня - это сегодня, а игра будет только завтра. Извините, ребята". E-Z прибавил ходу. Машина ползла рядом с ним, а потом с визгом шин умчалась прочь.

"Плонкеры", - сказал Альфред.

"Они хотят как лучше. Что же теперь такого важного?"

"Ты слышал что-нибудь от Лии в последнее время? Я волнуюсь за нее". Альфред ковылял рядом с E-Z, на ходу отщипывая головку от одуванчика.

"Почему ты волнуешься? Ведь отсутствие новостей - это хорошие новости, не так ли?"

"Ну, вообще-то, я получил от нее весточку, и там было... э-э-э... ну, новое недоуменное развитие событий".

E-Z остановился. "Расскажи мне больше".

"Продолжай идти", - сказал Альфред, который теперь отщипывал головку от маргаритки. "Лия и ее мать уже на пути сюда. Они должны прибыть где-то завтра".

"К чему такая спешка? То есть, да, это сюрприз. Мы знали, что они приедут - возможно, скоро. Что в этом недоуменного?"

"Не это вызывает недоумение".

"Хватит тянуть время, выкладывай!"

"Лии уже не семь лет - теперь ей десять".

"Что? Это невозможно".

"Думаешь, она стала бы врать?"

"Нет, я не думаю, что она бы солгала, но - это абсолютно бессмысленно. Люди не вырастают с семи до десяти за несколько недель".

"Она сказала, что пошла спать. На следующее утро она вошла на кухню, чтобы позавтракать, и ее няня начала кричать. Так она обнаружила, что за ночь постарела на три года".

"Вау!" воскликнул И-Зи.

"И это еще не все".

"Больше. Я не могу представить себе ничего большего".

"Она смогла убедить свою мать, что ей нет необходимости оставаться здесь на весь визит. Она занятая деловая женщина. Потребовалось довольно много уговоров. Лия сказала, что ей будет лучше, учитывая опыт Сэма с тобой и испытаниями. Ее мать согласилась, но при нескольких условиях".

"Например?"

"Что ей нравится дядя Сэм".

"Всем нравится дядя Сэм".

"А еще, чтобы ты объяснил ей, как ее дочь могла так постареть за одну ночь".

"И как именно я должен это сделать?"

"Честно говоря, - сказал Альфред, - я понятия не имею. Именно поэтому я хотел поговорить с тобой наедине. Ведь дядя Сэм знает, что Лия приедет, верно?".

И-Зи кивнул: "Наверное, да, если они уже в пути".

"Но он ожидает семилетнюю девочку, когда на пороге появится десятилетняя".

E-Z снова остановился. Дядя Сэм. Он даже не подумал о том, что дяде Сэму придется иметь дело с десятилетней девочкой. "Я не уверен, что когда-нибудь упоминал ему возраст Лии. Может, и не упоминал, и мы волнуемся по пустякам".

Альфред продолжал. "Я слышал, что люди быстро стареют. Есть такая болезнь, называется Прогерия. Это генетическое заболевание, довольно редкое и довольно смертельное. Большинство детей не доживают до тринадцати лет, а Лиа уже десять, так что нам нужно разобраться с этим".

"Как называется эта штука, которую ты сказал".

"Прогерия".

"Да, Прогерия, а как ею заражаются?" спросил E-Z.

"Насколько я понимаю, это происходит в первые пару лет жизни. И дети обычно обезображены".

"Лия обезображена из-за стекла, а не из-за болезни. А есть ли лекарство?"

"Лекарства нет. Но, И-Зи, есть кое-что еще. Это как-то связано с глазами в ее руках. Они новые, и болезнь новая. Слишком большое совпадение, тебе не кажется?".

E-Z обдумал это и решил, что Альфред прав. Это было слишком большое совпадение. Но что он собирался с этим делать? Может, позвонить Эриэлю? "Ты знаешь Эриэля?"

Альфред замедлил шаг, и E-Z тоже. Они были почти дома, и им нужно было все обсудить, прежде чем они встретятся с дядей Сэмом. "Да, я слышал о нем. Но, как ты знаешь, Эриель - не мой ангел. Ты познакомился с моей наставницей Ариэль, а она - ангел природы, поэтому я и нахожусь в состоянии редкого лебедя. Возможно, она сможет помочь, но для этого нам придется дождаться ее следующего появления".

"То есть ты не можешь ее призвать?"

Альфред кивнул. "А ты способен вызывать Эриель по своему желанию?"

И-Зи рассмеялся. "Не совсем по желанию, но он достижим. Хотя он заноза в сами знаете чем и не любит, когда к нему обращаются или вызывают". И-Зи спокойно задумался, и Альфред тоже. Теперь их дом был в поле зрения, и дядя Сэм был дома, так как его машина была припаркована на подъездной дорожке. "Думаю, нам стоит подождать и посмотреть, что будет с Лией".

"Согласен", - сказал Альфред, сойдя с тропинки, вырвал из земли немного травы и пожевал ее. И-Зи наблюдал за ним. "Я предпочитаю не есть слишком много травы, я имею в виду газонную траву. Это то, чем я питаюсь весь день, когда ты в школе, - не считая тех немногих цветов, которые я могу найти. Сейчас мне хочется съесть немного мокрого, растущего под водой. Она более свежая и сочная".

"Я полностью это понимаю", - сказал E-Z. "Я люблю есть салат, когда он свежий и хрустящий. Мне не очень нравится, когда его привозят в пакетах и единственный способ проглотить его - это вымазать в салатной заправке".

"Я действительно скучаю по человеческой еде".

"По чему ты скучаешь больше всего?"

"Чизбургеров и картошки фри, без сомнения. О, и кетчупа. Как же я любил этот густой, красный липкий соус, который идет на все".

"Может, на траве он был бы не так уж плох?" E-Z рассмеялся, но Альфред задумался.

"Я бы не отказался попробовать".

"Давай запишем это в твой список желаний", - сказал E-Z.

"А что такое "список ведер"?" спросил Альфред.

ГЛАВА 12

E-Z обдумал вопрос Альфреда. Альфред не знал, что такое bucket list... а фраза была придумана в 2007 году. В одноименном фильме Николсона и Фримена. Он объяснил, не вдаваясь в излишние подробности.

"Это действительно интересная идея", - сказал Альфред, распушив свои перья. "Но какой смысл вести список ведер? Наверняка ты вспомнишь все, что действительно хотел бы сделать?"

"Знаешь, Альфред, я не совсем уверен. Думаю, это может быть как-то связано с возрастом. Стареешь и теряешь память".

"Логично".

Они продолжили свой путь и добрались до дома. Когда E-Z вкатил себя на пандус, Альфред запрыгнул на него. Лебедь хлопал крыльями, чтобы помочь движению вверх. На самом верху, когда E-Z открывал дверь, они услышали незнакомый голос.

"О нет, они уже здесь!" сказал Альфред.

"Ты мог бы предупредить меня!" ответил E-Z, укладывая свою сумку на крючок по пути в гостиную.

"Очевидно, я бы предупредил, если бы знал!"

Лия встала. Десятилетняя Лия выглядела совершенно иначе, пока не подняла вверх раскрытые ладони. Увидев E-Z, она завизжала, подбежала к нему и крепко обняла. Затем она обняла Альфреда и сказала, что невероятно счастлива, что наконец-то встретила его.

Мама Лии Саманта тоже стояла и смотрела, как ее дочь обнимает мальчика, который спас ей жизнь. Ангел/парень в инвалидном кресле. Ее дочь упомянула об Альфреде, но не о том, что он был гигантским лебедем.

Дядя Сэм встал и сказал: "О, ты дома". Он придвинулся ближе к племяннику. Затем неловко предложил им пройти на кухню. Чтобы подкрепиться.

"Мы в порядке", - сказала Саманта.

Сэм все равно настоял на том, чтобы они пошли на кухню.

"Э-э-э, - заикаясь, проговорил И-Зи. "Я бы хотел выпить".

Сэм вздохнула.

"Не создавай нам проблем", - сказала Саманта.

"Это совсем не проблема", - сказал Сэм, подталкивая стул E-Зи к выходу из гостиной.

"Лия, ты очень красивая", - сказал Альфред, склонив голову, чтобы она могла погладить его.

"Спасибо", - сказала Лия, покраснев. Она бросила взгляд в сторону И-Зи, когда они выходили из комнаты, но он не заметил этого, так как его глаза были устремлены на дядю.

Как только они оказались на кухне, Сэм припарковал племянника. Он открыл холодильник и снова закрыл его. Он подошел к шкафу, открыл дверцу и снова закрыл ее.

"Что случилось?" спросил И-Зи.

"Я, я не ожидал их так скоро, и вообще, что едят и пьют люди из Нидерландов? Не думаю, что у меня в доме есть что-то подходящее. Может, мне стоит сходить куда-нибудь и купить что-нибудь?"

"Они такие же люди, как и мы, я уверен, что они попробуют все, что у тебя есть. Не стоит слишком задумываться об этом".

"Помоги мне, малыш. Что именно мы должны подать? Сыр и крекеры? Что-то горячее, бутерброды с жареным сыром? У нас есть вода, сок и прохладительные напитки".

"Ладно, давай пока обойдемся сыром и крекерами. Посмотрим, как мы с этим справимся. И поднос с разнообразными напитками".

Сэм вздохнул и сложил все на поднос. "О, салфетки!" - сказал он, доставая из ящика стопку.

"Все готово?" спросил И-Зи.

"Спасибо, малыш", - сказал Сэм, подхватывая поднос, полный еды и напитков. Он направился в гостиную, а племянник последовал за ним. Сэм поставил все на стол, затем вскочил, сказал: "Боковые тарелки!" и вышел из комнаты, вскоре вернувшись с упомянутыми предметами.

Потягивая свой напиток, И-Зи взглянул в сторону Лии. Он все еще мог видеть ее маленькой девочкой, хотя она уже не была ею. Ее волосы были длиннее.

Мама Лии выглядела еще более неуютно, чем дядя Сэм. Она возилась с крекером, но не вгрызалась в него.

Она двигала стакан с напитком взад-вперед, но не пила из него. Время от времени она поглядывала в сторону дяди Сэма, но недолго. Затем очень громко вздохнула и снова принялась возиться с едой.

"Как прошел твой полет?" спросил И-Зи.

"Это было легко-легко по сравнению с полетом с тобой", - ответила Лия. Она рассмеялась, и прохладительный напиток чуть не вытек у нее из носа. Вскоре они все уже смеялись и чувствовали себя более непринужденно.

Альфред свободно болтал, зная, что только Лия и Е-Z могут его понять. "Теперь мы вместе, Трое. Как и должно было быть".

Лия и Е-Z обменялись взглядами.

Альфред продолжил. "Я все думаю, почему нас свели вместе. Е-Z ты можешь спасать людей и ты супер-пупер сильный, плюс ты можешь летать, и твое кресло тоже. Лия, твоя сила - в твоем взгляде. Ты можешь читать мысли. Из того, что мне рассказал Е-Z, ты обладаешь силой света и можешь останавливать время.

"Я, я могу путешествовать, летать в небе и иногда могу сказать, когда что-то произойдет, до того, как это произойдет. Еще я могу читать мысли, но не всегда. Кроме того, большинство людей любят лебедей. Некоторые говорят, что мы ангелы. Есть даже те, кто верит, что лебеди обладают способностью превращать людей в ангелов. Не знаю, правда ли это. Я сам способен помочь всем живым, дышащим существам исцелить себя".

Последняя часть была новой для И-Зи. Он хотел узнать больше.

Альфред ответил: "Сдаться - это первый шаг".

E-Z и Лия погрузились в размышления о признании Альфреда.

"Что нам теперь делать?" спросила Лия.

"Каждой команде нужен лидер, капитан. Я выдвигаю кандидатуру E-Z", - сказал Альфред.

"Поддерживаю кандидатуру", - сказала Лия.

Лия и Альфред подняли бокалы за E-Z. Дядя Сэм и мама Лии Саманта присоединились к тосту. Хотя они понятия не имели, за что их всех тостят.

E-Z поблагодарил их всех. Но внутри он задавался вопросом, как все это будет работать. Как он собирается вести за собой маленькую девочку и лебедя-трубача? Как ему удастся уберечь их от опасности?

Дядя Сэм и Саманта предложили прибраться, а троица вернулась в гостиную.

"Это будет хорошая возможность для них узнать друг друга немного лучше", - сказал Альфред.

"Да, мама никогда раньше так не нервничала. С ее работой она встречает много людей и разговаривает с ними, даже с совершенно незнакомыми, так, будто всегда их знала. Это один из секретов ее успеха, я думаю. А вот с Сэмом она тихая, как мышка, и нервная".

"Может, это джетлаг", - предположил E-Z.

Альфред рассмеялся. "Нет, их тянет друг к другу. Вы оба слишком молоды, чтобы заметить, но в воздухе витала какая-то вибрация".

"Правда, моя мама запала на Сэма?"

"Дядя Сэм тоже был довольно неловким - но он не так часто встречается с девушками в эти дни, так как работает дома и проводит большую часть времени, помогая мне". Я голосую, мы меняем тему".

"Я тоже", - сказала Лия.

"С вами двумя неинтересно".

"Думаю, нам пора призвать Эриэля", - сказал И-Зи. "Он должен быть тем, кто собрал нас всех вместе. Нас нужно ввести в курс дела. Чтобы знать, чего от нас будут ждать и когда".

"Кто такой Эриель?" спросила Лия. "Помнится, ты уже спрашивала меня, знаю ли я его".

"Он архангел и был наставником в моих испытаниях. Ну, во всяком случае, последние несколько".

"Моего ангела, того, кто наделил меня даром ручного зрения, зовут Ханиэль. Она тоже архангел. Она заботится о Земле".

Это удивило И-Зи. Если все они работали на своих ангелов, то почему их собрали вместе? Неужели один ангел был могущественнее другого? Кто был главным ангелом? Кто перед кем отчитывался?

"Я бы точно хотел знать, что происходит", - сказал Альфред.

"Все, что я знаю, - ответила Лия, - это то, что после аварии меня спросили, буду ли я одной из трех. И вот, вуаля, мы здесь".

В комнату вошли дядя Сэм и Саманта. Они еще некоторое время болтали вместе, пока уставшая от перелета Саманта не отправилась в свою комнату. Дядя Сэм тоже отправился в свою комнату.

"Пойдемте в мою комнату и поговорим", - сказал И-Зи.

Лия и Альфред последовали за ним. После нескольких часов обсуждения троица поняла, что у них много вопросов, но мало ответов. Лия отправилась в свою комнату, которую делила с матерью. Альфред спал на краю кровати И-Зи. И-Зи похрапывал в сторонке. Завтра был другой день - тогда они во всем разберутся.

ГЛАВА 13

На следующее утро Лия вынесла миски с хлопьями на задний двор. Солнце поднималось в небо, день был безоблачным и приближался к 10 часам утра. Альфред корпел на траве возле дорожки.

Лиа передала E-Z его миску, затем села под зонтик на патио и взяла ложку кукурузных хлопьев.

"Североамериканские кукурузные хлопья по вкусу отличаются от тех, что у нас в Нидерландах".

"В чем разница?" спросил И-Зи.

"Здесь все на вкус слаще".

"Я слышал, что в разных странах используют разные рецепты. Хочешь чего-нибудь другого?" Она отказалась, покачав головой. "Я не мог уснуть прошлой ночью", - сказал E-Z, взяв еще одну ложку Captain Crunch.

"Прости, я слишком сильно храпел?" поинтересовался Альфред, ткнувшись лицом в росистую траву.

"Нет, ты был в порядке. У меня было много забот. Я имею в виду, что мы все здесь. Трое - а у меня уже давно не было испытаний... С тех пор как Хадз и Рейки были понижены в должности, я не знаю, что происходит.

После той последней битвы с Эриель - которую я, кстати, выиграл - я ничего не слышал от Эриель. Это заставляет меня нервничать. Интересно, что он придумал, чтобы сделать мою жизнь несчастной".

Альфред поковылял дальше в сад, как вдруг на траву приземлился единорог.

"К вашим услугам", - сказала Крошка Доррит.

Единорог прижался к Лии, а она встала и поцеловала его в лоб.

Над ними началась голубая полоса неба. На ней были написаны слова:

FOLLOW ME.

Кресло И-Зи приподнялось: "Давай!" - крикнул он.

Малышка Доррит поклонилась, позволяя Лии взобраться на нее.

Альфред взмахнул крыльями и присоединился к остальным.

"Есть идеи, куда мы направляемся?" спросил Альфред.

"Все, что я знаю, это то, что нам нужно спешить! Вибрации усиливаются, так что мы должны быть близко".

"Смотри вперед", - крикнула Лия. "Кажется, мы нужны в парке аттракционов".

Тут же И-Зи стало очевидно, почему они нужны. Американские горки были пущены под откос. Вагончики болтались наполовину на рельсах, а наполовину вне их. А пассажиры всех возрастов кричали. Один ребенок так неуверенно висел, перекинув ноги через борт тележки, что было ясно, что он упадет первым.

"Мы схватим ребенка", - сказала Лия и сорвалась с места. Она и Крошка Доррит направились прямо к мальчику. Он отпустил руки, упал и благополучно приземлился перед Лией на единорога.

"Спасибо", - сказал мальчик. "Это действительно единорог, или я сплю?".

"Это действительно так", - сказала Лия. "Ее зовут Крошка Доррит".

"У моей мамы есть книга с таким названием. Кажется, ее написал Чарльз Диккенс".

"Точно", - сказала Лия.

"А в "Крошке Доррит" есть единороги? Если да, то я обязательно должна ее прочитать!".

"Я не могу сказать наверняка", - ответила Лиа. "Но если узнаешь, дай мне знать".

E-Z хватался за нависающие вагоны один за другим. Пришлось повозиться, чтобы сбалансировать его, - поначалу он был немного похож на слинки, наклоненные в одну сторону. Но его опыт работы с самолетом помогал и вдохновлял его, когда он поднимал вагоны обратно на рельсы. Он держал их ровно до тех пор, пока все пассажиры не оказались внутри.

Благодаря помощи Альфреда этот процесс прошел гладко. Альфред, используя свои крылья, клюв и огромные размеры, смог поднять их в безопасное место.

"Все в порядке?" воскликнул E-Z под громкие аплодисменты всех пассажиров.

Задание было выполнено успешно, и Альфред подлетел к месту, где находились Лия и остальные. Это было отличное место для наблюдения.

"Ничего, что мы сейчас спустим мальчика?" спросила Лия.

E-Z показал ей большой палец вверх.

Внизу был установлен кран, который собирались поднять для спасения. Он еще не был готов. Он наблюдал, как рабочие снуют вокруг в желтых касках.

И-Зи свистнул парню, управлявшему американскими горками, чтобы тот запустил их.

Оператор американских горок запустил двигатель. Сначала вагончики немного проехали вперед, а потом остановились. Пассажиры закричали, боясь, что они снова сорвутся. Некоторые держались за шеи, которые были повреждены во время первоначального события.

E-Z поставил свою инвалидную коляску впереди вагонов и наблюдал за тем, чтобы их положение не изменилось. Он заметил, что ветер усилился, так как волосы пассажиров разметались по вагонам. Один пожилой мужчина потерял свою бейсболку LA Dodgers. Все наблюдали, как она плюхнулась на землю.

"Попробуй еще раз", - крикнул E-Z, надеясь на лучшее, но на всякий случай продумывая план Б.

Оператор запустил двигатель. И снова американские горки двинулись вперед. На этот раз немного дальше, но снова скатилась до полной остановки.

Подросток обратился к Малышке Доррит: "Можешь поставить Лию на землю. Затем возьми несколько звеньев цепи с крюками на обоих концах и поднеси их ко мне?"

Единорог кивнул и спустился под "охи" и "ахи" толпы, собравшейся внизу. Один парень попытался схватить ее и подкатить, она оттолкнула его носом, и полиция двинулась оцеплять территорию.

"Сюда!" - сказал строительный рабочий. Он слышал, о чем просил E-Z. Он вложил часть цепи в рот малышки Доррит, а остальную часть обвил вокруг ее шеи.

"Она не слишком тяжелая?" - спросил он, когда Малышка Доррит без проблем взлетела и на крыльях понеслась к тому месту, где Альфред теперь ждал у И-Зи.

Альфред, используя свой клюв, вставил крюк в переднюю часть вагонетки американских горок. Он закрепил его на месте и прикрепил к инвалидному креслу E-Z.

"Пожалуйста, оставайтесь на своих местах", - позвал E-Z. "Я собираюсь спустить тебя вниз, медленно, но верно. Постарайся не слишком смещаться, я хочу, чтобы вес был размещен последовательно. На счет "три" начинаем перекатываться", - сказал он. "Раз, два, три". Он потянул, отдавая все силы, и машина покатилась вместе с ним. Спускаться было легко, а поднимаясь, он должен был следить за тем, чтобы тележка не набрала слишком большую скорость и не сместилась снова. Малышка Доррит и Альфред летели рядом с тачкой, готовые действовать, если что-то пойдет не так.

Лия была так напугана, нервничала и была взволнована.

"Ты сможешь, И-Зи!" - крикнула она, забыв, что может произносить слова в голове, и он их услышит.

"Спасибо", - сказал он, сохраняя медленный и ровный темп. Хотя E-Z устал, он должен был выполнить поставленную задачу. Когда машина обогнула угол и остановилась, она вернулась в туннель. Туда, откуда началось его путешествие.

"Спасибо!" - позвал оператор.

Пожарные, парамедики и медсестры приготовились к натиску пассажиров. Высаживались они одновременно.

"E-Z! E-Z! E-Z! E-Z!" - скандировала толпа, подняв телефоны, снимавшие все происходящее.

"Как думаешь, у нас есть время перекусить сахарной пудрой?" спросила Лия.

"И карамельной кукурузы?" сказал Альфред. "Не уверен, что она мне понравится, но я готов попробовать!"

"Конечно, - сказал E-Z, - я пойду и куплю тебе и то, и другое, не волнуйся! Может, даже возьму себе Candy Apple".

Когда он отправился делать покупки, то заметил, что прибыли репортеры. Они собрались вокруг очень высокого человека с черными волосами. Мужчина держал перед собой шляпу и напоминал Авраама Линкольна. При ближайшем рассмотрении он понял, что это замаскированный Эриел. Он придвинулся ближе, чтобы подслушать.

"Да, это я собрал это динамичное трио. Лидера зовут E-Z Dickens, ему тринадцать лет и он суперзвезда. Помимо того, что он самый опытный член "Тройки", он еще и лидер. Как ты, наверное, заметил, он может справиться практически со всем. Он отличный парень!"

E-Z чувствовал, как его щеки разгораются.

"А что насчет девушки и единорога?" - воскликнул репортер.

"Ее зовут Лия, и это была ее первая авантюра в мире супергероев. Ее единорог - Литтл Доррит, и эти двое - потрясающая команда. Она спасла этого парня", - он схватил мальчика. Он поставил его перед камерами.

Когда все взгляды были устремлены на него, он закончил фразу. "С легкостью. Лия и малышка Доррит - прекрасное пополнение в команде, и они окажут огромную помощь E-Z во всех его будущих начинаниях".

"Каково это было?" - спросил мальчика репортер.

"Лия была очень милой", - ответил юноша.

Темная фигура оттолкнула мальчика. Он вытер с себя пыль.

"Лебедя-трубача зовут Альфред. Это была его первая возможность помочь E-Z. Он отважился и подверг себя риску. Альфред - еще один отличный член этой команды супергероев "Тройка". В будущем ты увидишь их много раз". Он заколебался: "О, и меня зовут Эриел, на случай, если ты захочешь процитировать меня в своей статье".

Теперь E-Z жалел, что не согласился собирать карнавальные угощения. Он трусил в сторонке, надеясь, что его не заметят.

"Вот он!" - крикнул кто-то.

Другие, стоявшие в очереди позади него, подтолкнули его к началу очереди.

"Это за счет заведения", - сказал продавец, протягивая ему один из всех.

"Спасибо", - сказал он, поднимаясь с места.

"Это же он! Мальчик в инвалидном кресле! Наш герой!" - крикнул кто-то снизу от него.

"Вот он, сфотографируй его".

"Вернись для селфи, пожалуйста!"

E-Z посмотрел в ту сторону, где был Эриел, но теперь, когда его заметили, он никого не интересовал. В следующий момент он понял, что Эриел уже ушел.

"Давайте убираться отсюда!" сказал И-Зи, размышляя, куда именно им следует идти. Если они пойдут к его дому, то репортеры и фанаты, скорее всего, последуют за ними. В каком-то смысле он скучал по тем дням, когда Хадз и Рейки стирали разум всех участников. Это точно все упрощало.

На обратном пути И-Зи не мог не задаваться вопросом, что задумал Эриел. Ведь никто не должен был знать о его испытаниях. Это было очень странно - но он был слишком измотан, чтобы говорить об этом со своими друзьями. Вместо этого он размышлял о том, почему больше не важно скрывать свои испытания - и как это изменит ситуацию. Хорошо, что его крылья больше не горели, а его кресло, похоже, не было заинтересовано в том, чтобы пить кровь.

"Ну, это было довольно легко", - сказал Альфред.

Лия рассмеялась: "И это было даже забавно - увидеть тебя в действии E-Z".

"Эй, а как же я, я ведь тоже помогал!"

"Еще как помог", - сказал E-Z. "И Литтл Доррит, спасибо тебе! Без тебя бы не справился!"

Малышка Доррит рассмеялась. "Рад был помочь".

"Ты была потрясающей!" сказала Лия, поглаживая ее по шее.

Но что-то их беспокоило. Было очевидно, что И-Зи мог сделать все это сам. Ему не нужна была помощь.

Альфреду особенно казалось, что, будучи лебедем-трубачом, он сделал все, что мог. Но в таком спасении от него было мало толку. Не то что тот, у кого были руки, мог помочь. Он приложил максимум усилий, но достаточно ли этого? Был ли он лучшим выбором для того, чтобы стать членом "Тройки"?

Лия подумала о том, что Литтл Доррит могла бы приземлиться под мальчиком и спасти его, не будь она на его спине. Единорог был умным и мог последовать примеру и указаниям И-Зи. Ей казалось, что она проделала весь этот путь, и ради чего? В этом не было никакого смысла.

Они снова вернулись домой. Несмотря на то что они вместе совершили нечто замечательное, настроение у них было подавленное.

Малышка Доррит ушла и отправилась туда, где она жила, когда не была нужна.

И-Зи сразу же отправился в свой кабинет, где немного поработал над своей книгой. Ему давно хотелось обновить список испытаний, чтобы понять, на каком этапе он находится. Он решил снова набрать их все с самого начала:

1/ спас маленькую девочку

2/ спас самолет от крушения

3/ остановил стрелка на крыше

4/ остановил девушку в магазине

5/ остановил стрелка возле своего дома

6/ дуэлировался с Эриэлем

7. выбрался из пули

8/ спас Лию

9/ вернул американские горки на круги своя.

Он не был уверен, было ли спасение дяди Сэма испытанием или нет. Хадз и Рейки протерли ему мозги. Интуиция И-Зи подсказывала, что спасение дяди Сэма не было испытанием.

Он откинулся в кресле. Он думал о приближающемся сроке. Ему нужно было пройти еще три испытания за ограниченный промежуток времени. С одной стороны, он хотел поскорее покончить с ними. С другой стороны, завершение обязательств пугало его.

Тем временем Альфред решил искупаться в озере.

В то время как Лия и ее мать отправились на прогулку.

***

"И так, на что это было похоже?" спросила Саманта.

"Это было чрезвычайно захватывающе и пугающе одновременно. E-Z - замечательный. Бесстрашный", - объяснила Лиа.

"И каков был твой вклад?"

Они свернули за угол и сели вместе на скамейку в парке. Дети играли, бегали вверх-вниз и кричали. И мать, и дочь вспомнили, как Лия играла вот так, беззаботно, когда ей было семь лет. Теперь, когда ей было десять, ее интерес к играм сильно упал.

"Ты скучаешь по этому?" спросила Саманта.

Лия улыбнулась. "Ты всегда знаешь, о чем я думаю. На самом деле нет, но когда-нибудь в скором времени я бы хотела снова попробовать танцевать. Чтобы посмотреть, как и смогу ли я приспособиться".

Они сидели вместе и смотрели, ничего не говоря.

"Что касается моего вклада, то маленький мальчик свисал с машины и без помощи Малышки Доррит мог упасть".

"Мог?"

"Да, думаю, E-Z спас бы его, а потом справился бы с остальными, если бы нас там не было. Он привык справляться с испытаниями в одиночку".

"Ты считаешь, что ты или Альфред были не нужны?"

"Может быть, наше присутствие там для моральной поддержки было полезным, не знаю. Похоже, архангелам пришлось приложить немало усилий, чтобы собрать нас вместе. Чтобы мы проделали весь этот путь из Нидерландов, нашего дома. Когда, судя по этому испытанию, я не думаю, что мы действительно необходимы".

Саманта взяла руку дочери в свою, они поднялись со скамейки и повернули обратно к дому.

"Я думаю, что иметь команду, подкрепление - это хорошо, и я уверена, что E-Z знает и ценит это. Он не похож на парня-одиночку. Он играл в бейсбол, и до сих пор играет, если верить тому, что говорит мне Сэм. Он знает, что команды хорошо работают вместе, опираясь на сильные стороны каждого игрока. Что касается тебя, то я бы не стал беспокоиться о том, что ты не являешься самым решающим фактором в этом испытании. И никогда не недооценивай свои достоинства".

"Спасибо, мама", - сказала Лия, когда они завернули за угол на свою улицу. "А теперь давай поговорим о Сэме. Он ведь тебе очень нравится, правда?".

Саманта улыбнулась, но не ответила.

✱✱✱

В это же время Сэм проверял, как дела у E-Z. "Все в порядке?" - спросил он, просовывая голову в кабинет племянника.

"Не уверен. Мы можем поговорить?"

"Конечно, малыш".

"Закрой дверь, пожалуйста".

"Что случилось? Разве испытание первой команды прошло не очень хорошо?"

"Во-первых, я хочу спросить тебя, что происходит у вас с мамой Лии?".

Сэм шаркал ногами и протирал очки. "Давай не будем сводить все к нам с Самантой. Это между нами".

"О, так, значит, есть США?" - ухмыльнулся он.

"Смени тему", - сказал Сэм.

"Тогда ладно, как скажешь. Что касается суда, то он прошел хорошо, и не думай обо мне плохо. Я говорю это не потому, что я большеголовый, но я мог бы завершить его и без остальных".

"Расскажи мне, что именно произошло. В чем заключалось твое задание? И должен сказать, что это меня удивляет, так как ты всегда был командным игроком".

"Я знаю. Это меня тоже беспокоит. Это было в парке аттракционов. Американские горки сошли с трассы. Передняя часть ее свисала с края, и пассажиры рассыпались. Только один был в реальной опасности - ребенок, которого Лия поймала с помощью единорога Литтл Доррит".

"Похоже, это спасение было полезным".

"Так и было, потому что парнишка почти не успевал, но я был рядом и мог его спасти. Затем вернул тележку на путь и помог остальным забраться внутрь. Для меня время словно остановилось - так что я легко мог бы разрешить эту ситуацию без чьей-либо помощи".

"Похоже, от Альфреда тебе было мало толку. Ты намекаешь, что можешь обойтись без него?"

И-Зи провел пальцами по темной середине своих волос. Ощущение щетины каким-то образом помогало ему снять стресс.

"Альфред помогал. Но я искал способы помочь ему. Он так старается. Мы так хотим помочь, но, честно говоря, он достаточно умен, чтобы понять, что я сделал работу за него. Так что он мог бы помочь, а мне это не очень приятно".

"Именно так поступают командные игроки. Они присматривают друг за другом. Помогают друг другу".

"Я знаю, но когда на кону стоят жизни людей, именно я должен следить за тем, чтобы никто не умер. Если я буду находить задания для остальных, чтобы они чувствовали себя нужными, это будет помехой, а не помощью". Он глубоко вздохнул, щелкая пальцами по клавиатуре. Стыдясь, он избегал зрительного контакта с дядей.

После нескольких минут молчания E-Z вернулся к работе над своей книгой, чтобы дать дяде все обдумать. Он перебирал в памяти подробности событий этого дня.

Как он подводил итоги. Разбирая все по полочкам. Разбирая процесс на части и собирая его заново, он пережил откровение. Это было то, чего он никогда раньше не делал. Он мог обсудить этот вопрос со своей командой. Они могли бы рассказать ему, как он справился, внести предложения, чтобы он мог совершенствоваться. Да, было много преимуществ в том, чтобы быть одним из трех. Он чувствовал себя расслабленным и более счастливым от этого знания.

"Я думаю, тебе стоит уделить этой ситуации с командой больше времени, прежде чем что-то решать. Тебе должно быть полезно знать, что у каждого из них есть свои особые способности, чтобы помогать тебе. В этой ситуации твои навыки были на первом месте. Но это не значит, что так будет всегда. Для следующего задания все может измениться. Все происходит не просто так".

"Ты мыслишь так же, как и я сейчас. Все всегда лучше, если тебе не приходится сталкиваться с этим в одиночку. Ты сам меня этому научил".

"Кто-нибудь еще в этом доме умирает от голода?" позвал Альфред, ковыляя по коридору.

И-Зи отодвинул свой стул и ответил: "Я!".

Сэм спросил "Ты что?".

"О, Альфред спросил, не голоден ли кто-нибудь".

"Я тоже!" отозвался Сэм.

"Я тоже", - ответила Лия. "Что у нас на ужин?"

Саманта предложила заказать пиццу. Все одобрительно закивали, кроме Альфреда. Он не любил жилистый сыр.

Вечер они провели вместе, набивая морды и заваливаясь смотреть сериал про зомби.

"Это не слишком страшно для тебя, правда, Лия?" спросил И-Зи.

"Для меня это слишком страшно!" ответила Саманта. Сэм обнял ее, а Лия хихикнула и взяла мать за руку.

ГЛАВА 14

Рано утром следующего дня Альфред проснулся от крика. Если ты никогда не слышал лебединого крика, то тебе повезло. Он был настолько громким, что разбудил всех.

И-Зи попытался успокоить Альфреда. Но лебедь только сильнее хлопал крыльями и издавал ужасные звуки. Было похоже, что его пытают. Либо так, либо наступал конец света.

Дядя Сэм прибыл, чтобы проверить, что происходит.

"Это Альфред, но не волнуйся. Я справлюсь", - сказал E-Z.

Вскоре Лия и Саманта пришли расследовать ситуацию. Лия убедила Саманту снова лечь спать.

Лия осталась, чтобы помочь E-Z успокоить Альфреда. Который тут же подошел к окну, открыл его своим клювом и вылетел в ночь.

Над ними И-Зи и Лиа слушали, как перепончатые лапки Альфреда шлепают по крыше.

"Чего вы двое ждёте!" - крикнул он. "Нам нужно идти - СЕЙЧАС!"

Лия вылезла в окно и стояла, дрожа, на карнизе. Она подождала, пока E-Z сможет забраться в свое инвалидное кресло и маневрировать им в парящем положении.

"Подожди, кажется, единорог наконец-то в пути", - сказал Альфред. "Вот почему я здесь наверху. Чтобы посмотреть, не идет ли она".

Малышка Доррит приземлилась, подставила нос под Лию и перекинула ее на спину.

Они полетели, Альфред вел их за собой.

"Притормози!" крикнул И-Зи. Альфред проигнорировал его. Он летел дальше, набирая высоту и скорость. Крылья кресла Е-Зи начали хлопать, как и его ангельские крылья. Ему приходилось работать быстро, чтобы держать Альфреда в поле зрения.

Лия задрожала. "Жаль, что у меня нет с собой свитера".

"Прижмись к моей шее", - сказала малышка Доррит. "Я согрею тебя".

И-Зи прибавил темп, приближаясь, а потом понял, что Альфред замедлился. Или ему так показалось. Вместо этого он увидел зрелище, которое никогда не сотрется из его памяти. Альфред застыл в воздухе, вытянув крылья и ноги. Как будто он лепился в виде буквы X.

Затем все его тело начало дрожать, что переросло в тряску. Казалось, что его бьет током. А его лицо, выражение невыносимой боли на нем, вызвало у друзей слезы на глазах.

"Что с ним происходит?" спросила Лия. "Я больше не могу на это смотреть. Просто не могу", - всхлипывала она.

"Его как будто шокируют. Кто мог сделать такое?" Сказав это, он понял. Только Эриел могла быть такой жестокой. Эриел вызывала их. Используя эту технику удара током, чтобы заставить их следовать за своим другом Альфредом. Только вот что, если он не переживет ударов? Как только он это сказал, горсть перьев Альфреда отсоединилась от его тела и поплыла по воздуху. Он перестал дрожать и начал летать. Через плечо он сказал: "Давай, не отставай, пока оно не ударило меня снова".

"Ты в порядке?" спросила Лия.

"Это был уже третий, и с каждым разом становится все хуже. Нам нужно попасть туда, куда они хотят, и побыстрее. Не знаю, смогу ли я выдержать еще один - не хуже предыдущего. Это была дурь".

Они полетели дальше, болтая на ходу.

"Прости, что разбудил всех", - сказал Альфред, когда толчки прекратились.

"Это была не твоя вина". сказал E-Z. "Я уверен, что знаю, чья это вина, и когда мы с ним встретимся, я ему устрою разнос".

"Что ты имеешь в виду?" спросила Лия, прижимаясь к шее Литтл Доррит. Было так темно и холодно, что она не могла перестать дрожать.

Альфред сказал: "Нас вызвали, посылая электрические разряды по всему моему телу. Как будто мои перья горели изнутри. Так грубо. Очень грубо, и на минуту мне показалось, что я снова оказался в Междумирье".

Все его лебединое тело дрожало при мысли об этом. "Я дам тому, кто это сделал, по заслугам, когда увижу и его!"

Альфред продолжал лететь наравне с остальными. "Раньше Ариэль шептала мне на ухо, чтобы я проснулся. Потом мы вместе обсуждали план. Она делала это даже тогда, когда я находился в промежутке. Она всегда была нежна и добра ко мне. Этот вызов был другим".

"Похоже, это дело рук Эриэля", - признал И-Зи. "Он не очень тактичен, может быть немного мелодраматичным и довольно бесчувственным. Не говоря уже о том, что у него больное чувство юмора".

"Немного мелодраматичным, это даже не царапает поверхность", - сказал Альфред.

"Тебе придется как-нибудь рассказать нам побольше об этом бетвисте. Название звучит вроде бы мило, но у меня такое чувство, что это оксюморон", - сказал E-Z.

"Я не люблю об этом говорить", - ответил Альфред.

"Я очень хочу познакомиться с этой Эриель. НЕ." призналась Лия. "Это все равно что с нетерпением ждать встречи с Волдемортом. Его репутация опережает его".

"А, значит, фанат Гарри Поттера?" сказал Альфред.

"Определенно", - призналась Лия.

Звезды в небе над головой посылали воображаемое тепло. Тем не менее они дрожали от ночного воздуха.

"Мы уже почти пришли?" спросил И-Зи.

"Я не знаю точно", - ответил Альфред. "В шоке не было сказано, куда нас вызвали, и я не могу уловить никаких вибраций в воздухе. Единственное, что покажет, что мы делаем не то, чего от нас ждут, - это еще один шок. К сожалению".

"Мы не хотим, чтобы это произошло. Давай увеличим темп".

"Кажется, мы все же приближаемся". Альфред остановился в воздухе, полностью расправив крылья.

"О нет!" - сказал он, ожидая нового удара. Он ждал и ждал, но ничего не происходило. "Похоже, мы почти..."

На этот раз тело лебедя не только тряслось и дрожало. Тело Альфреда перекатывалось снова и снова. Как будто он совершал кувырки в небе.

Лоснящиеся перья летали вокруг него, танцуя на ветру, когда лебедь переходил в свободное падение.

E-Z пролетел под лебедем-трубачом и поймал его. "Альфред? Альфред?" Бедный лебедь потерял сознание. "Эриель! Ты! Ты большой волосатый стервятник!" крикнул И-Зи, подняв кулак к небу. "Тебе не обязательно убивать Альфреда. Скажи нам, где ты находишься, и мы будем там, но только если ты согласишься вырубить его электрическими зарядами. Это варварство. Он же лебедь, ради жалости. Дай ему передохнуть".

"То, что он сказал", - ответила Лия, обратив раскрытые ладони к небу.

На секунду они зависли, не двигаясь с места.

Затем кресло-каталку потряс удар. Затем он ударил единорога Доррит. И все отправились в свободное падение.

Смех Эриэля наполнил воздух вокруг них. Весь мир был его Сенсурраундом, и он издевался над Тремя так, как никто другой не мог. Или захотел бы.

ГЛАВА 15

Они продолжали падать еще довольно долго. Никто из них не контролировал свои особые способности или атрибуты.

Они наполовину ожидали, что их тела будут разбросаны по асфальту внизу. Тротуар, который, казалось, поднимался, чтобы поприветствовать их.

Внезапно спуск закончился. Как будто все они были привязаны к какому-то невидимому кукловоду.

Через несколько секунд движение возобновилось, но на этот раз оно было мягким.

Оно направляло их, пока они не оказались у ног архангелов Эриэля, Ариэля и Ханиэля.

"Счастливого пути?" спросил Эриель. Он разразился хохотом. Его спутники смотрели на это, не смеясь и не разговаривая.

Альфред, который уже проснулся, полетел и приземлился, за ним следовал единорог Литтл Доррит, который нес Лию.

Единорог поклонился, приветствуя остальных гостей, а затем отступил в дальний конец комнаты.

Эриель - самый высокий из трех остальных - стоял, положив руки на бедра, и не сомневался, что главный здесь - он.

Ариэль, напротив, была похожа на фею.

Ханиэль был статным, излучающим красоту.

Эриель шагнул вперед, приподнявшись над землей так, что оказался над ними. Он прорычал: "Долго же вы сюда добирались! В будущем, когда я буду повелевать твоим присутствием, ты будешь здесь быстро-быстро!"

Ханиэль подлетела ближе к Альфреду. Она коснулась его лба. Затем она повернулась к E-Z и сделала то же самое. Она улыбнулась. "Счастлива познакомиться с вами обоими". Она повернулась к Лии. Лия раскрыла ладонь, и они обменялись прикосновениями пальцев к открытой ладони. Лия бросилась в объятия Ханиэля. Ханиэль обхватила ее крыльями, принимая новую внешность десятилетней девочки.

Ариэль порхала рядом с И-Зи. Она подмигнула ему и улыбнулась Лии. Подлетев к Альфреду, она прикоснулась к нему и избавила его от боли.

"Хватит суетиться!" скомандовал Эриел, его голос гремел так громко, что И-Зи боялся, что он поднимет крышу.

"Подожди минутку", - сказал Альфред, шагая со звуком хлопающих по бетонному полу перепончатых лап. "Меня чуть не ударило током, и я хотел бы получить извинения".

Эриел распахнул крылья широко, шире, настолько широко, насколько они могли размахнуться. Он завис над Альфредом, который дрожал, но держался на ногах. Их глаза сомкнулись.

Э-Зи чувствовал, что Альфред-трубач был либо очень храбрым, либо очень глупым. В любом случае ему нужна была помощь.

И-Зи перекатился вперед и поставил свой стул между ними. "Что сделано, то сделано". Он обратился к Альфреду: "Отставить". Альфред так и сделал. Затем к Эриэлу: "Я знаю, что ты хулиган, и то, что ты сделал с нашим другом, было непростительно и жестоко. Сейчас середина ночи, так что переходи к делу - скажи, зачем мы здесь? Что за срочность?"

Эриел приземлился, и его крылья сложились позади тела. Он прорычал: "Мои попытки связаться с тобой лично, мой протеже, остались без ответа. Что бы я ни делал, твой храп не давал тебе проснуться. Я послал Ханиэль за Лией, но она не смогла разбудить ее, не потревожив мать, которая спала рядом с ней. Поэтому мы позвали Альфреда, который тоже не отзывался довольно долго. Его наставница попыталась подойти к нему, в своей обычной манере - но ее шепот не был достаточно мощным, чтобы разбудить его."

"Я волновалась за тебя", - сказала Ариэль.

"Мне очень жаль", - сказал Альфред. "Кровать И-Зи удивительно удобная, и он действительно довольно громко храпит. Прошло много времени с тех пор, как я снова спал в настоящей кровати".

"ТИШИНА!" закричала Эриель.

Альфред отступил назад, в то время как E-Z придвинул свой стул гораздо ближе к существу.

Эриел понизил голос. "Ханиэль думал, что ты умер, лебедь. И поэтому я использовал эту возможность, чтобы испытать нашу новейшую технологию".

"Раньше она не испытывалась на людях", - признался Ханиэль.

"Мы подумали, что лучше попробовать на ком-то, кто не является человеком, - Альфред ты подошел, и это сработало просто очаровательно. Правда, все вы опоздали с прибытием, но вы добрались. Как говорится, лучше поздно, чем никогда".

"Ты использовал меня как подопытного кролика?" сказал Альфред, раскачивая шею взад-вперед с широко раскрытым клювом и продвигаясь по полу.

E-Z снова поставил свое кресло-каталку между ними. "Отставить", - сказал он Альфреду.

Эриель, Ханиэль и Ариель образовали полукруг вокруг троицы.

"Ты прав, E-Z. Что сделано, то сделано. Лучше бы они испытали это на мне, чем на вас двоих. А теперь займись этим", - сказал Альфред.

"Да, Эриел, - сказал И-Зи, - я снова спрашиваю, зачем мы здесь?"

"Прежде всего, - прорычал архангел, - по плану вы трое должны были составить своеобразное трио".

"Мы уже сами это поняли", - сказала Лия. Она держала ладони раскрытыми, чтобы полностью охватить взглядом трех архангелов одновременно. Время от времени она также оглядывала комнату, чтобы оценить обстановку. Она выглядела знакомой, с металлическими стенами, как та, в которой она впервые встретила E-Z. Только гораздо просторнее.

E-Z огляделся и посмотрел на Лию. Он думал о том же. Чем больше он смотрел на стены, тем больше казалось, что они смыкаются вокруг него. Он чувствовал холод и клаустрофобию, несмотря на то что пространство было огромным. Он жалел, что у его инвалидного кресла нет кнопки, как в некоторых машинах, где сиденье можно подогреть.

"Тишина!" крикнул Эриел. Поскольку все молчали, это казалось неуместным. Конечно, они не учли, что он также может читать их мысли.

Альфред рассмеялся.

Эриел закрыла между ними просвет, и Альфред отступил назад. Эриель снова закрыл промежуток. И так далее, и так далее, пока Альфред не уперся спиной в стену. Альфред взлетел в воздух. Эриел подхватил его своими когтистыми лапами. Держал его над остальными.

"Эриэль, пожалуйста", - сказала Ариэль. "Альфред - добрая душа".

Эриел опустил его на землю, а затем поднял кулаки. Из них вылетели молнии и срикошетили от металлического потолка контейнера. Все, кроме Эриэля, играли в доджем с летящими электрическими зарядами. Эриел наблюдал. Смеялся.

Когда эта форма развлечения надоела. Когда уверенность Тройки была проверена, он поймал молнию. Положив их в карманы, он сделал из этого большое шоу.

"Ну вот, - сказал он. "Вас ждет новое испытание. Сегодня. Один из вас умрет".

И-Зи подскочил на своем стуле. Альфред закричал непроизвольное "Ху-ху!", а Лия - крик маленькой девочки.

Эриел продолжала, не обращая внимания на их реакцию. "Вы здесь, чтобы сделать выбор. Кто из вас умрет сегодня? После того как вы выберете, я объясню последствия, с которыми вы столкнетесь из-за этой смерти". Эриель отлетел на несколько футов, и два других ангела оказались рядом с ним, по одному с каждой стороны.

Сначала Эриель описал смерть Альфреда:

"Я не могу рассказать тебе о каких-либо деталях этого испытания. Все, что я могу тебе сказать, - это то, что Альфред, если ты умрешь сегодня, то не выполнишь контрактное соглашение. Следовательно, ты больше не увидишь свою семью, ни сейчас, ни когда-либо. Однако твоя смерть будет прекрасной. Ведь, как и в жизни, смерть лебедя всегда прекрасна. Величественна. Ведь когда лебедь умирает, он превращается в ангела. Твоя трансформация станет для тебя новым началом. Твоя цель будет заключаться в улучшении жизни как людей, так и животных. Ты получил бы новое имя и новую цель. Тебя бы по-настоящему ценили во всех отношениях. А твоя душа вернулась бы в свое вечное пристанище".

По щекам лебедя-трубача Альфреда потекли слезы. Ариэль утешила его, обхватив своими крыльями его крылья.

Во-вторых, Ханиэль рассказал о смерти Лии:

"Дитя, скоро ставшее женщиной, как и Ариэль, я не могу сообщить тебе никакой информации о предстоящем задании. Все, что я могу сказать тебе, дорогая Сеселия, также известная как Лия, это то, что если бы ты умерла сегодня, то тебя больше не было бы. Ни в каком виде. Твоя смерть будет просто смертью. Финальной. Все будет так, как было бы, когда взорвалась лампочка: ты бы умер. Твоя бедная жизнь закончилась бы тогда. И все же ты сейчас здесь, и тебе есть что предложить миру. Ты даже не пощупал поверхность доступных тебе способностей. Однако если бы ты умер сегодня, эти силы остались бы нерастраченными. Ты уйдешь в землю, превратившись в пыль. Для тех, кто знал и любил тебя, ты останешься лишь воспоминанием. Но твоя душа также вернется в свое вечное пристанище".

Лия закрыла ладонями глаза, чтобы сдержать падающие из них слезы. Они также падали из глаз. Ее старых глаз. Ее тело содрогалось, когда она всхлипывала. Она была слишком переполнена эмоциями, чтобы говорить.

Малышка Доррит придвинулась к девочке и потрепала ее по плечу. Ханиэль тоже попытался утешить ее, поцеловав в лоб.

А потом Эриел начала рассказывать историю И-Зи:

"Е-Зи, ты многого достиг с тех пор, как умерли твои родители. На твою долю выпали испытания. Иногда, зачастую, непреодолимые для человека. Однако ты успешно их преодолевал. Ты спасал жизни людей. Ты не разочаровал меня. Однако мы чувствуем". Она заколебалась, оглядываясь по сторонам. "Особенно я чувствую, что ты мешал своим силам. Иногда даже отрицал их. Ты использовал время, которое мы дали тебе, чтобы сделать мир лучше, и растратил его".

И-Зи открыл рот, чтобы заговорить.

"Молчать!" закричал Эриел. "Не пытайся оправдаться. Мы наблюдали за тем, как ты играешь в бейсбол и тратишь время на друзей, словно у тебя есть все время в мире, чтобы выполнить свои задания. Что ж, время вышло. Если ты умрешь сегодня, твои испытания будут неполными".

И-Зи довольно хорошо представлял, что будет дальше, но ему нужно было дождаться, пока Эриел скажет это. Произнести слова, чтобы это стало правдой.

Как он и предполагал, Эриел еще не закончила. "Оставить нас с незавершенными испытаниями, ради которых была спасена твоя жизнь. Вот это было бы непростительно. Если бы ты умер сегодня, то потерял бы свои крылья. Это для начала. Те испытания, которые тебе еще не были даны, - никогда бы не были даны. Ведь ты был единственным, кто мог выполнить эти задания. Нашей единственной надеждой.

"Поэтому те, кого ты спас бы, не будут спасены никем и ни в какое время. Они погибнут из-за тебя. Все, кого ты когда-либо спасал во время своих испытаний, умрут.

"Это было бы так, как если бы ты никогда не существовал. Их смерть была бы окончательной. Полной. Ни для кого из них не будет возможности жить после смерти. Даже отправка их в промежуток между ними была бы невозможна. Твоя смерть тогда E-Z посеяла бы хаос и принесла бы хаос в мир. Как в тот день, когда мы с тобой дуэлировали. Помнишь, каким был мир в тот день? Вот такой была бы Земля - в каждый из дней". Эриел отвернулся. Они смотрели, как он расправляет крылья, словно готовится к отлету.

Все молчали. Размышляя о своих судьбах.

Через некоторое время Эриел нарушил молчание. "Ариэль, Ханиэль и я пока оставим вас. Вы можете поговорить между собой и принять решение. Но делайте это быстро. У нас нет целого дня".

Трио архангелов исчезло сквозь потолок.

ГЛАВА 16

После того как архангелы ушли, Трое были слишком ошеломлены, чтобы что-то сказать. Пока E-Z не нарушил молчание.

"По-моему, это бессмысленно - собирать нас всех здесь вместе. Чтобы они пытали Альфреда. Привезли нас сюда. А потом сказать, что один из нас должен умереть. И мы должны выбрать, кто именно. Это варварство - даже для Эриель".

Лия вышагивала со сжатыми кулаками. Она была слишком зла, чтобы говорить, и ее не волновало, что она на что-то натыкается. На самом деле, когда она натыкалась, то пинала их.

Альфред пробормотал. "Я думаю, что если кто-то и должен умереть, то это должен быть я. Мои силы крайне ограничены. Я бы, скорее всего, превратился в лебединый суп, учитывая сложность испытаний. Как в последнем испытании. Я знаю, что ты помогал мне E-Z. Это было мило с твоей стороны, но я знал, что я помеха".

E-Z попытался прервать его, но Альфред просто продолжил. "Не говоря уже о том, что я могу встать на пути. Подвергнуть кого-то из вас риску. Я прожил грустную и одинокую жизнь с тех пор, как у меня забрали семью. Иногда одиночество становится непреодолимым. Быть членом "Тройки" помогало, но...

"Даже будучи лебедем, я мог думать о них. Помнить их, любить их. Одно осознание того, что они умерли вместе и находятся где-то вместе, дает мне покой. Даже если я не с ними, но, возможно, буду сегодня, если умру именно я. Я готов пойти на такой риск. К тому же, когда я уйду, никто на земле не будет по мне скучать".

"Мы будем скучать по тебе!" сказала Лия.

"Конечно, мы будем скучать по тебе!" согласился E-Z, пересекая пол и замечая стол, который раньше сливался со стеной. Он подошел к нему поближе, на котором обнаружил стопку бумаг, которые он пролистал.

"Я ценю твои чувства", - сказал Альфред. "Эй, что ты делаешь, E-Z? Откуда взялся этот стол?"

Лия вытянула обе руки перед собой, чтобы видеть одновременно и E-Z, и Альфреда.

E-Z продолжал перелистывать страницы. Вскоре они уже летали по всей комнате. Они кружились в воздухе, словно попали в глаз торнадо.

Тройка сгруппировалась и наблюдала за шквалом бумаг. Потом они разом упали на асфальт.

Лия схватила одну из них и прочитала, пока E-Z и Альфред смотрели на это.

"Что это?" - воскликнула она. "Здесь написаны наши имена. Здесь рассказываются истории. Наши истории. О наших смертях".

"Здесь написано, что мы уже мертвы!" сказал И-Зи, читая одну из бумаг, которую он накропал.

"О", - сказала Лия, по ее щеке потекла слеза. "Там также написано, что моя мать мертва, как и твой дядя Сэм".

И-Зи покачал головой. "Это не может быть правдой. Это неправда. Они играют с нами". Он огляделся по сторонам. Что-то в комнате изменилось. В частности, стены. Теперь они были красными. "Мы попали в другое измерение или что-то в этом роде? Посмотри на стены? Мы где-то в другом месте, где будущее уже стало прошлым?"

Альфред поднял еще одну из выпавших страниц. На ней рассказывалось о смерти его жены, детей и о его собственной смерти. И все же, когда он смотрел на себя, ощущал себя, он был живым, с перьями: лебедь-трубач. "Я хочу уйти", - сказал он.

Лия улыбнулась. "Ты имеешь в виду, выйти из этой комнаты или из этой жизни? Я тоже хочу выбраться, в смысле из этого жуткого металлического контейнера, но я не хочу умирать". Видеть мир через ладони - это странно и в то же время круто. Возможность читать мысли - это тоже круто. А вот когда я остановил время, это было круто. Представь, что ты мог бы призвать эту силу, например, если бы кто-то был в опасности или случилась катастрофа. Представь, сколько жизней можно было бы спасти? А теперь мне десять, и кто знает, какие еще силы меня ждут".

"Богоподобный", - сказал И-Зи. "Я знаю, что ты чувствовала, Лия. Я тоже так себя чувствовал, когда спас ту первую девочку, когда спас остальных и когда спас тебя".

Все трое образовали круг и соединили руки, произнося слова: "У нас есть сила. Сегодня никто не умрет. Неважно, что они говорят". Они поворачивались вокруг и вокруг, скандируя свою новую мантру. Пока не были готовы снова призвать архангелов.

ГЛАВА 17

Первым прибыл Эриель, подняв брови и скривив губы в презрительной гримасе. Следом прибыли Ариэль и Ханиэль. Эти двое остались позади него в тени его огромных крыльев. Эриель скрестил руки, а два других архангела переместились повыше. Они зависли по разные стороны от его плеч.

"Мы приняли решение", - сказал И-Зи. "Сегодня никто не умрет".

Смех Эриэля прогремел по всему металлическому корпусу. Он поднялся в воздух, а затем скрестил руки на груди. Ариэль и Ханиэль молчали, в то время как смех Эриэля усилился, став достаточно высоким, чтобы поранить уши Альфреда.

Альфред потерял сознание, но быстро пришел в себя. Лия и И-Зи помогли ему подняться. Они держали его до тех пор, пока над ним не пролетела Литтл Доррит. Мгновением позже Альфред сидел высоко над ними на единороге. Он был почти лицом к лицу с Эриэлом.

"Спасибо, приятель", - сказал Альфред.

"Рад был помочь", - отозвался Малыш Доррит.

"Хватит!" крикнул Эриел, поднявшись выше над ними. Запугивая их своими размерами, своей болезненностью, своим громовым голосом. "Вы думаете, что можете изменить то, что будет? Я сказал вам, что должно произойти, и у вас нет другого выбора, кроме как подчиниться мне". Это был не опрос. И не демократия. Это была уверенность. Ибо написано..."

Тут он заметил, что пол усыпан бумагами. Он слетел вниз и подобрал одну. Затем поднялся, так что оказался лицом к лицу с Альфредом. В руке он держал историю Альфреда.

"Я вижу, ты прочитал будущее. Теперь ты знаешь правду, что живешь в параллельной вселенной. То, что происходит здесь, пульсирует по другим вселенным. В местах, где существует и будущее, и прошлое".

Лия уронила правую руку и подняла левую. Ее руки не были сильными, ведь они все еще привыкали к тому, что ей приходится их держать.

Эриел пролетел через всю комнату к красному дивану, на который и сел. Остальные ангелы присоединились к нему, по одному на каждой из рук. Эриел сидел удобно, не до конца расправив крылья.

Устроившись поудобнее, он продолжил. "В одном из миров все трое из вас уже мертвы. Ты прочитал правду. В этом мире еще есть надежда. Надежда существует благодаря нам, то есть мне, Ариэлю, Ханиэлю и Офаниэлю. Мы выбрали вас, троих людей, чтобы вы работали с нами. Мы поставили перед вами цели и помогаем вам, где и когда можем. Пока мы с вами, только мы позволяем вашему существованию продолжаться. Только мы даем вашей жизни цель. Откажись идти по пути, который мы выбрали для тебя, и ты тоже перестанешь существовать в этом мире. Ты будешь стерт, как никогда не был и никогда не будешь".

И-Зи сжал кулаки, и его кресло подалось вперед. "В документе, документе о моей другой жизни, говорилось, что дядя Сэм тоже мертв. Его не было в аварии с моими родителями. Он не участвует в этой сделке. Ты убил его, Эриел, чтобы удержать меня здесь?"

Не дожидаясь ответа, Лия вклинилась в разговор. "В моем документе написано, что моя мать умерла. Как это может быть правдой? Пожалуйста, скажи мне, что это неправда!"

Альфред, почувствовав себя лучше, спрыгнул со спины Крошки Доррит. Он поковылял ближе к дивану и снова оказался лицом к лицу с Эриел.

E-Z гордо смотрел на своего друга Альфреда, бесстрашного лебедя-трубача.

"И в документах мои молитвы услышаны. Я уже умер. Я умер вместе со своей семьей, как и должно было быть. Лучше бы я остался мертвым. Умереть вместе с ними, а не реинкарнироваться в лебедя-трубача. И это после того, как Ханиэль спас меня из междумирья".

Эриель отпихнула Альфреда. "Ах, да, междумирье. Я и забыл, что тебя туда отправили. Не очень-то тебе там понравилось, правда?"

Альфред шевельнул шеей и скорчил гримасу. Он обнажил свои мелкие, зазубренные зубы, словно хотел укусить Эриел.

"Отставить", - сказал И-Зи, подкатываясь к дивану.

Альфред закрыл клюв. Лия придвинулась ближе. Теперь "Тройка" стояла вместе перед Эриэлем.

Они ждали, что архангел скажет что-нибудь, хоть что-нибудь. Казалось, он в кои-то веки потерял дар речи.

И-Зи воспользовался случаем, чтобы разобраться в ситуации.

"В газетах было написано, что дядя Сэм погиб в аварии вместе с моей мамой, отцом и мной. Его не было с нами в машине, чтобы это произошло, его должны были подбросить в автомобиль вместе с нами. С какой целью? Объясните нам, вы, так называемые архангелы. Зачем вам менять историю в угоду своим целям? Кстати, где во всем этом Бог? Я хочу поговорить с ним".

"Я тоже!" воскликнула Лия.

"Я тоже!" подхватил Альфред.

Эриел скрестил ноги и расправил крылья. Он положил руку на подбородок и ответил: "Бог не имеет никакого отношения ни к нам, ни к тебе - больше нет". Он зевнул, словно эта задача ему наскучила.

"А что, если я скажу тебе, что твой дом горит, пока мы разговариваем? Что, если бы я сказал тебе, что ни дядя Сэм, ни твоя мать Саманта, Лия не доживут до следующего дня?"

"Ты б-б-бастард!" воскликнул И-Зи.

"Дитто!" сказала Лия.

"Ну же", - укорил Эриел. "Мы все здесь друзья. Друзья, не так ли? Твой дом может сгореть, может случиться что угодно, пока мы находимся здесь, в этом месте, подвешенные во времени. Чем дольше ты медлишь с выбором, тем больше хаоса ты создаешь в мире".

Он встал, и его крылья расправились, заставив троицу сделать несколько шагов назад.

Он продолжил: "E-Z, ты готов рискнуть жизнью ради своего дяди Сэма, верно?". Тот кивнул. "Конечно, рискнул бы. А Лия, ты бы рискнул жизнью, чтобы спасти жизнь своей матери, да?". Лия кивнула.

"И Альфред, мой дорогой маленький лебедь-трубач. Моего пернатого друга. Кого из них двоих ты бы спас. Если бы ты мог спасти только одного из них?" Эриел улыбнулся, гордясь тем, что у него получились рифмы.

"Я бы спас их обоих", - сказал Альфред. "Я бы рискнул своей жизнью или умер, пытаясь это сделать".

"У тебя странное желание умереть, мой пернатый друг".

Альфред рванул в сторону Эриэля.

"Й-о-у а-р-е н-о-т м-й ф-р-и-е-н-д! Хватит играть с нами в игры. Ты собрал нас вместе. Зачем? Чтобы дразнить нас. Чтобы заставить маленькую девочку плакать. Ты не кто иной, как большой хулиган".

"Да", - сказала Лия. "Прекрати издеваться над нами".

"То, что они сказали", - добавил E-Z.

Эриел в ярости превратился из черного в красный, из черного в красный. Он пролетел через всю комнату и хлопнул кулаками по столу.

"Тебе нужна правда? Ты не можешь справиться с правдой". Он улыбнулся. "Небольшое отступление: мне нравится игра Джека Николсона в фильме "Несколько хороших парней".

Это была одна вещь, в которой и Эриел, и E-Z были согласны. Игра Николсона в этом фильме была безупречной.

"Прекрати мелодраматизировать и скажи, чего ты от нас хочешь".

"Мы уже сказали", - ответил Эриел. "Я сказал вам, что один из вас должен умереть сегодня. Я сказал вам выбрать, кто именно. Так и написано: один из вас должен умереть. Ты должен выбрать. Сейчас же".

Альфред шагнул вперед, вытянув свою лебединую шею. "Тогда это буду я".

Альфред встал на колени, его тело дрожало. Он опустил голову, словно ожидая, что архангел отрубит ее.

Вместо этого все три архангела зааплодировали. Они закружились по комнате. Они визжали так, словно были наемными клоунами, выступающими на детском дне рождения.

Через несколько минут полного безумия архангелы остановились.

"Дело сделано", - сказал Эриель.

А затем они исчезли.

ГЛАВА 18

И-Зи в своем инвалидном кресле, Лия на "Литтл Доррит" и лебедь Альфред все еще были "тройкой", парящей в небе. Они продолжали двигаться дальше на протяжении нескольких миль, пока не заметили под собой огромный металлический мост.

На карнизе балансировал молодой человек, всем своим видом показывая, что собирается прыгнуть.

E-Z достал свой телефон и собрался звонить в 911, а Альфред, не раздумывая, полетел вниз к мужчине. Он убрал телефон, и они с Лией последовали за ним.

Альфред завис рядом с мужчиной, не имея возможности говорить и быть понятым им, все, что он мог сказать, было: "Ху-ху!".

"Отойди от меня!" - крикнул мужчина, отмахиваясь от бедного Альфреда, который только пытался помочь.

Мужчина подошел ближе к краю, снял ботинки и смотрел, как они падают в реку под ним. Он наблюдал, как вода настигает их, затягивая ботинки под себя своей голодной пастью. Желая увидеть больше, он снял свою футболку, на которой по иронии судьбы было написано "The End".

Молодой человек смотрел, как его любимая футболка колышется и танцует на дне. Когда вода поглотила ее, мужчина начал петь:

"Вот я иду вокруг тутового куста.

Тутовый куст, тутовый куст.

Вот я иду вокруг тутового куста,

И все это в солнечное утро".

Альфред слышал, как он поет. Ему была знакома эта рифма. Он ждал, что тот споет еще один куплет. На самом деле ему хотелось, чтобы он спел еще. Но он боялся его потревожить. Мужчина не понял бы, даже если бы он попытался с ним заговорить.

К этому времени E-Z ждал знака от Альфреда. Наконец, он его получил - Альфред сказал ему и Лии не подходить ближе.

Альфреду хотелось, чтобы юноша понял его. Возможно, если он переместится ближе, то сможет поймать его. Он придвинулся ближе, максимально расправив крылья.

Юноша увидел его. "Лебедь", - сказал он. Затем он прыгнул.

Лебедь-трубач был крупнее обычного лебедя. Но не настолько большим, чтобы поймать человека в полный рост. Тем не менее он попытался прервать свое падение. Он поставил под угрозу свою жизнь, чтобы спасти его. Но что бы он ни делал, мужчина все равно падал, как свинцовый шар. В голодное устье реки.

Альфред, не задумываясь о себе, нырнул за ним. Как он собирался вытащить человека, никто не знал.

Некоторые говорят, что главное - это мысль. В данном случае Альфред оказался под тяжестью человека.

К этому времени E-Z завис над водой, ожидая, что либо человек, либо Альфред всплывут на поверхность, и он сможет им помочь. Ни Лия, ни малышка Доррит не умели плавать. А E-Z не мог плыть за ними ни с креслом, ни без него.

В отчаянии он полетел к берегу, ища любой признак жизни. Наконец он увидел его - что-то покачивалось на другом берегу. Он бросился туда, отнес мужчину туда, где ждала Лия, и, как только тот откашлялся, пошел искать какие-нибудь признаки лебедя Альфреда.

И тут он увидел его. Наполовину в воде, наполовину из воды. Его покачивало вместе с приливом.

"Альфред!" - позвал он, подняв голову лебедя, и тут же заметил, что у него сломана шея. Лебедь-трубач Альфред, его друг, больше не существовал. Дело Эриэля было сделано.

Лия, которая следила за каждым движением E-Z, увидела шею Альфреда и закричала "Нееееет!".

E-Z поднял безжизненное тело лебедя на свое кресло-каталку и держал его. Он тоже начал плакать.

Позади них человек, которого спас Альфред, крикнул,

"Я не умер! Это я, Альфред".

ГЛАВА 19

ЗЕМНАЯ ПАУЗА.

Птицы останавливались в середине полета. Как и самолеты. И другие летающие объекты, такие как воздушные шары и дроны. Пули переставали стрелять после того, как вылетали из патронника. Вода перестала течь через Ниагарский водопад. Жуки больше не жужжат. Воздух стоял неподвижно.

Появилась Офаниэль вместе с Эриэлем, Ариэлем и Ханиэлем. Положив руки на бедра и выставив вперед подбородок, было более чем очевидно, что она раздражена.

Вместо того чтобы заговорить, она повернулась в сторону E-Z.

Он застыл на месте, его рот был широко открыт.

Теперь она наблюдала за Лией. На щеке девушки застыла слеза. Она текла из ее старого глаза.

Теперь вернемся к E-Z. Он нес тело. Тело мертвого лебедя.

Теперь к Альфреду, который больше не был лебедем. Он принял облик человека. Утопленника.

Того самого человека, который должен был заменить его в "Тройке".

"Итак, что не так с этой картиной?" поинтересовался Офаниэль, правитель Луны и Звезд.

Никто не осмелился заговорить.

"Эриель, ты здесь главный. Сначала ты испортил тест на сцепление с И-Зи и Сэмом, выбив себя, прости за выражение, из парка.

"Теперь, по твоей глупости, лебедь Альфред завладел человеческим телом. Тело человека, который, как я тебе говорил, должен быть членом "Тройки".

"Ты знаешь, с чем мы столкнулись. Ты понимаешь, что нас ждет в будущем, если мы не наведем порядок. Ты знаешь!"

Эриел поклонился в ноги Офаниэлю, затем поднялся с земли, прежде чем заговорить. "Я произнес слова, дело сделано".

"Да, ты произнес слова, а потом не смог обеспечить выполнение задания, имбецил!"

Она зависла рядом с новым Альфредом. "Прости, но это довольно сильно усложняет ситуацию, даже для нас. Даже с нашими силами вытащить его из этого человеческого тела и вернуть в его лебединую форму будет не так-то просто. Возможно, нам придется отправить его обратно в промежуток между ними! А он этого не заслуживает. На самом деле".

Ариэль подлетела к Офаниэлю и спросила: "Могу я говорить?".

"Можешь, если у тебя есть какие-то сведения об Альфреде, которые могут помочь нам выбраться из этой передряги".

"Я знаю Альфреда лучше, чем кто-либо здесь. Он действительно согласился быть единственным, пожертвовать собой. Он бы сделал это снова, ни минуты не сомневаясь - даже если бы для него в этом не было ничего хорошего. Это огромная жертва для любого живого существа - отдать свою жизнь ради спасения другого. Кроме того, стоит учесть, сколько Альфреду пришлось страдать - и в его человеческом существовании, и в качестве лебедя. Он исключительная душа, и ему следует дать второй шанс, и третий, и четвертый, если понадобится".

Эриел насмехается: "Он должен исчезнуть, вернуться в междумирье на веки вечные. Он недостоин..."

"Я не давал тебе разрешения перебивать!" закричал Офаниэль. Чтобы он не перебивал в будущем, она застегнула его губы.

"Это правда, то, что ты говоришь, Ариэль", - сказал Офаниэль. "Альфред хорошо работает и с Лией, и с E-Z. Возможно, нам стоит дать ему второй шанс в этом новом теле. В конце концов, он не был предназначен для того, чтобы находиться в промежутке между ними. Все зависело от Хадза и Рейки. После этого мы бы сразу изгнали их в шахты. Вместо этого мы дали им еще один шанс с E-Z.

"Тем не менее, Эриел все-таки отправила их в шахты. Так что все хорошо, что хорошо кончается. Возможно, Альфред действительно заслуживает еще одного шанса. Посмотрим, что из этого выйдет, как говорят люди, играй на слух. Если все получится - отлично. Если нет, то это тело можно будет переработать, так как дух уже покинул здание".

"Спасибо", - сказала Ариэль, низко поклонившись Офаниэлю. "Большое спасибо. Я буду следить за ситуацией. Я не позволю Альфреду подвести тебя".

Офаниэль кивнул, взлетел и произнес слова:

ЗЕМЛЯ ВОССТАНАВЛИВАЕТСЯ.

Время начало тикать, и мир вернулся в прежнее состояние.

Офаниэль исчез первым, остальные трое подождали несколько секунд, прежде чем последовать за ним.

ГЛАВА 20

"Не может быть!" воскликнул E-Z, подкатываясь ближе к новому Альфреду. "Альфред, это ты? Может, это действительно ты?"

Лии не нужно было спрашивать, потому что она и так знала. Она подбежала к Альфреду и обняла его.

Альфред сказал со своим английским акцентом: "Эриель, должно быть, сделал подмену-а-ру".

Альфред, на котором была только пара джинсов, задрожал. "Хоть я и замерз, но мне очень приятно снова оказаться в теле". Он напряг мышцы и побегал на месте, чтобы согреться. Затем он сделал несколько кульбитов по лужайке, пока И-Зи и Лиа стояли и смотрели с открытыми ртами.

"Ну и выпендрежник!" сказала малышка Доррит.

Альфред, который только что заметил ее, подошел и провел рукой по ее шерсти. Она оказалась такой мягкой и теплой, что он прижался к ней.

"Это довольно странный поворот событий", - сказал И-Зи, подкатываясь ближе. "Я не знаю, что из этого следует".

"Я тоже не знаю, - сказал Альфред, - но давай обсудим это, пока мы едим? Я умираю от голода, и чизбургер, заправленный кетчупом и луком, с огромной порцией картошки фри будет как нельзя кстати".

"Подожди минутку", - сказал E-Z. "Если ты этот парень, парень, чьего имени мы даже не знаем, - то что, если кто-то тебя узнает?".

Альфред наклонился и потрогал пальцы ног. Он почувствовал кожу на своем лице. Его волосы. "Мы перейдем этот мост, когда доберемся до него". Он улыбнулся, поднял голову в направлении неба и сказал: "Спасибо тебе, Эриел, где бы ты ни была".

Самолет над их головами пронес эти слова в небе:

Once again unto the breach, dear friends.

"Это довольно странная фраза для надписи в небе", - заметила Лия. "Кто-нибудь из вас знает, что она означает?"

E-Z покачал головой: "Я могу погуглить". Он достал свой телефон.

"Не нужно", - сказал Альфред. "Это из Шекспира, приписывается королю Генриху. Буквально это означает: "Давай попробуем еще раз", и я полагаю, что это было сказано во время битвы. Так что я предполагаю, что это послание от моей Ариэль, дающее мне знать, что мне дан еще один шанс". Слезы навернулись ему на глаза.

И-Зи с подозрением отнесся к такой перемене событий. Он был рад, что Альфред все еще с ними, но ему было интересно, какой ценой. "Я волнуюсь", - признался E-Зи.

Лия ответила, что тоже.

"А, не волнуйся. Если Ариэль прислала мне это сообщение, значит, она на нашей стороне. Кроме того, человек, в чьем теле я нахожусь, - он больше не хотел этого. Я пытался спасти его, но он все равно прыгнул. Возможно, это судьба, чтобы я помог тебе в твоих испытаниях E-Z. Что бы это ни было, я приму это. Я выложусь на полную. Это после того, как я буду в рубашке и ботинках".

"Интересно, какие у тебя сейчас способности, Альфред. Я имею в виду, остались ли они у тебя, или у тебя есть другие способности. Или вообще никаких. Раз уж ты снова стал человеком", - спросила Лия.

Альфред почесал свою светловолосую голову. "Ну, я не знаю. Единственное, что здесь нуждается в лекарстве, - это мое бывшее лебединое тело. Я не хочу рисковать, если вылечу его, то снова окажусь в нем".

"Справедливо", - сказала Лия. "Но мы же не можем оставить там твое прежнее лебединое тело, верно? Мы должны его похоронить".

Пока они смотрели на безжизненное тело, оно растворилось в воздухе.

"Что ж, это решает проблему", - сказал E-Z.

"Мне кажется, что я должен сказать несколько слов в честь кончины моего старого тела. Никто не против?"

И E-Z, и Лиа склонили головы.

Альфред прочитал отрывок из поэмы лорда Альфреда Теннисона под названием:

"Умирающий лебедь":
Равнина была травянистой, дикой и голой,
Широка, дика и открыта для воздуха,
Который повсюду воздвиг
Под крышей тоскливой серости.
С внутренним голосом бежала река,

А по ней плыл умирающий лебедь,
И громко причитал.

Тут Альфред стал ху-ху-ху и ху-ху-ху, пока слезы не наполнили все их глаза, пока стихотворение продолжалось:

Была середина дня.
Вечно усталый ветер гулял,
И уносил с собой тростниковые верхушки.
Они стояли вместе в тишине.

Затем Лия сказала: "Теперь давай найдем тебе свежую и сухую одежду, а потом мы все вместе пойдем в бургерную. Я тоже хочу есть и пить".

И-Зи покачал головой. "Немного еды было бы неплохо, но я все еще подозреваю Эриел. Что-то здесь не сходится".

"Возможно, мы разберемся с этим - как только поедим! Веди меня в рай для чизбургеров".

Они начали двигаться по променаду набережной. Некоторое время они продолжали идти. Прежде чем поняли, что заблудились.

"Я отличный навигатор", - сказала единорожка Литтл Доррит, слетев вниз, чтобы поприветствовать их. "Забирайтесь на борт Альфред и Лия. И-Зи вы можете следовать за мной".

Альфред потянулся в карман джинсов и достал бумажник. Внутри он обнаружил несколько купюр и удостоверение личности тела, в котором он сейчас находился. Молодого человека звали Дэвид, Джеймс Паркер, ему было двадцать четыре года. Он протянул водительские права.

"Отличная фотография", - сказала Лия.

"Да, я довольно симпатичный".

"О, брат", - сказал E-Z, проталкиваясь вперед.

Вверх, вверх в воздух взлетели пассажиры Литтл Доррит. E-Z следовал за ними, пока не понял, где находится. Он решил попросить, чтобы к его инвалидному креслу добавили GPS. Жаль, что они не подумали об этом, когда модифицировали его.

После спуска последовал быстрый заход в магазин подержанных вещей. Теперь Альфред был одет в новую футболку, джинсы, кроссовки и носки. Затем последовала короткая очередь, после чего начался заказ еды.

Малышка Доррит не стала мешать, а троица принялась за еду. Все они были очень голодны.

Альфред издавал воркующие звуки, которых было слишком много, чтобы описать их в деталях. Закончив есть, они высыпали мусор в соответствующие корзины. И отправились домой.

Когда они были почти у цели, Альфред окликнул E-Z: "Нам нужно поговорить!".

"А это не может подождать, пока вы приземлитесь?" спросила малышка Доррит. "После того как я закончу здесь, мне нужно будет куда-то сходить, увидеть людей".

"Как грубо", - сказал И-Зи. "Продолжай, Альфред, или Дэвид, или как там тебя теперь зовут".

"Именно об этом я и хотел с тобой поговорить", - сказал Альфред. "Как ты собираешься объяснить мое превращение дяде Сэму и Саманте? Дядя Сэм и Саманта, познакомьтесь, это Альфред - лебедь-трубач. Теперь его зовут Дэвид Джеймс Паркер. Благодаря телу, в которое он вселился и в котором сейчас пребывает. С тех пор как молодой человек, который был предыдущим владельцем этого тела, покончил жизнь самоубийством. На мосту Джонс-стрит".

"О боже", - сказал E-Z. "Это стопроцентная правда, как мы ее знаем, но мы не можем сказать им правду".

"Моя мама упала бы в обморок, если бы мы это сказали. Почему бы нам не рассказать им, что лебедь Альфред улетел на юг? За более солнечной погодой. Или что он встретил свою вторую половинку? Тогда мы сможем представить Альфреда как Ди Джея, что звучит гораздо дружелюбнее, чем Дэвид Джеймс".

"Ты гений, - сказал E-Z, - хотя, поскольку моего друга зовут ПиДжей, все может немного запутаться с диджеем и ПиДжеем. Что скажешь, Альфред? У тебя есть предпочтения?"

"Мне не нравится Диджей. Это звучит слишком обыденно. Я бы предпочел, чтобы меня называли Паркером. Дворецкий Паркер был одним из моих любимых персонажей в "Громовержцах"".

"Значит, Паркер", - закончил говорить E-Z, когда Лия испустила крик, а Альфред упал в обморок - их дома больше не было. Сгорел дотла.

ГЛАВА 21

"О нет!" воскликнул И-Зи, подбегая к горящим останкам. "Я должен найти дядю Сэма и Саманту. Я просто должен".

Его кресло зависло над останками; все было черным, обугленным. Неразличимое месиво разрушения без малейших признаков человеческой жизни. Единичные предметы были пропитаны водой. Среди погасших углей то тут, то там поднимались прерывистые дымовые сигналы.

И-Зи поднял в воздух кулаки. "Иди сюда, Эриел, ты, гаргантюанский..."

"Летающий болван!" Паркер закончил оскорбление.

Лия попыталась всех успокоить.

"Почему ты должен был это сделать? Почему? Почему?" рыдал E-Z.

Лия упала на землю. Она положила голову на колено И-Зи, и Паркер обнял ее как раз в тот момент, когда позади них с визгом остановилась машина.

Две двери вылетели наружу: Сэм и Саманта.

Они бежали и прижимались друг к другу, словно никогда не ожидали увидеть друг друга снова. Каждый пролил слезу-другую, прежде чем они разошлись.

Когда они поняли, что в групповом объятии участвует незнакомый им мужчина.

Незнакомец был высоким мужчиной, который без проблем получил бы место в составе "Рэпторс", если бы был моложе. Он был одет с ног до головы в темно-черный костюм в полоску и подходящие к нему туфли.

Расстегнутые пуговицы его пиджака открывали черный костюм из блестящей ткани, возможно, шелка.

Его иссиня-черные глаза и развевающиеся на ветру локоны контрастировали с цветом лица цвета плюща. Он напоминал нечто среднее между гробовщиком и фокусником.

Он протянул руку: "Привет, я страховой парень Сэма".

Дядя Сэм объяснил, что они с Самантой вышли перекусить. Увидев выражение лица И-Зи, он оправдался: "Она не выспалась из-за смены часовых поясов". Саманта и Сэм обменялись взглядами и кивнули. "Саманта и я..."

"О, мама!"

сказал И-Зи: "Саманта и дядя Сэм сидят на дереве, к-и-с-с-и-н-г".

"Прекрати", - сказал Паркер. "Ты ставишь их в неловкое положение".

Все взгляды были устремлены на парня из страховой компании. Его звали Реджинальд Оксворти. Он разговаривал по телефону. Кричал. "Что ты имеешь в виду, когда говоришь, что он не соответствует требованиям?"

"О нет!" сказал Сэм.

"Он наш клиент уже много лет, сначала, когда жил в другом штате, а с тех пор переехал сюда. На него распространяется страховка, я в этом уверен". Последовала пауза. "Что ж, посмотри еще раз!" Он захлопнул телефон. "Прости меня за все это".

Сэм подошел ближе, и все остальные последовали за ним. "В чем именно проблема?"

"О, так сказать, не проблема".

"По мне, так это точно проблема", - сказала Саманта. Остальные кивнули.

Оксворти прочистил горло. "Я сказал им, чтобы они еще раз проверили твой полис. Дай мне", - зазвонил его телефон. "Одну секунду", - сказал он, отходя от них. Они шли за ним, как группа футболистов в обнимку, прислушиваясь к каждому его слову. "Э-э, да. Точно. Значит, они подтвердили это. Ничего страшного, бывает".

Он улыбнулся в сторону Сэма, а затем показал ему большой палец вверх. Он отошел от свиты и продолжил свой разговор.

Они стояли, сбившись в кучу, и смотрели на то, что осталось от их дома. Дома, в котором И-Зи прожил всю свою жизнь. Что будет теперь? Неужели им придется все отстраивать заново на этом месте? Новый дом, без истории и смысла. Новый дом, который никогда не станет для него домом. И никогда не станет местом, куда могли бы приходить призраки его родителей, если бы они существовали.

Оксворти направился к ним. "Ну что ж. Я прошу прощения за задержку. Но ваша бронь в отеле подтверждена. Мы можем приступать. Заселяйся, когда будешь готов".

"Спасибо", - сказал Сэм. "Уже есть идеи, что стало причиной пожара?"

"После предварительного расследования они на девяносто процентов уверены, что взрыв был вызван утечкой газа. Но сейчас не беспокойся об этом. Твой полис покрывает все расходы на проживание в отеле. Я забронировал для тебя три номера. Этого должно хватить, не так ли?"

"Должно хватить", - сказал Сэм. "Спасибо, Редж".

"Твой полис также покрывает расходы: на замену вещей, предметы первой необходимости, еду. В отеле тебе не придется платить ни цента. За любые покупки присылай мне чеки. Сделай копии, а оригиналы оставь себе. Я прослежу, чтобы тебе все возместили".

Сэм и Оксворти пожали друг другу руки.

"Кого-нибудь нужно подвезти до отеля?" спросил Оксворти, и Лия с Самантой забрались на заднее сиденье его черного "Мерседеса".

E-Z и Паркер сели в машину дяди Сэма.

"Кажется, нас не представили друг другу", - сказал дядя Сэм, протягивая руку Паркеру, который сидел на заднем сиденье.

"Счастлив познакомиться", - ответил Паркер.

"О, ты тоже британец", - сказал дядя Сэм. "Кстати говоря, а где Альфред?".

И-Зи покачал головой. "Я объясню утром. А ты можешь продолжить то, что собирался рассказать нам, о себе и Саманте".

"Справедливо", - сказал Сэм, посмотрев в зеркало заднего вида и убедившись, что Паркер крепко спит. Он включил машину и помчался прочь.

"У всех нас был довольно насыщенный день", - сказал E-Z.

"Это ты мне говоришь".

Прости, Эриел, что свалил все на тебя, - подумал E-Z. Хотя задняя часть его сознания подсказывала, что присяжные еще не определились.

ГЛАВА 22

Приехав в отель, все заселились в свои номера, запланировав встретиться позже, чтобы поужинать в 18:00.

У дяди Сэма была отдельная комната, но между его комнатой и комнатой племянника была смежная дверь. Паркер тоже поселился в комнате И-Зи, а Лия и ее мать делили комнату несколькими дверями ниже.

Обустроившись, Лия и Саманта решили пройтись по магазинам в поисках самого необходимого. Первоочередной задачей была новая одежда, так как все, что они взяли с собой, пропало при пожаре.

"А как же наши паспорта?" спросила Лия.

"Хорошо, что я всегда держу их с собой в сумочке".

"Фух!" Вдвоем они зашли в дизайнерский магазин и сразу же начали примерять последние новинки североамериканской моды.

"Это должно быть очень весело, ведь страховая компания платит за все!" воскликнула Саманта через стену своей дочери, находившейся в соседней комнате для переодевания.

"Нет ничего, что мы любили бы больше, чем поход по магазинам!" сказала Лия. "Я точно куплю это, и это, и это".

✱✱✱

Вернувшись в отель, Паркер похрапывал на кровати. И-Зи катался по комнате, думая о своем потерянном компьютере. Хорошо, что он не слишком далеко продвинулся в своем романе "Татуировка ангела", но больше всего его волновали вещи родителей. Он не мог поверить, что они все - исчезли. Не помогало и то, что он не смотрел на них ужасно долгое время. Но почему он винил себя? Страховщики сказали, что причиной была утечка газа. Они сказали, что уверены в этом на девяносто процентов. Почему он продолжал чувствовать, что во всем виноват он сам, ведь он мог остановить это, остановить Эриел, когда у него был шанс.

Сэм просунул голову в комнату. "Вы двое в порядке?"

Паркер потянулся.

"Да, мы приличные. Заходи".

"Я собираюсь спуститься в магазины, чтобы купить кое-что необходимое. Вы двое хотите дать мне список того, что вам нужно, или вы хотите присоединиться ко мне?"

"Если речь идет о еде - я в деле!" сказал Альфред.

"Ты всегда голоден!"

"Что я могу сказать, я уже давно питаюсь только травой".

И-Зи поймал взгляд Сэма и сделал вид, что закуривает воображаемую сигарету.

Дядя Сэм насмешливо хмыкнул, удивляясь, откуда его племянник в тринадцать лет знает о таких вещах. Чтобы сменить тему, они заперли свои комнаты и направились по коридору.

"Куда именно мы идем?" спросил И-Зи.

"Правильно, мы нечасто ходим за покупками в город. Здесь есть потрясающий торговый центр, в который я хотел попасть с тех пор, как переехал сюда. Это недалеко, и я подумал, что мы могли бы поболтать по дороге".

"Ты можешь рассказать нам, что произошло?" спросил Паркер.

"Да, как вы с Самантой так быстро переспали?" спросил E-Z.

"Хммм", - ответил Сэм.

"Я имел в виду пожар", - сказал Паркер, бросив на E-Z косой взгляд через плечо.

Они подъехали к магазину. Паркер и Сэм вошли через вращающиеся двери, а E-Z воспользовался кнопкой открывания двери, чтобы войти.

Оказавшись внутри, Паркер нагнулся, чтобы зашнуровать ботинки. E-Z снял с вешалки нарядную джинсовую куртку и примерил ее. Он покрутился перед зеркалом, чтобы проверить, как сидит. "Выглядит неплохо".

Сэм подошел, чтобы оценить ситуацию: "Согласен, это точная посадка. Выглядит так, будто его сшили для тебя".

"А ты что думаешь, Альфред?"

Сэм сделал двойной дубль. Паркер ответил: "Может, хватит называть меня Альфредом! Кто вообще был этот Альфред?".

"Э-э, извини, это британский акцент. У него он тоже был. Альфред был, ну, нашим другом".

Сэм вернулся к разглядыванию одежды. Он наполнял корзину нижним бельем и туалетными принадлежностями.

"Что ты думаешь, Паркер?"

Он пересек пол, чтобы рассмотреть все поближе. "Она хорошо сидит. Думаю, тебе стоит его купить. Но будет обидно, когда у тебя лопнут крылья и оно испортится".

Мимо проходил Сэм, и E-Z бросил куртку в его корзину. "Думаю, вам, ребята, тоже стоит купить что-нибудь самое необходимое, например, нижнее белье. Если, конечно, вы не собираетесь ходить коммандос".

"Фу!" воскликнул E-Z.

"О, я знаком с этой фразой. Ее происхождение, я совершенно уверен, находится в Великобритании".

"Теперь я понимаю, почему мой племянник продолжает называть тебя Альфредом. Именно так он бы и сказал".

И-Зи на секунду уставился на Паркера. Затем последовал за дядей по пути к кассе, где остановился, примерил шляпу и бросил ее в корзину.

"Так, куда же делся Паркер?" - спросил он. Сэм продолжал рассматривать булавки для галстуков, а E-Z сканировал магазин в поисках своего пропавшего друга.

Паркер неподвижно стоял посреди четвертого прохода с поднятой правой рукой и опущенной левой. Выражение его лица было безошибочно похоже на зомби.

"О, нет!" сказал E-Z, подкатывая к нему. "Э-э, Паркер", - прошептал он. "В чем дело? Тебе лучше поберечься, а то кто-нибудь спутает тебя с манекеном".

Паркер оставался неподвижным.

"Выкрутись", - сказал E-Z, ударив Паркера своим стулом. Тело Паркера накренилось, а затем опрокинулось. E-Z схватил его как раз вовремя, удерживая за заднюю часть рубашки. Он попытался выпрямить друга, чтобы тот не выглядел таким скованным и похожим на манекен, но это оказалось нелегкой задачей.

Дядя Сэм поспешил на помощь. "Что с Паркером?"

"Не знаю. Нам нужно вытащить его отсюда".

"Он принимает наркотики? У него странное выражение лица, как будто он увидел призрака или что-то в этом роде".

"Нет, никаких наркотиков, разве что немного травки время от времени. А призраков не бывает - не говоря уже о том, что сейчас день. Может, я смогу перевезти его на своем стуле? Нужно вытащить его отсюда, пока кто-нибудь не заметил и не вызвал полицию".

"Согласен. Не знаю, какую причину они дадут полиции, если вызовут их. В нашем магазине есть парень, который имитирует манекен! Приезжай скорее".

"Забавно", - сказал E-Z. "Ты иди и проверяй, а я останусь здесь. Давай подумаем, как нам выпроводить его отсюда, не привлекая лишнего внимания".

Дядя Сэм пошел расплачиваться, а E-Z остался с Паркером. У покупателей, идущих по проходу, были проблемы с тем, чтобы пробраться внутрь и обойти их. E-Z катил свой стул то влево, то вправо, чтобы уместить покупателей.

В конце концов, когда покупателей стало сразу несколько, он прижал Паркера к стене. Тот, по крайней мере, был в стороне от дороги. Затем сел в ожидании Сэма.

"Мы здесь!" воскликнул E-Z, заметив его.

"Почему он стоит лицом к стене? И что вы делаете здесь?"

"Там было много покупателей, а мы мешали. Ты подумал, как мы можем его отсюда вытащить?"

"Да, я собираюсь взять одну из этих плоских тележек", - сказал Сэм.

"А почему бы не взять тележку?" спросил E-Z. "Меньше бросается в глаза".

"Мы никогда не сможем затащить его в тележку. Разве что ты захочешь достать свои крылья, поднять его и опустить в нее".

"Мне нужно подумать". Через несколько минут он понял, что взять бортовую машину - лучшая идея. "Да, возьми бортовую машину, и я помогу тебе засунуть его в нее. Как только мы выйдем из магазина, я смогу отвезти его обратно в отель. Единственной проблемой будет то, что когда я приеду туда, что с ним потом делать".

"Мы решим это, как только выйдем из магазина". Сэм отправился за тележкой. Вместо нее он вернулся с бортовой платформой. Это оказался лучший вариант. Они легко затащили Паркера на нее и отправились обратно в отель.

"Давай пойдем обратно пешком, медленно и уверенно", - сказал E-Z. "В конце концов, мне не нужно лететь. Мы сделаем это спокойно, поднимемся к себе в номер и положим его на кровать".

"Потом я верну бортовой, мне пришлось пообещать, что я лично верну его".

"Звучит как план. Упс."

Группа покупателей занимала почти весь тротуар. Они остановились, чтобы пропустить их, затем снова продолжили свой путь и вскоре вернулись к отелю.

Как только они оказались внутри, платформа не поместилась в обычный лифт, поэтому им пришлось воспользоваться служебным лифтом. Для этого пришлось убедить, то есть подкупить, консьержа. Как только деньги перешли из рук в руки, он даже помог им вытащить платформу из лифта. Он также предложил вернуть ее в магазин, когда они закончат. Предложение, от которого Сэм вежливо отказался.

Теперь, за пределами комнаты E-Z и Паркера, лифт открылся, и из него вышли Лия и ее мать. Каждая из них несла многочисленные сумки, когда они заметили парней и бортовой автомобиль.

"О, нет! Что случилось?! спросила Лия.

"Не знаю", - ответил E-Z. "Он сделал забавный поворот".

"Давайте занесем его внутрь", - сказал Сэм.

Уложив сумки, девушки помогли E-Z и Сэму затащить Паркера на кровать.

"Может, на него наложено заклятие?" предположила Лия.

"Это довольно странное предположение для тебя", - сказала Саманта. "Ты слишком часто смотришь повторы "Зачарованных"".

Лия рассмеялась. "Да, он был одним из моих любимых. Я имею в виду предыдущую версию, ту, что с девушкой из "Кто в доме хозяин"".

"Приятно знать, что в Нидерландах ты тоже смотришь канал oldies", - сказал E-Z. Затем он придвинулся ближе к Паркеру. "Погоди-ка. Он еще дышит?"

Они наблюдали за тем, как поднимается и опускается грудная клетка Паркера. Этого не происходило.

"Проверь сердцебиение - или пульс", - предложила Саманта.

"Сердцебиение есть", - сказала Сэм. "И он дышит, но нерегулярно".

Саманта наклонилась и пощупала лоб Паркера. "О, Боже, он горит от жара!"

"Принеси лед!" крикнул Сэм, а затем, следуя собственному приказу, выбежал в коридор с ведром льда на буксире.

"Может, стоит вызвать врача?" спросила Саманта.

ГЛАВА 23

"Я согласна с мамой. Нужно вызвать скорую, а может, в отеле остановился врач", - сказала Лия.

E-Z скорчил гримасу, передавая Лии сообщение - нам нужно избавиться от дяди Сэма и твоей мамы.

Вернулся Сэм с ведром льда. "Нужно затащить его в ванну". Они с Самантой начали поднимать Паркера.

"Подожди!" сказала Лия. "Эм, Сэм и мама, почему бы вам двоим не пойти и не принести много-много льда? Нам ведь нужно наполнить ванну, прежде чем класть его в нее, верно?"

"Э-э, по-моему, они пытаются от нас избавиться", - сказал Сэм.

"Извини", - сказал E-Z. "Можешь дать нам несколько минут, чтобы мы попытались разобраться в ситуации с Паркером?"

Саманта и Сэм кивнули, а затем вышли из комнаты.

E-Z произнес магические слова, которые вызвали Эриель:

Рох-Ах-Ор, А, Ра-Ду, ЕЕ, Эль.

Но архангел по-прежнему не появлялся. То, что его игнорируют, раздражало E-Зи до крайности, ведь он знал, что за ним постоянно следит Эриел.

Лия попыталась связаться с Ханиэлем, но не получила ответа.

И-Зи и Лиа не знали, что делать, когда сердце Паркера замедлило свой стук и почти полностью остановилось.

Без вызова и фанфар прилетела Ариэль. Она подлетела прямо к Паркеру. Она положила свои руки ему на лоб. Они наблюдали, как капли слез падали из ее глаз и оседали на его щеках. Она припевала, напевая тихую песню, и ждала. Когда он не пошевелился и не пришел в сознание, она повернулась, чтобы уйти. Но перед тем как уйти, она простонала: "Его больше нет". И через несколько секунд она тоже ушла.

Даже несмотря на то, что они находились на 45-м этаже, и даже несмотря на то, что Альфред/Паркер был мертв. И снова. И-Зи поднял его с кровати и отнес к окну. Он оглянулся на Лию через плечо.

Она плакала, когда он и Паркер падали.

Падали, падали. Пока у E-Z не появились крылья инвалидного кресла. Они полетели, он и Альфред, он и Паркер. Они оба были одинаковыми. Двое по цене одного.

Поднимаясь все выше и выше, он начинал бредить. Металлические части его кресла становились все более горячими.

Он боялся, что они самовоспламенятся.

Он должен был все исправить. Он просто должен был это сделать. Он должен был найти Эриель.

Инвалидное кресло начало биться в конвульсиях, в результате чего E-Z и Альфред/Паркер упали.

Они приземлились без кресла в бункер, где E-Z прижался к безжизненному телу своего друга.

Прошло совсем немного времени, как появился Эриел и, зависнув в воздухе перед ними, воскликнул: "Я же говорил тебе, что это случится. Я сказал тебе, и он согласился. Сделка была заключена".

E-Z знал, что это правда, и все же. "Почему же тогда ты дал ему надежду и к чему эта цитата из Шекспира о том, чтобы дать ему второй шанс?"

Эриел посмотрела на хромое тело, которое держал E-Z. "Это было не по моей воле".

"Тогда с кем мне нужно поговорить?" спросил E-Z. "Приведи его ко мне. Бог или тот, кто за него отвечает. Я требую встречи с ним!"

ГЛАВА 24

Эриель хмыкнул, а затем исчез.

Остались E-Z и Альфред/Паркер. Имя Паркер было для него ничем и никем. Альфред был его другом, и теперь, когда его не стало, он собирался запомнить его как Альфреда и только Альфреда.

Ожидание чего-то и одновременно ничего. E-Z обнял своего мертвого друга, желая, чтобы он снова ожил.

"Хочешь напиток?" - спросил голос в стене.

"Я бы хотел, чтобы мой друг снова был жив. Можешь ли ты снова вернуть его к жизни? Можешь ли ты помочь мне спасти его?"

"Пожалуйста, оставайтесь на месте".

PFFT.

Успокаивающий аромат лаванды наполнил воздух. Он погрузился в состояние, похожее на сон, где заново переживал воспоминание, которое менялось и менялось в соответствии с его нынешней ситуацией.

Там были мать и отец E-Z, живые и здоровые, но помолодевшие. Они возвращались из больницы на машине, которую он никогда раньше не видел. Его отец Мартин поспешил покинуть водительское сиденье, чтобы помочь матери Лорел выйти из машины.

Вместе они потянулись на заднее сиденье и достали оттуда кресло для младенца. Они с любовью посмотрели на сидящего в нем малыша, который крепко спал.

"Он похож на своего старшего брата", - сказал Мартин.

"Да, E-Z всегда засыпал в машине", - согласилась Лорел.

"Заходи внутрь", - ворковал Мартин.

"И познакомься со своим старшим братом", - сказала Лорел, когда младенец ненадолго открыл глаза, а затем снова заснул.

И-Зи, который смотрел в окно, со своим дядей Сэмом рядом. Ему хотелось выйти наружу и поприветствовать своего нового младшего брата или сестру.

"Подожди, пока они войдут в дом", - сказал дядя Сэм.

"Хорошо", - отозвался семилетний И-Зи, прижавшись лицом к окну, зажатому в двух его руках.

Входная дверь открылась, "Мы дома!" - позвала его мама Лорел.

E-Z побежал к входной двери, где его обняли мать и отец. Они присели на корточки, чтобы представить нового члена семьи Диккенсов.

"Он такой маленький", - сказал И-Зи.

"Он - это он", - сказал его отец.

"Оу".

"Хочешь подержать его?" - спросила его мама.

"Хорошо", - сказал E-Z, протягивая руки, чтобы мама могла положить в них его маленького брата. "Но я не хочу его будить. Он не будет против?"

"Нет, он не проснется", - сказала Лорел.

"Если и проснется, то только потому, что захочет познакомиться со своим старшим братом".

"А у него есть имя?" спросил И-Зи, взяв новорожденного на руки и прижав его голову.

"Пока нет, а ты хотел бы дать ему имя?" - спросила его мама. "Хорошо, держи его за шею, просто так… очень хорошо. Как ты научился это делать? Ты такой хороший старший брат".

"Отличная работа, приятель", - сказал его отец.

И-Зи посмотрел вниз, в лицо синички, и сказал: "По-моему, он похож на Альфреда".

Слезы катились по щекам E-Z, когда два мира столкнулись. В одном он держал на руках своего младшего брата по имени Альфред. В другом - мертвое тело Альфреда в бункере.

"Время ожидания теперь семь минут", - сказал голос в стене.

"Семь минут", - повторил E-Z.

Он думал об Альфреде, о его способностях. О том, как он мог исцелять другие формы жизни, включая людей. Ему стало интересно, исцелил ли Альфред этого юношу. Сделал ли он сам подмену? Было бы это возможно?

"Альфред", - сказал E-Z. "Альфред, ты меня слышишь?". Он тряс тело своего друга. "Альфред!" - повторял он снова и снова, надеясь, что его друг хоть как-то его слышит.

Когда часы на стене начали отсчитывать время, появилась Ариэль. "Ты не можешь так обращаться с телом. Это позор". Она расправила крылья и пошла поднимать хромое тело Альфреда из рук И-Зи, намереваясь унести его.

"Нет!" сказал E-Z. "Ты не получишь его".

Ариэль покачала крыльями, а затем указательным пальцем в сторону E-Z.

"Альфред покинул здание, ты держишь кожу, костюм, который удерживал его. Альфред сейчас там, где ему и положено быть. Отпусти его тело".

E-Z сел. Если бы Альфред был где-то со своей семьей, если бы это было правдой, тогда да, он бы отпустил его. А пока он держался.

"Где именно он находится? Он со своей семьей?"

Ариэль порхала рядом, удивительно близко, почти сидя на носу И-Зи. "Этого я не могу сказать".

"Тогда я его не отпущу".

"Отлично", - сказала Ариэль. Она надулась и исчезла.

Над ним в бункере появились две фигуры - мужчина и женщина. Они двинулись к нему и поплыли вниз. Все ближе и ближе.

Он потер глаза. Неужели ему снова снится сон? Это были его мать и отец. Мартин и Лорел. Ангелы, пришедшие поприветствовать его. Он покачал головой. Это не могли быть они. Не могло быть. Он мечтал о них - о том, как они привезут домой младшего брата. Теперь они были здесь, с ним в бункере. Ясно как день - но неужели он все еще спал? Видел сон?

"И-Зи", - сказала его мать. "Этот человек, твой друг Альфред, мертв. Ты должен отпустить его и продолжить свою работу. Ты должен завершить испытания, а время идет. У тебя заканчивается время".

Отец И-Зи Мартин сказал: "Только так мы сможем снова быть все вместе".

"Но они солгали ему", - сказал E-Z. "Они сказали ему, что он будет со своей семьей. Теперь он не может быть со своей семьей, не так. Откуда мне знать, что они не врут мне, что будут с тобой? Откуда мне знать, что ты не манипуляция Эриэля, чтобы заставить меня выполнить его просьбу?"

"Кто такой Эриел?" - спросила его мать.

"Мы не знаем Эриэля", - ответил его отец.

Это не имело никакого смысла. Это было место Эриэля. Знали они его или нет, не имело значения, он был ответственен за то, что они здесь. Он знал, как задеть сердечные струны Э-Зи. Он знал, как заставить его сделать то, что он хотел.

Чего именно он хотел? И почему он использовал своих родителей, чтобы добиться этого? Это было бесстыдно. В воздухе над ним висели его родители, включая и выключая свои улыбки, словно они были марионетками. Именно тогда он точно понял, что эти два призрака, или кем они там были, вовсе не его родители. Они были плодом его воображения или, возможно, Эриель. Чего он не мог понять, так это почему. Почему им так жестоко и бессовестно манипулируют?

"Проснись, E-Z!"

Он снова был в своей постели. В своем доме.

Он перевернулся и снова заснул... и снова приземлился в бункер - снова.

ГЛАВА 25

Три штуки, похожие на силосы, летали по комнате, словно играли в игру "Следуй за лидером".

Это были не силосные башни. Это были настоящие места вечного упокоения, называемые Ловцами душ.

Каждый раз, когда живое существо погибало, при условии, что тело, в котором оно жило, было рождено с душой, которая однажды будет жить дальше. Ловцов душ было много, слишком много, чтобы их можно было сосчитать. Их число было намного больше, чем мы, люди, можем постичь. Больше, чем гуголплекс, который является самым большим из известных чисел.

Когда прибыл E-Z, его, как и прежде, поместили в ожидающий его ловец душ.

Следующим прибыл Альфред, его тело, все еще мертвое, было помещено в ловушку для душ.

Последней прибыла Лия, все еще спящая, в свой ловец душ.

Прошло совсем немного времени, и E-Z начал чувствовать клаустрофобию.

"Не хочешь ли ты выпить?" - спросил голос в стене.

"Нет, спасибо", - ответил он, барабаня пальцами по рычагу своего кресла-каталки, когда появился ангел. Новый ангел, которого он раньше не видел.

Этот ангел был женщиной. Она была одета в струящееся черное платье и шапочку - как будто участвовала в церемонии вручения дипломов. На ее строгом лице красовалась пара очков. Похожие на те, что носила Мэрилин Монро на плакате в кафе. Разница заключалась в том, что эти оправы пульсировали красной жидкостью, напоминающей кровь.

"E-Z", - сказала она дрожащим громким голосом. Ее голос отдавался эхом. "Добро пожаловать обратно в свой Soul Catcher".

"Ловец душ?" - спросил он. "Так вот как называется эта штука? По мне, так она больше похожа на бункер. Так что же все-таки такое Ловец душ?"

"Это место вечного упокоения душ", - сказала она, словно уже миллион раз отвечала на один и тот же вопрос.

"Но разве это не для тех, кто умер? Я же не умер". Он очень надеялся, что не умер!

"Подожди!" - крикнула она.

И снова стены задрожали, когда она заговорила. И его зубы тоже вибрировали. Настолько, что он предпочел бы оказаться на улице в снегу, а потом услышать, как она произносит еще одно слово.

"Я не говорила тебе, что сейчас время вопросов и ответов. Как я вижу, ты успешно прошел большинство испытаний. Хотя Альфред помогал тебе в испытании номер два. Как ты знаешь, несанкционированная помощь не допускается".

И-Зи открыл рот, чтобы защитить Альфреда, но лишь снова закрыл его. Он не хотел рисковать, чтобы она снова повысила голос. Ему очень хотелось, чтобы там сделали погромче. Но, опять же, это было место для душ. Может быть, души предпочитают холодное хранение.

ТИК-ТАК.

Теперь одеяло было накинуто на его плечи.

"Спасибо".

"Ты прав, когда ты умрешь, твоя душа будет покоиться здесь. Или покоилась бы здесь, если бы мы позволили тебе умереть. Но мы сохранили тебе жизнь. У нас были на то веские причины. Однако все изменилось. Это не сработало. Поэтому мы хотели бы расторгнуть нашу первоначальную сделку".

"Что значит расторгнуть? Да у тебя просто наглость какая-то! Пытаться аннулировать соглашение, да еще только потому, что я ребенок? Существуют законы, запрещающие детский труд. Кроме того, я делал все, что от меня требовалось. Конечно, мне пришлось учиться всему на ходу. Но сквозь толщу и пучину я справился. Я выполнил свою часть сделки, и ты должен выполнить свою".

"О да, ты сделал то, что от тебя требовалось. В этом-то и проблема - тебе не хватает инициативы".

"Не хватает инициативы!" воскликнул E-Z, с силой ударив кулаками по подлокотникам своего кресла-каталки. "Соглашение заключалось в том, что ты посылаешь мне испытания, а я придумываю, как их победить. Я спасал жизни. Ты не можешь менять правила на полпути игры".

"Верно, таково было первоначальное соглашение. Потом у Хадза и Рейки что-то пошло не так - они забыли стереть разумы, например, и Эриэлю пришлось вмешаться".

"Он посылал мне испытания, я их выполнял. Я даже победил его на дуэли".

"Да, победил. Я попросил его проверить связи между тобой и твоим дядей Сэмом".

"Проверить нас?"

"Да. Архангел не должен создавать испытания для ангела, проходящего обучение. Из-за твоей безынициативности Эриэлю пришлось вмешиваться в процесс больше, чем следовало".

"Подожди минутку! То есть ты хочешь сказать, что я должен был пойти и найти свои собственные испытания? Почему никто не рассказал мне об этих требованиях?"

"Мы надеялись, что ты сам догадаешься. Были подсказки. Подсказки об общей картине. Общие черты. Мы надеялись, что если у тебя есть другие, с кем можно обсудить испытания. Испытания, которые ты уже прошел. Что ты поймешь суть проблемы. Придете к одному и тому же выводу.

Поможете нам. Может быть, даже победите ее - без того, чтобы мы кормили вас с ложечки. Мы предоставили тебе все возможности, но ты не сделал этого. Так что мы пойдем другим путем".

"Общности? Я могу понять, что ты имеешь в виду".

"Если ты разберешься и примешь вариант с супергероем... Это сработает. Лишь бы все было кристально ясно. У тебя была полная картина. Знал все риски".

"Значит, мы все равно будем командой? Почему бы тебе не рассказать об этом по буквам? Не упростишь мне задачу?"

"В прошлом, несмотря на то что твои компаньоны были наделены способностями, которыми ты не обладал, ты не использовал их. Вместо этого вы втроем сидели, теряли время и ждали, когда все произойдет.

Разве тебе не показалось странным, когда Эриел появился в парке развлечений? Он поднимал профили Тройки. Это не работа архангела. Это твоя работа".

Он покачал головой. "Я не был на сто процентов уверен, что это был Эриел, пока он не назвал себя в конце. До этого у меня были подозрения. Кто еще мог одеться как Авраам Линкольн?

"Кроме того, я думал, что никому не суждено узнать. До этого момента я считал, что испытания - это тайна. Я боялся нарушить наш с тобой договор. Офаниэль сказал, что если я кому-нибудь расскажу, то потеряю возможность снова увидеть своих родителей. Я следовал правилам, установленным для меня. Мне кажется, ты не понимаешь концепции честной игры".

"Это не игра. Архангелы могут делать все, что мы хотим!" - воскликнула она, придвигаясь ближе к тому месту, где сидел И-Зи. Она выдвинула вперед свой подбородок. "Мы решили, что тебе больше подходит игра в супергероя, чем игра в ангела. Именно тогда тебе помогли в PR-отделе. Чтобы побудить тебя найти своих людей для помощи. Видит Бог, земля полна ими.

Как там их называл Шекспир - те, кто лепечет и блюет на руках у своей медсестры".

"Я не читал никакого Шекспира, но я родственник Чарльза Диккенса. Не то чтобы это имело отношение к делу. Но, ладно, значит, ты хочешь, чтобы я продолжал жить как супергерой с Альфредом, если он жив, и с Лией рядом со мной. Мы легко сможем получить много поддержки и огласки в СМИ.

"Я все еще предан тебе. Если ты дашь нам свободу действий, то небо станет пределом. Мы знаем много ребят в школе и в спортивной индустрии. Мы можем организовать горячую линию для супергероев и сайт. Мы можем использовать социальные сети, чтобы общаться с людьми со всего мира. Люди будут выстраиваться в очередь, чтобы мы им помогли. Это будет совершенно новая игра в мяч".

"Ах, наконец-то он заговорил об инициативе... но, дорогой мой мальчик, это слишком мало и слишком поздно. Как я уже говорил, мы хотим избавиться от обязательств перед тобой. Ты больше не связан с нами. У тебя больше нет долга, который нужно выплачивать".

"Но..."

"Все трое из вас доказали, что занимаетесь этим только ради себя. Когда ангелы впервые предположили, что ты можешь помочь нам, представлять нас здесь, на земле, - у нас был план. С Альфредом было то же самое. Потом появилась Лия. С тех пор мы добились определенного успеха с вами двумя. Мы включили ее в трио... но теперь вы стали не нужны".

"Мы спасаем людей, мы помогаем людям".

"Не надо мне этого говорить. Если бы я предложил тебе шанс быть с твоими родителями сегодня, здесь и сейчас. Ты бы бросил полотенце. Ты бы ушел, не заботясь и не думая о тех жизнях, которые ты мог бы спасти, если бы испытания продолжались".

"То же самое с Альфредом, я думаю, - это если он выживет. Он, не моргнув глазом, отправился бы в поле ромашек со своей семьей. И, кстати, о глазах: если к Лии вернется зрение, она тоже уедет.

"После тщательного рассмотрения мы поняли, что никто из вас не предан ничему, кроме себя, поэтому мы перешли к плану Б".

"Погоди-ка. Давай дадим определение работе". Он погуглил и с радостью обнаружил, что у него есть четыре бара. "Согласно онлайн-словарю: регулярно выполнять работу или исполнять обязанности за зарплату или жалованье. Я работал на тебя без оплаты. Кроме обещания компенсации. У нас было устное соглашение.

"Я не уверен в деталях того, какая сделка была у Альфреда или Лии, но готов поспорить, что их ангелы предлагали им похожие стимулы. Я выполнил свою часть сделки, и ты должен выполнить свою. Мне тринадцать лет, и, - он погуглил. "Да, как я и думал, согласно данным Министерства труда США, четырнадцать - это минимальный трудовой возраст".

Она рассмеялась и поправила очки. Он заметил, что у нее на руках кровь. Она вытерла их о свое черное одеяние. "Ранние законы не применимы к ангелам или архангелам. Хотя с твоей стороны наивно думать, что это так". Она сделала паузу. "Мы готовы предложить тебе два варианта. Вариант номер один: Ты останешься здесь, в своем Ловце душ, до конца своих дней".

"Что?"

Сам фундамент его Ловца душ затрясся. Мысль о том, чтобы быть заживо похороненным внутри этого металлического контейнера, вызывала у него тошноту.

"Жизнь, которую ты проживешь, ибо дни твоего живого дыхания пройдут так, как обещали эти имбецильные архангелы. С твоими родителями. То есть ты заново проживешь жизнь со своими родителями с того самого дня, когда ты родился, и до того самого момента, когда их жизнь закончилась. Ты никогда не окажешься в инвалидном кресле, а они никогда не умрут". Она сделала паузу. "Теперь ты можешь говорить".

"Ты имеешь в виду, что я заново проживу свою жизнь с родителями, каждый день, который мы провели вместе, на протяжении всей вечности, снова и снова?"

"Да".

"А каков вариант номер два?"

"Не можешь угадать?" - спросила она с зубастой ухмылкой.

Ее улыбка была настолько неискренней, что ему пришлось отвести взгляд.

Он подождал.

"Вариант номер два означает, что ты вернешься и будешь жить своей жизнью со своим дядей Сэмом". Она заколебалась, придвинувшись ближе, так что E-Z. Ему и так было холодно, а теперь она делала его еще холоднее с каждым взмахом своих крыльев. Он накрылся одеялом. Она продолжила. "Как ты уже, наверное, догадался, ты не воссоединишься со своими родителями ни при одном из вариантов, ни при другом. Мы бы воссоздали прошлое. Это было бы похоже на то, как если бы ты жил в пьесе или телешоу".

"Что! Это не то, на что я согласился!" воскликнул И-Зи. "Ты хочешь сказать, что Хадз. Рейки, Эриель и Офаниэль солгали мне?"

"Лгали - это сильное слово, но да. Посмотри на свое окружение. Души помещаются в индивидуальные отсеки. Для каждой души заранее готовится отсек".

"То есть ты хочешь сказать, что мои родители находятся каждый в одном из этих отсеков?"

"Да, их души находятся".

"И что потом с ними происходит?"

"А что, они парят в небесах".

"Это печально. Я всегда думал, что мои родители будут где-то вместе. Я знаю, что это было единственное, что давало Альфреду какое-то утешение. Что его жена и дети где-то вместе. Никому не нравится думать о том, что их любимый человек умирает в одиночестве. Не говоря уже о том, чтобы провести вечность внутри металлического контейнера, дрейфующего с места на место".

"Человеческая сентиментальность. Души просто существуют. Они не живут и не дышат, не едят, не чувствуют, что им слишком жарко или слишком холодно. Люди не понимают этой концепции".

Он насмешливо хмыкнул.

"Я не хочу оскорбить ваш вид. Но когда тело умирает, то, что остается, - душа, - это сложная концепция для понимания. Человеческий мозг просто слишком мал, чтобы постичь всю сложность вселенной. Отсюда и создание религиозных доктрин. Написанных непрофессиональным языком. Легко поддаются обучению и следованию без каких-либо доказательств".

"Раз души ценятся больше, чем люди вроде меня, как я могу прожить остаток жизни в одном из этих контейнеров?"

"Мы внесли коррективы, как сейчас, так и раньше. У тебя не было проблем с существованием здесь, когда мы тебя привезли, а сейчас?"

"Кроме клаустрофобии", - сказал он. "И тех моментов, когда им нужно было успокоить меня с помощью лавандового спрея".

"Ах, да. Рецидив клаустрофобии, конечно же, будет зависеть от того, какой вариант ты выберешь. Если ты выберешь вариант номер один, то окружающая среда будет поддерживать тебя во всех отношениях, пока твоя душа не будет готова. Тогда от твоей земной формы можно будет избавиться. Люди приспосабливаются, и ты привыкнешь к этому. К тому же ты будешь находиться с родителями, заново переживать воспоминания. Это позволит скоротать время. А теперь назови свой выбор!"

"Подожди, а как же мои крылья и крылья моего кресла? Что с ними будет?" Он заколебался: "А как же силы Альфреда и Лии? Если мы выберем вариант номер один, вернемся ли мы к тому, что было раньше? Я имею в виду до того, как ты и другие архангелы стали вмешиваться в нашу жизнь?"

"Конечно, мы не собираемся отрывать твои крылья, мой дорогой мальчик, или убирать силы, которыми кто-то из вас уже наделен. Мы же архангелы, а не садисты".

"Приятно слышать, значит, мы можем продолжать быть супергероями".

"Можете, но вам придется создать свою собственную рекламу - потому что когда мы выйдем - мы выйдем навсегда".

"Пожалуйста, оставайтесь на своих местах", - сказал голос в стене, хотя у E-Z не было особого выбора в этом вопросе.

Архангел ничего не сказала. Вместо этого она отвлеклась на то, чтобы почистить свои очки, а затем снова надеть их.

"Еще одна вещь", - спросила Е-Зи, - "касающаяся Альфреда".

"Продолжай, но только побыстрее. Еще одна концепция, которую не понимают люди, - это то, что время существует во всей Вселенной. У меня есть другие места, где я должен побывать, и другие архангелы, которых я должен увидеть".

"Хорошо, я займусь этим. Альфред сейчас находится в другом человеческом теле. Если душа остается с телом, значит, в нем две души? Неужели ловец душ ждет две души?"

Ангел повернулась к нему спиной. Она прочистила горло, прежде чем заговорить: "Я, мы, надеялись, что ты не задашь этот вопрос. Ты умнее, чем мы предполагали". Она закрыла глаза и кивнула: "Мммм". Ее глаза оставались закрытыми. E-Z посмотрел, не надела ли она беруши, так как показалось, что она кого-то слушает. А может, ему это показалось. Она кивнула. "Согласна", - сказала она.

"Здесь кто-то еще с нами?" - спросил он.

Новый голос прогремел со всех сторон. Почему у всех архангелов такие громкие голоса?

"Я Разиэль, Хранитель Секретов. И-З Диккенс, ты должен прислушаться к моим словам. Ибо как только они будут произнесены, ты не вспомнишь о них. Как и то, что я был здесь. Ловцы душ и их цели - не твоя забота. Ты превысил свои границы, и мы не потерпим этого. Мы великодушно предоставили тебе два варианта. Решай СЕЙЧАС, или мой ученый друг примет решение за тебя".

E-Z начал было говорить, но тут его разум помутился. О чем они говорили?

Архангел снова закрыл глаза, пробормотал слова "Спасибо", и голос Разиэля больше не говорил.

✳✳✳

Время словно прыгнуло назад. "Ты ожидаешь, что я приму решение на месте, не дав мне времени на раздумья? Не поговорив с моим дядей Сэмом или с друзьями? Кстати говоря, а как же Альфред, ведь ему сказали, что он воссоединится со своей семьей? И Лия, ей сказали, что вернут зрение".

"Поскольку Альфреда больше нет, твое решение - выживет он на Земле или нет - будет его решением. Его вариант номер один будет таким же, как и твой. Захочет ли он снова и снова переживать свою жизнь с семьей? Уходя, он, возможно, уже видит о них приятные сны. Но опять же, никогда не знаешь, на какие уловки способен разум. Он может оказаться в петле кошмаров, и только ты можешь спасти его и его семью, сделав за него правильный выбор".

"Ты хочешь сказать, что он никогда не выйдет из этого состояния? Точно?"

"Этого я не могу сказать. Знаю только, что ловец душ не готов забрать его душу... пока".

"А Лия?"

"Ее человеческие глаза исчезли в этой жизни, как и твои ноги. Она может пережить свои зрячие дни, но, возможно, она предпочтет, чтобы ты тоже выбрал за нее. В конце концов, у нее не было времени, чтобы вырасти и повзрослеть, как это сделал бы обычный ребенок. Она уже потеряла три года своей жизни, и этот эпизод со старением мы не уверены, будет ли он единичным или повторится снова".

"То есть вы тоже не знаете, что с ней будет дальше?"

"Нет, не знаем. Кроме того, она все еще спит".

"Я не могу решить это за всех нас троих в ограниченные сроки. Это важное решение, и мне нужно время".

"Тогда оно у тебя будет". Появились часы, отсчитывающие шестьдесят минут. "Твое время начинается сейчас. Дай мне свой ответ до того, как он пробьет ноль. Иначе все, что мы обсуждали, будет недействительным. И ты окажешься снова в отеле с трупом своего друга". Ее крылья захлопали, и она поднималась все выше и выше.

"Подожди, прежде чем ты уйдешь", - крикнул он.

"В чем дело?"

"Есть ли другие, я имею в виду другие дети, как мы?"

"Было приятно познакомиться с тобой", - сказала она.

"Чувства определенно не взаимны", - ответил он.

ГЛАВА 26

Пока шли минуты, И-Зи перебирал в памяти все, что ему только что рассказали. Ему хотелось, чтобы бункер был достаточно широким, чтобы он мог больше двигаться. По крайней мере, он удобно сидел в своем инвалидном кресле. Вместе они были похожи на динамичный дуэт.

"Хочешь что-нибудь поесть?" - спросил голос из стены.

"Конечно, хотел бы", - ответил он. "Яблоко, немного попкорна - со вкусом сыра было бы неплохо, и бутылку воды".

"Уже иду", - сказал голос, и через щель в стене, которую он не заметил раньше, протиснулся металлический стол. Он опустился перед ним. Из прорези высунулся крюк, на котором сначала была бутылка с водой. Затем второй крюк, несущий стакан. За ним последовал третий крюк с яблоком. Прежде чем положить его на землю, крюк полировал его полотенцем. Затем выскочил четвертый крюк, неся миску с попкорном.

"Спасибо", - сказал он, когда четыре хватательных крюка помахали ему рукой и исчезли обратно в стене.

"Не за что".

"Эм, есть шанс, что ты сможешь доставить мне мой компьютер? Он был уничтожен во время пожара. Я бы очень хотел иметь возможность составить список вещей, чтобы принять решение".

"Конечно. Просто дай мне минуту или две".

Пока он доедал яблоко и размышлял над попкорном, из другой щели на противоположной стене появился его ноутбук. Крюк держал его навесу, ожидая, пока E-Z передвинет другие предметы, чтобы разместить его. Когда он этого не сделал, крючки появились с другой стороны. Один подхватил яблочную сердцевину и исчез обратно в стене. Другой вылил оставшуюся воду в стакан. Затем вынул пустую бутылку обратно через щель в стене. Поскольку он хотел оставить себе попкорн и стакан с водой, он убрал их со стола. Крючок поставил ноутбук на место, а затем вернул его через прорезь в стене.

E-Z считал, что крючки - это крутые аксессуары. Он мог бы легко продать их крупной шведской сети.

Теперь, когда все крючки исчезли, он поднял крышку своего ноутбука и включил его. Первым делом он проверил свой файл Tattoo Angel - все было на месте! Он был так счастлив; он бы прослезился, если бы часы не отбивали время.

"Спасибо тебе огромное", - сказал он, запихивая в рот горсть сырного попкорна. А потом начал печатать. Он решил подумать о себе в третью очередь. Сначала записать все плюсы и минусы насчет Альфреда. Сразу же он понял, что Альфред был бы не против неоднократно пережить свое прошлое с семьей. Возможно, он бы сразу выбрал этот вариант.

"И все же, - подумал E-Z, - это не тот вариант, который его семья хотела бы, чтобы он принял. Ведь в этом случае он бы заново переживал то, что уже было, а не двигался вперед. В жизни ты должен двигаться вперед. Продолжать учиться и расти.

Чем больше он думал об этом, тем больше понимал, что это будет похоже на просмотр истории своей жизни в режиме binge-watch. Представь, что твоя жизнь двадцать четыре раза в семь лет постоянно повторяется. Никогда не знаешь, когда она закончится. И закончится ли она вообще. Это может превратиться в ад другого рода. О котором он не хотел думать.

Разве что, если бы он точно знал, что Альфред всегда будет в коме. На что намекал архангел. Тогда, сделав выбор, он избавился бы от дурных снов и кошмаров. Альфред навсегда останется со своей семьей. Даже если это будет не по-настоящему... этого может быть достаточно. Выберет ли он это?

Он взглянул на время: оставалось пятьдесят минут. Он начал думать о деле Лии. Ее мечта стать знаменитой балериной была прервана. Захочет ли она снова пережить детство, зная, что эта мечта никогда не исполнится. Для нее это стоило бы того, чтобы рискнуть будущим. Глаза в ладонях делали ее особенной, уникальной... и она была симпатична. Она даже могла бы стать последней версией чудо-женщины, если бы смогла использовать все свои способности.

"E-Z?" сказала Лия. "Я слышу твои мысли, но где ты?"

О нет! Теперь, когда она проснулась, ему придется все ей объяснить, а на это потребуется время, а время поджимало. Он должен был сделать это быстро.

"Послушай, Лия, - начал он, - мне нужно рассказать тебе длинную историю, пожалуйста, не останавливай меня, пока она не будет закончена. У нас мало времени".

Он все объяснил, это заняло у него десять минут. Еще десять минут прошли. Оставалось сорок минут.

"Ладно, E-Z, ты думай о себе, а я буду думать о себе. Давай отвлечемся на пять минут, а потом снова поговорим. Время начинается сейчас".

"Хороший план".

Прошло пять минут, и часы показывали тридцать пять оставшихся минут. И-Зи спросил Лию, решила ли она.

"Решила", - ответила она. "А ты?"

"Я тоже", - сказал он. "Ты первый, за пять минут или меньше, если сможешь".

"Для меня это сводится к довольно простому решению, E-Z. Я не хочу оставаться в этой штуке и проживать здесь свою жизнь. Когда Ловец Душ принесет меня сюда, когда я буду мертв. Это будет прекрасно. Но я не хочу быть насильно прикованным к этому пространству. Не тогда, когда я мог бы быть снаружи, ощущая тепло солнечных лучей, слушая птиц, с ветром в волосах. Не говоря уже о том, чтобы проводить время с мамой, с дядей Сэмом и, надеюсь, с тобой. Жизнь слишком коротка, чтобы тратить ее впустую, и мне нравятся мои новые глаза большую часть времени". Она рассмеялась.

"Я согласна, и на твоем месте я бы поступила так же".

"Спасибо, E-Z. Сколько теперь осталось времени?"

"Еще двадцать пять минут", - подтвердил он. "Теперь вот мои размышления в надежде, что пройдет меньше пяти минут. Я не возражаю против этого здесь, это не сильно отличается от того, что было снаружи. Я понял, что в инвалидном кресле - это не конец света. На самом деле, я уже вполне привык к этому. Я могу делать то, что делал раньше, например, играть в бейсбол, и у меня это не совсем хреново получается. Черт возьми, может, когда-нибудь в него даже будут играть на Паралимпийских играх.

"Мои родители не хотели бы, чтобы я тратил свою жизнь на то, чтобы жить прошлым. Да и дядя Сэм тоже не захотел бы. Я не готов отказаться от всего только потому, что эти архангелы-чудаки дали несколько неприличных обещаний. Так что я с тобой согласен. Мы убираем к чертям собачьим эти штуки типа "Ловца душ". Будем жить своей жизнью, пока не закончим жить. А потом он может прийти и поймать нас. Годы спустя, после того как, надеюсь, мы внесем свой вклад в развитие человечества и проживем хорошую жизнь. Возможно, мы найдем других таких же, как мы. Мы могли бы организовать горячую линию для супергероев и работать вместе по всему миру. Мы могли бы использовать свои силы, чтобы сделать мир лучше. Мы могли бы жить полной жизнью; создавать вдохновляющие жизни, которыми мы бы гордились, и наши семьи тоже".

"Браво!" воскликнула Лия. "Но есть ли другие, такие же, как мы?"

"Я спросил у ангела, который мне все объяснил, но она не ответила. Это заставляет меня думать, что они есть". Он взглянул на часы. "Осталась всего двадцать одна минута".

"А что с Альфредом? Он когда-нибудь проснется?"

"Ангел сказала, что не знает, только ловец душ знает... но она сказала, что ему могут сниться кошмары. Если есть шанс, что он находится в аду, то, может, лучше отпустить его. Может, вариант номер один, когда он заново проживает жизнь со своей семьей по кругу, - это то, что ему нужно?"

"Я не согласен. Никто из нас не знает наверняка, когда ловец душ придет за нами. Альфреду не хотелось бы растрачивать себя здесь, потому что его могут найти плохие сны. Не там, где есть шанс, что он сможет кому-то помочь или кого-то вдохновить. Мы пришли сюда вместе и должны уйти отсюда вместе. На мой взгляд, на этом все".

Четырнадцать минут и тиканье.

Она подошла к проблеме Альфреда с уникальной стороны. Была ли она права? Действительно ли Альфред захотел бы отказаться от своей семьи при таком раскладе ради неизведанного будущего? Разве мы все не существуем в неизведанном мире, в конце концов? Меняем курсы, пригибаемся и ныряем. Открываем окна, закрываем двери. Позволяем эмоциям сбивать нас с пути, а потом возвращать обратно. Это все о жизни. Да, Лия была права. Дело было сделано.

На часах оставалось восемь минут.

"Думаю, ты права, Лия. Все за одного и один за всех", - сказал E-Z. "Архангел сказал мне, что я должен произнести эти слова до того, как истекут часы. Тогда мы все окажемся снова в отеле... как будто этой интермедии с Soul Catcher никогда не было".

"Думаешь, мы все же вспомним о ловцах душ? Это вроде как важная вещь, которую мы должны вынести из этого опыта. Даже если мы им не поделимся. Имей в виду, что это как бы разнесет в пух и прах все, что мы знаем о рае и загробной жизни".

Осталось пять минут.

"Так и есть, но давай обсудим это с другой стороны". Он сжал кулаки, пока часы тикали до четырех минут. "Мы решили!" - крикнул он. "Вытащите нас троих из этих, этих ловцов душ - СЕЙЧАС!".

Стены бункера E-Z начали сотрясаться. "Ты в порядке, Лия?" - крикнул он. Она не ответила. Казалось, что земля под его ногами гремит и грохочет. Затем она начала вращаться, сначала по часовой стрелке, потом против часовой, потом по часовой.

Внутри его желудок скрутило. Он извергал из себя сырный попкорн и повсюду жевал кусочки красного яблока.

Это были единственные сувениры, которые останутся от него у Ловца душ. Надеюсь, на ужасно долгое время.

Благодарности

Дорогие читатели,

Спасибо, что прочитали первую и вторую книгу из серии "И-3 Диккенс". Надеюсь, тебе понравилось появление новых персонажей, и ты не прочь узнать, что будет дальше.

Третья книга из этой серии появится в продаже очень скоро!

Еще раз спасибо моим бета-ридерам, корректорам и редакторам. Твои советы и поддержка помогали мне не сбиться с пути в этом проекте, и твой вклад был/есть всегда ценен.

Спасибо также семье и друзьям за то, что всегда были рядом со мной.

И, как всегда, счастливого чтения!

Cathy

Об авторе

Cathy McGough живет и пишет в Онтарио, Канада.
со своим мужем, сыном, двумя кошками и собакой.
Если ты хочешь написать Cathy, то связаться с ней
можно здесь:
cathy@cathymcgough.com
Cathy любит получать от своих читателей весточки.

Об авторе

Также By:

FICTION
МОЛОДОЙ ВЗРОСЛЫЙ
СУПЕРГЕРОЙ E-Z ДИККЕНС КНИГА ТРЕТЬЯ: КРАСНАЯ
КОМНАТА
СУПЕРГЕРОЙ E-Z ДИККЕНСВ КНИГА ЧЕТВЕРТАЯ: ON ICE
(НА ЛЕД)

Milton Keynes UK
Ingram Content Group UK Ltd.
UKHW022033290324
440241UK00014B/496